ブロンテ姉妹の食生活

生涯、作品、社会をもとに

宇田 和子 著

開文社出版

目　次

序論
文学研究と食文化研究

第 1 節　本書の目的と食文化研究の重要性

本書の目的、対象作家と対象作品

本書は、19 世紀前半のイギリスに、作家として活動したブロンテ 3 姉妹の食生活の状況を考察し解明することを目的とする。考察と解明の基盤とするものは、ブロンテ家の人々や一家に関連する人々の生涯、3 姉妹の作品、そして 19 世紀のイギリス社会である。

3 姉妹の父親パトリック・ブロンテと母親のマリア・ブロンテの間には、6 人の子供が生まれたが、第 1 子マリアは 12 歳で亡くなり、第 2 子エリザベスは 10 歳で亡くなった。第 4 子パトリック・ブランウェルは、絵や文学の才能が期待されたが、画家としても文学者としても成功することはできず 31 歳で亡くなった。

ブランウェルが描いたブロンテ 3 姉妹：
左からアン、エミリー、シャーロット。
製作：c. 1834

ブロンテ家には全 6 子が誕生したのだが、存命し小説を書き出版し世に認められたという観点から、3 人が主要人物として残ることとなる。第 3 子シャーロット、第 4 子エミリー、そして末子のアンが主要である。シャーロットは生涯で長編小説を4編残した。エミリーは1編を、そしてアンは2編を残した。これらの中で、シャーロットにおいては『ジェイン・エア』(1847) が重要である。発売と共に大ヒットとなり、そして今日まで種々の版が重ねられている。エミリーの場合は、唯一の小説『嵐が丘』(1847) を取り上げることとなる。この小説も出版当初は批評界に論議を起こし、後、文学的価値を認められて、これまた種々の版が出版され続けている。アンの場合は『アグネス・グレイ』(1847) が重要である。彼女の全2編のうち、最初の作品であるこの小説の方がアンの生活との密着度が強く、食模様解明の助けとなる。さらに、『アグネス・グレイ』はエミリーの『嵐が丘』と合同で3巻本の形で出版された。取り上げる3作品すべて1847年出版となり、出版時点での時代背景は3作品において同年となる。

なお、3姉妹は小説のみならず詩も書き、*The Oxford Companion to the Brontës* によれば、シャーロットにおいては約200編、エミリーにおいては約200編、アンにおいては約60編の詩が現存している。[1] しかし詩は韻律の制約があり、散文に比べ、姉妹の食の現実を映す度合いは低くなる。従って、ブロンテ姉妹の食生活の状況を考察・解明することを目指す本書では、詩を対象にすることは避け、上記3小説を取り上げる。

背景人物たち

3姉妹を考察する際、3姉妹を生み育てた人物達、生活面で大きな影響を与えた人物達を看過することはできない。背景人物は2つの分野に分かれ計7名である。第1の分野は血縁者である。父、母、そして伯母エリザベス・ブランウェルが、血のつながりの下、姉妹と生活を共にした。第2の分野は召使達である。家事や育児の実際は、19世紀イギリスの中産階級においては召使達によって行われる部分が大きかったから、召使がブロンテ家の子供達や一家の生活に与えた影響は重要である。雇用期間を考えると4名の召使が重要となる。サラ・ガースとナンシー・

ガースの姉妹、タビサ・エイクロイド、そしてマーサ・ブラウンの４人である。

第２節　ブロンテ姉妹における食文化研究の重要性

食文化研究の重要性と研究の不足

キャサリン・フランクは著書『束縛のない魂：エミリー・ブロンテの生涯』における「序文」の中で、「ブロンテ家一人の伝記を書く時、どうしても他の家族についても書くこととなる。…… そして家族全体の物語は空腹と飢えの物語である。…… エミリーは、現代医学を用いれば、ほぼ確かに拒食症を患っていたと診断されたことだろう」[2] と述べている。フランクの書はエミリーの伝記であるが、エミリーとその家族は切り離し難いとし、そして家族全体は空腹を生きていたとしている。このように、ブロンテ家の食生活に注目した研究者がいることは、姉妹の生活や作品において、食べる行為・料理品・料理法・料理提供の仕方・食品、その他、食に関連する事項は、意味や重みを持つことを示唆している。

そしてまた我々は、料理が文化であるという主張においては、古典的名著を持つ。クロード・レヴィ＝ストロースが『食卓作法の起源』を著し、「食の三角形」を呈示している。[3] 三角形の３頂点にあるものは「生のもの」「火にかけたもの」「腐ったもの」である。自然産物のままの食料「生のもの」に、火を加えて可食性を高めたものが「火にかけたもの」。「腐ったもの」は、自然細菌による腐敗と、人間が利用できるようにした発酵の２通りがある。食品加工は、人間の知と技術を自然に対して加えることであり、すなわち文化である。では、人間の文化的営みである文学は、同一領域にある料理から有益な視点を得ることが大きいと推定される。

フランクのようにブロンテ家の飢えに注目する研究者がおり、そしてまた食は文化だとする研究者がいる一方で、ブロンテ文学研究は、伝記的研究、批評理論に準拠したアプローチに傾き、食観点の研究は進められていないのが現状である。食観点からの研究不足は、世界最大のヴィクトリア朝研究サイト“*The Victorian Web*”[4] において、3 姉妹の項を見てみると実感できる。このサイトは副題を“*Literature, History, & Culture in the Age of Victoria*”としており、「文化」の中に食文化があることを期待させる。そこで、サイト上で「著者」の分類へ行き、アルファベット順に並ぶ、アン・ブロンテ、エミリー・ブロンテ、シャーロット・ブロンテのそれぞれを検索すると 3 人すべてに「文化的コンテクスト：ヴィクトリアニズム」の項目がある。しかしこの項目内で記載されている食関係の論説は、3 人共通で「ロンドンのコーヒー・ハウスからロンドンのクラブへ」と題する歴史的記述のみである。ブロンテ姉妹の食生活や姉妹をめぐる食文化への直接言及は何も無い。3 姉妹研究において、食文化は重要視されていないことを意味している。

エリザベス・ギャスケルは『シャーロット・ブロンテの生涯』(1857) において、「ブロンテ師は子供達に肉を食べさせなかった」[5] と記述したが、ペンギン版『シャーロット・ブロンテの生涯』が 1975 年初版出版された際、編者のアラン・シェルストンは、この問題に関し長い註を施し、「肉を食べさせなかった」という記述が誤りだっただろうという見解を示している。[6] ブロンテ師の食に対する態度は当時の問題となり、それ以降の問題ともなって、ブロンテ家の食事は、実は長くにわたり多くの人々の興味を引く特徴を潜ませていると言えよう。

さらにまた、『芸術界におけるブロンテ家』[7] という論文集が出版されている。タイトルは「芸術界」をうたっているが、収録論文はブロンテ姉妹を文学、美術、音楽、衣服の観点から考察したもののみで、料理観点の論文は無い。この書において、料理は芸術に含まれていないのである。

ブロンテ家の食生活は、特徴や意味がありそうでいながら十分に研究されていない。作家や文学作品を研究する際、食生活や食文化は意義ある視点となりうるという認識は、少なくともブロンテ研究では、希薄であると言えよう。

食を認識する必要性

我々は、ブロンテ食文化研究不足の現状に留まるべきではない。具体的に3姉妹における食のエピソードや作品中の食にまつわる場面を少し見てみれば、ブロンテ文学において食は重い意味を持つことがわかる。意味を認識する契機となる具体例を、3姉妹の生活と作品において見てみよう。

まず最年長のシャーロットである。3姉妹の父パトリック・ブロンテは、1846年8月、マンチェスターの専門医による白内障の手術を受けるため、マンチェスターに下宿した。この時の付き添いをしたシャーロットは、友人エレン・ナシーへの書簡で次のように記している。

> 私達は昨日、下宿に入りました。少なくとも私達の部屋はとても良いもので、この下宿で心地良く暮らせるでしょう。でも、この下宿には女主人が居ません。女主人は重い病に罹り田舎へ行ってしまっているのです。女主人不在のため、私は食事をどう管理したらいいか、少し戸惑っています。自炊することになっているのですが、ここへ来て、料理に関し自分が完全に無知であることを知りました。例えば、どんな肉を買ったらよいかなど、全くわかりません。…… 父と私だけならやって行けます。パパの毎日の食事はとてもとても簡単ですから。でも、1日か2日すると看護婦がやって来るでしょう。そして私は、看護婦に十分に適切な物を出すことができるか不安なのです。何と言っても、あなたも知っての通り、パパはただ焼いただけの牛肉かマトン、お茶、そしてバターを塗ったパンしか欲しがりません。でも看護婦は多分、もっと良いものを食べることを期待するでしょう。

エレン、どうやったらいいかヒントを下さいな。[8]

ブロンテ師の質素な食生活、そしてシャーロットが自分の料理知識と能力に自信を持っていないことが書いてある。

ブロンテ家の食生活が質素なことは、シャーロットが作家として有名になり、多大な収入を得て金銭的には困らない生活が可能になった後も続いた。1850年、作家を目指す一青年ジョン・ストーズ・スミスが、作家となる方策を尋ねるため、ハワースの牧師館にシャーロットを訪れた。書き物を終えるまで30分ほど待って下さいと、シャーロットに言われて待つ間、スミスはブロンテ師から子供達に関する昔話を聞き、そして1時間ほど経つとディナーが告げられた。スミスは「私達は、その質素な食事が急いで終えられるまで、あまり会話はしませんでした …… 。(しかしディナーが終わりシャーロットと2人で話をした時）シャーロットの話は素晴らしいものでした。強く、鋭く、家庭的な感覚にあふれていました。簡潔で、手短で、まっすぐに物を語り、そして力強く表現する話し方でした。」[9]と懐古している。シャーロットの話しぶりを述べるスミスの言葉は、シャーロットの性格を物語る。強く、誠実で、家庭的。こうしたシャーロットには、終生にわたっての質素な食事が、性格に合っていたのだろう。

しかし一方、『ジェイン・エア』を見てみよう。第II巻第II章、しばらく田舎屋敷を不在にしていたロチェスターから連絡が入り、ロンドンから多数の客人を連れてソーンフィールド屋敷に戻って来ると言う。客人達の何日にも及ぶ滞在に備え、屋敷では食事の準備が始まる。料理は全くしたことのないジェインでさえ、家政婦に強要されて料理準備を手伝うこととなった。ジェインは終日、食材室で家政婦と料理人を助けて「カスタード、チーズケーキ、フランス式菓子パンの作り方、狩猟の獲物の下ごしらえの仕方や、種々のデザートの飾り方を学びました。」料理は知らず、質素な料理がブロンテ家の料理と感じていたシャーロット

ブロンテ博物館展示、調理台

が描いたジェイン。シャーロットはどのようにして、引用の場面に見られるようなフランス料理や接客用の豪華な料理の記述ができたのだろう。実はシャーロットは、贅沢な料理も知っていたのではなかろうか。シャーロットにおける質素と贅沢の相反はどこから来たのだろう。

ではエミリー・ブロンテにおいてはどうだろう。キャサリン・フランクはエミリーは拒食症と述べたのだが、しかし、ブロンテ家には忠実で長年仕え年を取った召使、愛称タビーがいた。ブロンテ家の人々は彼女を家族の一員であるかのように愛し、そしてタビーも牧師館の雇い主一家を愛し、自分の家で生活するかのような生活を送っていた。そして、エミリーとアンの共同署名による1834年11月24日付けの「日誌」を見てみよう。ブロンテ家の人々が、タビーと共同して食事の準備をしていた様子が記載されている。エミリーはこの時、16歳であった。

…… 私達はディナーに、茹でた牛肉とカブとジャガイモ、そしてリンゴのプディングを食べることになっています。…… タビーが「ジャガイモの皮を剥いて」と言うので、私は「はい、はい、はい、今直ぐに」と答え、立ち上がってナイフを取り、皮を剥き始めました。[10]

この日誌には、牧師館のディナー・メニューが具体的に記述され、ディナー準備の状況も記述され、エミリーが食を拒否している気配は無く、ブロンテ家全体が空腹だったとも飢えていたとも感じられない。この日誌とキャサリン・フランクによる主張とは、違いがある。この違いもまた、我々がブロンテ家の食生活を検証する意義を語っている。

さらにエミリーは、シャーロットの手紙によれば、牧師館にてパン焼きをし台所仕事を担当しており、[11] エミリーの料理能力は高かった。

ところが『嵐が丘』を見てみよう。料理をしていた現実のエミリーとは反するかのように、作家エミリーは作品中に料理や食事の細部を書き込まない。例えば『嵐が丘』第II巻第IV章に、幼いキャシーがアラビア商人になったつもりで一日中、荒野散策に出かけた模様をネリーが回想する場面がある。

夏の日がいっぱいに輝く季節になると、キャシーは一人で歩き回ることが好きになり、しばしば口実を設けて、朝食から夕食まで戸外で過ごすようになりました。…… ある朝、私はアラビア商隊のためにたくさんの食糧を準備するように言われ…… 私はたくさんのおいしい物をたっぷりと集めてバスケットに入れ、そして彼女の馬の脇に付けてやりました。

「朝食」「夕食」が何時だったのか、何だったのか、詳細は書かれていない。19世紀イギリスは、娯楽としての屋外食が一般化した時代だった。アラビア商隊が戸外で食事をするというキャシーの設定の下敷きには、子供達が好きだった『アラビアン・ナイト』があったと考えられるが、戸外での食事にどのような「食糧」を望まれたのか、具体的にどのような「おいしい物」だったのかも書かれていない。

『嵐が丘』第II巻第XX章、ヒースクリフが晩年に食を絶つようになっていた頃の状況描写でも、食べ物の細部が描かれないことは同じである。

> その昼、ヒースクリフは私達と一緒にディナーのテーブルに就きました。そして私の手から山盛りにした皿を受け取り、それまで食べなかったことへの償いをするかのようでした。「ネリー、私は風邪を引いているわけでもないし、熱を出しているわけでもない。」……「病気でない証拠に、盛り上げてくれた食べ物を、きちんと食べるつもりでいる。」

「ディナー」のメニューも、どのような食べ物でヒースクリフの皿が「山盛り」にされたのかも、記載は無い。現実のエミリーは料理能力あり、実際に料理もしていた。しかし作品では料理詳細を描くことはしない。生活者エミリーと作家エミリーの乖離は、どこから来てどのような意味を持つのだろう。

アン・ブロンテにおいてはどうだろう。アンは1820年1月17日に生まれた6子中の末子であった。母のマリアは1821年9月15日に亡くなり、この時、アンは1歳と8ケ月。そしてアンは母マリアの姉ブランウェルによって育てられた。アンは可愛らしい外見をしており、性格も穏やかだったため、6人いた子供達の中で伯母のお気に入りとなった。

そしてまたアンは、生まれた時から体が弱く親元を離れさせることには心配が感じられたため、4人の姉達と違ってカウアン・ブリッジの寄宿学校へ送られることは無かった。アンが経験した寄宿学校は、1837年1月に入学し1837年12月までの1年間滞在したロウ・ヘッド校のみで、この学校の教育や経営の仕方は温情的だった。そしてアンは教育を終えた後、豊かな2軒の家の家庭教師として働いた。小説家として2作を残し、そして結核のため転地先のスカーバラで亡くなった。

こうしたアンの生歴を鑑みると、アンの食歴は牧師館の食事、中程度の寄宿学校、豊かな家庭教師先、そしてリゾート地が主たる構成要因だった。それでは、アンの食歴は作品にどのように反映されているだろう。

『アグネス・グレイ』第I章では、下の子供として甘やかされて来たアグネスが、家庭教師として家を離れる状況が描かれている。アグネス自身も家族も離別を悲しみ、そして赴任を目前にしたアグネスと姉メアリーがやったことは、

> 私はメアリーと共に、最後のムア散策を済ませてありました。庭の中や家の周りを最後に歩くことも済ませてありました。メアリーと一緒に私達のペットの鳩達に餌をやることも済ませてありました。私達の手から餌をついばむまでに、私達が飼いならした可愛いい動物達でした。

姉と一緒に、実家近くの自然を愛でて、ペットに餌をやる。誰と親しかったか、どこで平安を感じたか、何を愛したかがわかる。こうした精神性は、彼女の食の経歴とどのような関係があるだろうか。

ブロンテ姉妹は生活基盤を共有し緊密な愛情関係で結ばれていた。しかし3姉妹は年齢が異り生活経験も異なり、3人3様に食経験も料理能力も異なっている。共通基盤の上に立ちながら相違を持つ3姉妹の食は、生活と作品においてどのように共通性と相違を表しどのような意味を持っているだろう。これらを研究することは意義深いと言える。

註

＊本書において、英語文献に対する日本語訳はすべて拙訳による。

1. Christine Alexander and Margaret Smith, eds. *The Oxford Companion to the Brontës*. Oxford: Oxford University Press, 2003. p.382, p.386, p.373.
2. Katherine Frank. *A Chainless Soul: A life of Emily Brontë*. Boston: Houghton Mifflin, 1990. p.3.
3. 参照. クロード・レヴィ＝ストロース（渡辺公三他訳）『食卓作法の起源』

みすず書房、2007.

4. *The Victorian Web*. http://www.victorian.web.org
5. Elizabeth Gaskell. Alan Shelston, ed. *The Life of Charlotte Brontë*, Harmondsworth: Penguin Books, 1975. (orig. 1857.) p.87.
6. Ibid. Note to "Chapter III" No.8. pp.569f.
7. See. Sandra Hagan and Juliet Wells, eds. *The Btontës in the World of the Arts*. Aldershot: Ashgate Publishing, 2008.
8. T. J. Wise and John Symington, eds. *The Btontës: Their Lives, Friendships & Correspondence in Four Volumes*. Oxford: The Shakespeare Head Press, 1932. Vol. II p.107.
9. Charles Lemon, ed. *Early Visitors to Haworth: From Ellen Nussey to Virginia Woolf*. Howorth: The Brontë Society, 1996. p.12.
10. Wise and Symongton, Vol. I p.124.
11. Ibid. Vol. I pp.194f.

下掲のイラストは、ヴィクトリア女王一家がスコットランドでピクニックを楽しむ様子である。ピクニックは、中世ヨーロッパの貴族が狩猟をする際、戸外で食事をしたことから発生し、後に庶民にまで広まった。

Jennifer Davies. *The Victorian Kitchen.* p.130

第1章
ブロンテ家の時代

第1節　変化と発展と戸惑いと

ブロンテ3姉妹の生涯は、シャーロットが1816年～1855年、エミリーが1818年～1848年、そしてアンが1820年～1849年である。この時代のイギリスは、ジョージ3世（1760–1820)、ジョージ4世（1820–1830)、ウィリアム4世（1830–1837)、そしてヴィクトリア女王（1837–1901）の治世下にあった。3姉妹が作品を発表して行ったのは1846年以降のことであるから、この時期はヴィクトリア女王の時代と言える。

ヴィクトリア女王治世下の時代精神を、ジェローム・ハミルトン・バックレーは『ヴィクトリア朝の気質』(1951）の第1章、「ヴィクトリア主義」中で以下のように記述する。

> （ヴィクトリア朝の精神性に関しては）相反する主張が混乱し、ヴィクトリア時代の輪郭は不明瞭となり、ヴィクトリア主義とは何かが認識できなくなっている。「ヴィクトリア朝の人々は貧しく、盲目で、自己満足していた」と言われる。ところが「彼らは疑いに心裂かれ、精神的に動揺し、問題に揺れる宇宙の中で迷っていた」とも言われる。「彼らは粗野な物質主義者であり、完全に現在に埋没していて、抽象的な真実や永遠の価値には無関心だった」と言われ、ところが「彼らは過度に宗教的で、嘆かわしいまでに理想主義であり、そして過去を懐かしんでいた」とも言われる。[1]

バックレーは、20世紀半ばにヴィクトリア朝を考察し、ヴィクトリア朝観は見解が分かれて混乱しているとしている。

エイサ・ブリッグズはヴィクトリア朝を、対立する見方の併存期とする。『ヴィクトリア朝の都市』(1963)、「第2章　都市と社会：ヴィクトリア朝の態度」において、

> ヴィクトリア時代に自分達の社会について書く人々は、自分達の時代を「大都市の時代」と考えたことだろう。そして、ある人々にとっては「大都市の時代」は誇りを感じさせる事だった。都市は発達と進歩のシンボルだったからである。しかし他の人々にとって、都市が広がり数を増すことは、懸念、いや、危機感を起こす事だった。[2]

ブリッグズは、都市が増え都市に人口が集中し都市面積が広がって行くことを、発展ととらえて歓迎した社会学者と、危険ととらえた社会学者とに分かれていたとしている。しかしブリッグズ自身は、同書の「イントロダクション」において、「この時期に、鉄道発達が都市を繋ぎ都市の発達を可能にし、鉄道は『改良』のシンボルだった」[3] としている。

バックレーが述べる混沌とブリッグズの誇り・懸念・危機感・発達・進歩・改良を総合すると、時代状況に対する是認派・懐疑派を含み、ヴィクトリア朝精神が何かとは、当時も今もこれからも、論議が続けられることが推定される。そしてまた、論議が続けられるとは、もともとのヴィクトリア朝精神が多様性を持つためであろう。

しかし、種々の論議の可能性を含めつつ、多くの見解を統合し、姉妹が育ち活躍した時代に、ある程度のまとめを与えているのが『ヴィクトリア朝の人々』(1978) におけるバリー・サプルである。第II部第5章「統治の枠組み」において、彼は産業革命に遡り英国の変化を記述する。

> ヴィクトリア朝初期における生活水準上昇と社会変化は、長期の経済発達と切り離すことはできない。経済発達は産業革命と関連し、18世紀後半か

> ら19世紀半ばまでにわたっている。発達過程は2つのはっきりした変化を含んでいる。第1は伝統的な（特に農業）活動が衰退したことで、これは製造業の重要性が増したことと対極をなしている。第2は経済変化と物資およびサーヴィスの生産速度が、加速化したことである。これら2つの変化はまた、未曾有の人口増と同時だった。英国の人口は1785年にはほんの900万人を超えたところだったが、1851年には2,100万人となっていた。[4]

サプルが述べる19世紀前半は、産業革命以降の機械工業の発展、農業の衰退、変化速度の急上昇、人口の大増加という変化の社会である。

第2節　発展と格差、そして家庭

ヴィクトリア女王の治世下に、外国からイギリスへ移り住み、イギリス内部を外部の目で見て現状を記録した人もいる。フリードリヒ・エンゲルスである。エンゲルスは観察と文献調査から、『イギリスにおける労働者階級の状態』（1845）をまとめ上げた。そして彼は、産業革命以前と以後のイギリスの変化を語っている。産業革命以前、人々は家内工業と近隣農作を行いゆったりとした田園生活を送っていた。しかし産業革命は、工業を機械化し、個人農業を破壊し、商業を発展させて市場を海外へ拡大させた。新興の産業により中産階級は利益を得たが、一方、産業プロレタリアートは低賃金労働に落とし込まれ、英国社会に大きな貧富の差が生じた、とエンゲルスは述べている。[5]

産業構造の変化と海外進出は、特に1837年ヴィクトリア女王が即位して以降、めざましかった。自由主義の下、海外貿易を拡大し、植民地を増やし、イギリスは大英帝国へ発展して行った。ヴィクトリア女王の下での、さらなるイギリスの発展は、さらなる格差を生んで行った。保守党の政治家、ベンジャミン・ディズレィリによれば、イギリスは「2

つの国」となった。政治家ディズレィリは小説家でもあった。1845年に出版した小説『シビル』[6]は副題を「2つの国」としており、1845年頃のイギリスが、富者の国と貧者の国の2つから成っているかのようであることを批判した。農業労働者が囲い込みによって土地を失い貧困化し、そして特に、経済不況がやって来た1840年代は「空腹の40年代」となった。政治家としてのディズレィリは、スエズ運河株を買収し（1875）インド帝国を成立させる（1877）など帝国主義を推し進めたが、その一方で1840年代のチャーティスト運動を支持し、第2次選挙法改正（1867）を推進し、国民の生活改善を図るための政治活動も行った。

ヴィクトリア女王結婚式

ディズレィリが仕えたヴィクトリア女王は18歳で即位し、国の発展の原動力を工業生産と考え、工業生産の基盤を家庭と考えた。そして、統治の精神として家庭を打ち出した。工場で働いて疲れて帰った夫を食事でいたわり、愛情で満たし、眠りで癒して疲労回復を与え、再び翌日の労働へ送り出すのは、妻と子供達だった。資本主義下の国際競争で、英国がトップに立つための基を家庭としたのである。

女王は1840年20歳で、サクス＝コーブルク＝ゴータ家のアルバート公と結婚したが、結婚式のドレスを多数の高価なレースで飾って愛と富を誇示し、女王の結婚式以降、結婚式のレースのベールは世界に広まった。ヴィクトリア女王は夫君から統治に関する教えを受け、9子を設け

ヴィクトリア女王一家

つつ治世に臨み、折に触れて夫婦の絆と家庭の重要性を国民に示した。アルバート公は「義務、道徳、勤勉、そして家庭性」[7]という4つの理想を揚げイギリス王室の権威を固めることに乗り出し、そして王室に対する国民的尊厳を不動とする事に成功した。そして女王は、1861年の夫の死後も生涯喪服で通した。

家庭が時代精神だったと明確に主張しているのが、ウォルター・E.ホートン『ヴィクトリア朝人の心の枠組み』である。「第13章　愛」においてホートンは「ヴィクトリア朝社会が、結婚を至福に作り上げた。たとえ結婚と愛は別問題としたとしても、家族そろっての生活と女性的な性質を称賛するように、社会が人々に規定した。」[8] 続けてホートンは、第1節「家庭、甘き家庭」の中で

> ヴィクトリア朝生活の中心にあったものは家庭だった。家庭における日々の儀式は良く知られている：家庭の祈りのため一家が全てそろうこと、日曜の朝はそろって教会へ行くこと、夕べには書籍を音読すること、そして毎年の休暇旅行。……[9]

ブロンテ家も、就寝前に一家がそろって祈りを捧げ、そして子供達は2階の部屋へ上がって行き、父のパトリックは、階段踊り場にある“case clock”のネジを巻いてから寝室へ行くのが日課であった。

ブロンテ博物館展示、パトリックが毎晩ネジを巻いていた時計

第3節　食の格差

貧富の差の拡大は、食の格差の拡大も起こした。贅沢な食物を得ることができる人々と飢えに苦しむ人々の差である。イギリスの食事情の歴史を辿る『英国人の食物』(1958) において、J. C. ドラモンドはチューダー朝以降、第2次世界大戦が終結するまでの英国の食の歴史を通観し、19世紀が、商業主義の進展、工場生産の大規模化、中産階級の拡大と富裕化、低賃金労働者の増大、小規模農業の衰退期とする。つまり、新しい富者と新しい貧者が生まれ、食の貧富が拡大した時代である。[10]

マギー・ブラックが描く19世紀もまた、ドラモンドと類似する。先史時代からのイギリス料理・料理人達・調理器具の変遷を述べた書『歴史の味わい』(1993) の中、「ヴィクトリア朝の英国」章で彼女は、19世紀に至るまで食べ物は自給自足が原則だった。しかし19世紀になると工業と交通と貿易が発達し、流通は世界規模へ拡大し、輸入食品と工場製食品が普及した。調理技術も調理器具も進歩した。しかし、社会変化の波に乗った人々と取り残された人々で、食の格差は拡大したと述べている。[11]

食の貧富の差の拡大、これを『豊富と欠乏』(1989) の中で詳述するのはジョン・バーネットである。19世紀前半のみを対象にして広く英国全体を俯瞰すれば、生活水準は上昇した。国全体の生活水準上昇に伴い、多くの人々は栄養があって衛生的な多種類の食品を食べることができるようになっていた。死亡率は下がり、人口は増加した。そして、豊かな階級にはフランス料理が定着し、社交を目的とした晩餐会やレストランやクラブの食事も普及した。しかし社会変化の外に置かれた人々もあり、飢饉が起きた年もあり、不景気の時期に失業する人々もあったから、食に事欠く人々も存在した。つまり、食の格差が拡大したのである。[12]

新興の豊かな食事の代表に、クラブの食事がある。豊を得た中産階級は、資格承認を得て初めて利用できるクラブの会員となった。クラブは同一の趣味・興味・目的を持つ人々の集りで、クラブ・ハウスを持ち、クラブ・ハウスを会場にして論議し歓談し情報を交換し、そして飲食を楽しむこともできた。ブロンテ姉妹の時代において、美食で名高いクラブはリフォーム・クラブであった。選挙法改正を目的とする人々が 1836 年結成したクラブであるが、会員が増えて設立時のクラブ・ハウスが狭くなり、そして 1837 年、新しいクラブ・ハウスを建設することとなった。この際、シェフとして雇用されたのがフランス人のアレクシス・ソワイエであった。ソワイエは 1830 年のフランス 7 月革命でロンドンへ亡命して来てコックとなり、幾つかの有名レストランを転々として名を成し、そして政治家や選挙法改正支持者が名を連ねるリフォーム・クラブの新シェフに選ばれたのであった。ソワイエはシェフとして

ソワイエ設計による大厨房

の仕事を、新しいクラブ・ハウスの厨房デザインから始めた。広い厨房は、料理分野ごとに料理場が分けられ、そして熱源には最新のガスが用いられた。ガスは火力調整が容易なため繊細な料理を正確に作りやすい。『ジェイン・エア』ローウッド校における朝食のポリジが焦げていたのは、同校の調理設備が決して最新ではなく、火力調整が難しい熱源、当時の一般であった石炭で調理されていたことを推定させる。

最新の厨房でソワイエは、イギリス人の味覚とフランス料理を混交させ「リフォーム・クラブ風」と銘打つ新作料理を次々と生み出して、食事を目当てにやって来る会員たちを驚かせ喜ばせた。[13]

そしてシャーロットは、アレクシス・ソワイエの名前も書籍も知っていた。ソワイエ第3作目の書籍『現代の主婦』（*Modern Housewife*, 1849）を、ニュージーランドに住むメアリー・テイラーに頼まれて自分の最新作『シャーリー』と共に船便で送ったからである。メアリーは1850年8月13日付け手紙にて、2つの書の受領をシャーロットに告げている。[14] シャーロットがソワイエの書を知っており友人のために購入したにも関わらず、自分自身で読んだ形跡が無いことはシャーロットが美食には興味が無かったことを表している。

一方、工業化のため農地を奪われた農業者や小作人はさらに貧しくなった。社会批評誌『パンチ』が描く「豚と小作人」（1863）は、農業生産が変化した後、さらに疲弊した小作人の嘆きを世に訴えている。

『パンチ』「ああ、お前たちの半分でも大事にされたい。」

そしてまた我々は、ブロンテ姉妹と同時代の文学作品に、食の格差を見ることもできる。エリザベス・ギャスケルは『メアリー・バートン』(1848) において、工場主と工場労働者の食事の違いを、同じ第6章の中で描いて懸隔を読者に強調した。チャールズ・ディケンズは『オリヴァー・ツイスト』(1838) において、救貧院のオリヴァーに「お願いです。お粥がもう少し欲しいんです」(第2章) と言わせて、飢え死にするような食事しか与えられない救貧院を糾弾した。同じディケンズは、『クリスマス・キャロル』(1843) において、ロンドン庶民がクリスマス・ディナーに七面鳥を贈る姿、家族・雇用者・知人達が愛情を確かめ合う姿を描いている。食の格差と格差の拡大もあったが、19世紀中葉のイギリスの食事模様は多様な状況を呈し、生命維持のため、そして心を結び付けるために機能していた。

しかし、食の格差に反対する研究者も存在する。例えばドロシー・ハートレイは『イングランドの食べ物』(1954) の「イントロダクション」において、食べ物がはっきりと2階級に分かれていたという印象は間違っていると述べている。すなわち貧者は豆と黒パンを食べて飢え、富者はクジャクやコカトリスで食べ過ぎていたわけではないと言う。格差は都市で起きていた現象で、視野を広げて田舎までを考察対象に含めれば、田舎の人々は貧しくとも地元の食材や家の庭で取れる食材を使って十分に上手に料理をしていたとする。[15] つまり、考察の範囲をどこまで広げるかが重要で、都会に視点を置けば格差は拡大し、工業化されなかったり旧来農業が残っている田舎を含めれば、差のみが強調されるべきではないと述べている。

ブロンテ家の人々はイングランド北方の貧しい小村で暮らすことが多かったが、ロンドンも家庭教師先も旅行先も海外も経験した。ブロンテ家の人々においては、質素であっても満足感のある田舎の食事と、慣れ親しんではいなかった豪華な食事や海外の食事、この2タイプが混在していたと推定される。

第4節　寄宿学校の食事と食事観の変容

ブロンテ姉妹は寄宿学校も経験し、カウアン・ブリッジ校や『ジェイン・エア』のローウッド校の生命を脅かすかの食事は、強い印象を与えるものとなっている。そして、19世紀の寄宿学校における食事の恐ろしさを、『英国人の食物』において「学校における食べ物」と題する節を設けて指摘するのは、J. C. ドラモンドである。

> 19世紀の多くの私立学校の食事がどのようなものだったかを読むと、恐怖を感ずる。子供達は半ば飢えていた。成長期にある子供の体はまだ小さいが、大人よりもはるかに多くの食べ物が必要という知識が欠如していた。それだけではない。今日の我々が驚愕してしまうほど、一般の人々は子供の福祉に無関心だった。…… 多くの私立学校に比べてもっと高価な学校においてでさえ、状況はしばしば同様に悪かった。ヘイル・トンプソン博士は、私立学校に在籍する幼い女子に脊椎湾曲が多いことに意見を述べ、食事が主としてポリジ・パン・肉・茹でたジャガイモから成り、これは不適切な食品選択だったと述べ、その上、少女達の日課が厳しかったという特徴も述べている。[16]

我々は、カウアン・ブリッジ校、そしてまたローウッド校の食事と日課の厳格さ・冷酷さが、19世紀においては稀なものでは無かったと知ることができる。

倫理や教育の観点から、ヴィクトリア朝の子供の食事の特徴を挙げる研究者もいる。『英国の食べ物と飲み物』（1991）におけるC. アン・ウィルソンである。

> ヴィクトリア朝においては、知的に考える事と質素に生活する事は結び付

けられるべきと信じられていた。道徳的には、質素な日常食は贅沢な食事よりも健康であると考えられ、特に子供達には質素な食事が適切だと信じられていた。[17]

フィリップ・アリエス『アンシャン・レジーム期の子供と家族生活』は、フランスを場にした書であるが、子供が子供としての身体機能と精神性を持っており、子供が小さな大人ではないことが認識されたのは近代としている。[18] 近代における産業の発達が富を生み、富は科学と教育を生んだ。科学と教育によって子供が特性を持った存在と意識されるようになり、特別な配慮と処遇が与えられるようになった。イギリス19世紀における「特に子供には質素な食事」という考え方は、産業革命後の教育意識を映し出していると考えられる。

そしてC. アン・ウィルソンは『英国の食べ物と飲み物』の最終章「第11章　19世紀とそれ以降」において、19世紀の始まりから20世紀初頭にいたるまでの英国の食事情と食べることに関する考え方の変容をまとめている。19世紀は大変化の時代であり、変化は技術と交通によってもたらされた。工業生産された食品が増え、保存食品の利用も進んだ。鉄道の発達に伴い、食材は国内遠方から運ばれるようになった。船舶輸送が進歩し、さらに氷が工場製造され、海外からの輸入食品も一般化して行った。技術の進歩は、殺菌方法が開発されるといった利点を生んだが、食品偽造といった問題も起こし、問題に対する法の対処は常に後ろ手に回っていた。このように時代が変化する中、人々は新しい食環境に関する新しい知識を習得して行き、教育は普及して行き、食べることに対する態度が変容して行った。空腹を満たす・豊かに食べる・過剰に食べることが人々の欲望だった状態から、知識を用いて賢く食べるという態度への変容であった。[19]

第5節 19世紀前半の教育

ブロンテ3姉妹が、家庭内や学校で教育を受け、そして家庭教師や学校教師となったことを考えると、我々は19世紀前半の英国で、どのような教育が行われていたかを忘れることはできない。そしてまた、時代の教育環境の中でブロンテ姉妹がどのような学業成績を収めていたかも、梗概を把握しておく必要がある。

教育問題に関しては、マリアンヌ・トーマレン『ブロンテ家と教育』(2007) が種々の情報を与えてくれる。[20] トーマレンは第1章「大衆教育」の冒頭にハリエット・マーティノーの言葉を引いて教育の遅れを指摘している。「公益活動において、教育の普及ほどエネルギーと善意が注がれている分野は無い。それにも関わらず、教育の普及ほど時代の必要に遅れている分野は無い。」[21] マーティノーおよびトーマレンは、19世紀前半のイギリスでは、一般人向け初等教育が普及していなかったと言っている。確かに、イギリスは初等教育を個人や教会に任せ、政府としての公教育行政が開始されたのは、「教育法」制定の1870年という遅い時期であった。

イギリスにおいて遅れていた教育は一般向け教育のみではなかった。エイサ・ブリッグズは『ヴィクトリア朝の人々』における「6. トマス・ヒューズとパブリック・スクール」において、19世紀初頭のパブリック・スクールでさえ多くの問題を抱えていたことを述べている。

> 古い歴史を持つ9つのパブリック・スクールは明らかな弱点を持っており、改革の機は熟していた。寄付金はしばしば不適切に使用され、学校組織は効率が悪く、生徒指導はずさんでいながら厳格だった。[22]

上流階級向けの伝統あるパブリック・スクールでさえこうした状況であったなら、ブロンテ家の女児達が学んだ安価な寄宿学校の状況は、さらに劣っていて当然だったと推定される。

では、中流階級向けの教育はどのようなものだっただろう。トーマレンによれば、宗教は学びの基礎とされ、キリスト教に関する知識を持っていること、そして『聖書』を読むことは、イギリス人にとって当然とされていた。宗教教育の上に、主要学習科目として「地理」「歴史」「英語」「数学」「理科」があった。そして、たしなみ教育として「音楽と絵画」、フランス語・ドイツ語・イタリア語の「現代言語」、そして「針仕事」があった。[23]

トーマレンは、宗教が基盤だった、『聖書』を読むことは必須だったとしているが、我々にはどの宗派・どの聖書訳という疑問が浮かぶ。カソリックにおいてもプロテスタントにおいても諸派があった。『聖書』を読むにしても、教育の無い人々はどのような英語で書かれた聖書を読んでいたのだろう。そこで、同じトーマレン著『ブロンテ家と宗教』(1999) [24] を参照すると、この書籍は、分裂していた宗派に対するブロンテ家の態度や、3姉妹の作品に描かれている牧師補、といった細部に関する詳述から成っており、英国19世紀全体のどの宗派・どの聖書訳という疑問解明とはなっていない。

しかし、教師として働き作家となったブロンテ3姉妹を考察する我々が意を払うべきは「英語教育」である。トーマレンによれば、19世紀前半では、英語教育は読み・綴り・作文・文法の4分野に分かれていた。綴りは英国何世代にもわたって、ウィリアム・メイヴァー『英語綴り書』が用いられてきた。文法の教科書として普及していた書籍は、アメリカ人、リンドレイ・マレー『英語文法、学習者のレベル別クラス用』であった。さらにW. ピノック『英語学習者の総合英語文法』も、評価され用いられていた。[25]

トーマレンはブロンテ姉妹に関し、3姉妹が成長と共に多様な文体を習得して行ったこと、シャーロットはロウ・ヘッド校入学時に「地理」と「文法」の試験結果が悪かったため、上級クラスに編入できず屈辱感を味わったこと、3姉妹すべて幼少期に綴りは不正確だったこと、そしてシャーロットは終生、句読点に間違いが多かったことを記述している。[26]

ハワースの牧師館における家庭内での教育が、当時の標準的なものであったとしているのは、伝記作者ジュリエット・バーカーである。バーカーはブロンテ師が所蔵していた書籍から推察し、子供達が「レッスン」で使用していた教科書を挙げている。トーマス・サーモン『地理と歴史の新入門書』、オリヴァー・ゴールドスミス『イングランド史』縮刷版、シャルル・ロラン『歴史』、J. ゴールドスミス『一般地理入門書』である。そしてまたバーカーは、この時代の文字が読める家庭では必須読み物であった、ハナ・モア『モラル・スケッチ』がブロンテ師によってソーントンで購入されたことを記している。さらにまたバーカーは、この時代に好んで読まれた3冊が、ハワースの牧師館の書棚にあったことを述べている。ジョン・バニヤン『天路歴程』1743年版、アイザック・ワッツ『受難の教義』1791年版、そしてジョン・ミルトン『失楽園』1797版である。[27]

ブロンテ姉妹は、家庭教師として働いた。家庭教師の状況を把握しておくことも必要である。ガヴァネス問題に関しては、川本静子『ガヴァネス（女家庭教師）：ヴィクトリア時代の〈余った女〉たち』（1994）が、広範かつ詳細な情報を与えてくれる。ガヴァネスはギリシャ神話の時代から姿を見せており、イギリスでは、尼僧院で先輩尼僧が後輩尼僧に読み書き・聖書・ラテン語・糸紡ぎ・刺繍などを教えてガヴァネスの職務を果たしていた。イギリスで上流階級の家庭に住み込んで俸給を受けるガヴァネスが一般化したのは、チューダー朝であった。そしてヴィクトリア朝となると、「生計の資を得るために教師として働くレディ」[28] がガヴァネスとなった。

川本によれば、ヴィクトリア朝におけるガヴァネスとは、レディとして家庭内で閑暇な生活を送るべき中流家庭の女性達が、何らかの事情で自活を余儀なくされ、レディから身を落とし、レディを育て上げるために、レディが主婦である家庭で働く女性であった。中流そしてレディの品格を傷つけることなく就くことのできる職業が、限られていたためだった。ガヴァネスは本来レディであるから、雇用者と被雇用者は同等の立場にある。さらにレディは、歴史的には、働くことなく他者に養ってもらう立場の女性達で、俸給を受ける立場ではない。ガヴァネスは矛盾の中に置かれ、本来と実体の懸隔の中で悩み、明確な地位付けを得ることなく、社会的にあいまいな身分のまま働かざるを得なかった。[29] しかも、収入を求める中産階級女性がガヴァネス職へ流れ込み、質の悪いガヴァネスも生まれたし、薄給・雑多な職務・過労も生んだ。

しかし、ガヴァネスは 19 世紀前半の教育に重要な存在となり、教育へ大きな影響を持つこととなって、ガヴァネスの質向上を目指す運動も開始された。「ガヴァネス互恵協会」が 1843 年、設立された。互恵協会は、ガヴァネス達に一時金を支給したり職を斡旋した。さらにまた、質の高いガヴァネスを育成する教育機関として、1848 年、ロンドンに“Queen's College” を設立した。[30] 19 世紀イギリスにはガヴァネス向けの指南書も存在していた。著者不明であるが、1827 年出版の『ガヴァネス達へのアドヴァイス』である。[31]

第6節　今後の章

ブロンテ3姉妹の時代は、機械化、商業化、世界化の時代であった。時代変化を担った中産階級は家庭を基盤に生活し、さらなる発展とさらなる富を目指し教育を求めた。発展に成功する人々もいたし、失敗する人々もいた。そして、没落する階級もあったし発展する階級もあったから、19世紀は貧富の格差拡大の時代であった。社会全体が変動する中、富む人も貧しい人も貧富の中間で生活を営む人もおり、この状況は食を多様化させることとなった。このような時代の中、3姉妹はどのように食べて生きて働き、そして彼女達の作品はどのような食模様と姉妹の主張を呈しているだろう。次章以降、これらの問題を探って行く。

註

1. Jerome Hamilton Buckley. *The Victorian Temper: A Study in Literary Culture*. New York: Vintage Books, 1964. (orig. 1951.) p.2.
2. Asa Briggs. "II City and Society: Victorian Attitudes." *Victorian Cities*. New York: Harper & Row, 1963. p.57.
3. Ibid. p.13.
4. Barry Supple. Part II "5 The governing framework: social class and industrial reform in Victorian Britain." Lawrence Lerner, ed. *The Victorians*. London: Methuen, 1978. p.51.
5. 参照. フリードリヒ・エンゲルス（浜林正夫訳）『イギリスにおける労働者階級の状態（上）（下）』東京：新日本出版社、2000. (orig. 1845.)
6. See. Benjamin Disraeli. *Sybil: or The Two Nations*. Oxford: Oxford World's Classics, 2017. (orig. 1845.)
7. 松村昌家『水晶宮物語：ロンドン万国博覧会 1851』東京：リブロポート、1986. pp.66f.

8. Walter E. Houghton. *The Victorian Frame of Mind, 1830–1870*. New Haven: Yale University Press, 1957. p.341.
9. Loc. cit.
10. J. C. Drummond and Anne Wilbraham. "Part Four: The Nineteenth Century." *The Englishman's Food*. London: Jonathan Cape, 1958. pp.277–400.
11. Maggie Black. "Victorian Britain." *A Taste of History: 10,000 Years of Food in Britain*. London: British Museum Press, 1993. pp.263–302.
12. See. John Burnett. *Plenty & Want: A Social History of Food in England from 1815 to the Present Day*. London: Routledge, 1989.
13. See. Helen Morris. *Portrait of a Chef: The Life of Alexis Soyer*. Oxford: Oxford University Press, 1980.
14. T. J. Wise and John Symington, eds. *The Btontës: Their Lives, Friendships & Correspondence in Four Volumes*. Oxford: The Shakespeare Head Press, 1932. Vol. III p.135.
15. See. Dorothy Hartley. "Introduction." *Food in England*. London: Little, Brown, 1996. (orig. 1954.) pp. iii-v.
16. Drummond and Wilbraham. "§3 Food in Schools." pp.340f.
17. C. Anne Wilson. *Food and Drink in Britain: From the Stone Age to the 19th Century*. Chicago: Academy Chicago Publishers, 1991. p.421.
18. 参照. フィリップ・アリエス（杉山光信・杉山美恵子訳）『子供の誕生　アンシャン・レジーム期の子供と家族生活』東京：みすず書房、1980.（orig. 1960.）
19. C. Anne Wilson. "Chapter 11 The nineteenth century and after." pp.418–421.
20. See. Marianne Thormählen. *The Brontës and Education*. Cambridge: Cambridge University Press, 2007.
21. Ibid. Note 1 p.217.
22. Asa Briggs. "6. Thomas Hughes and the Public Schools." *Victorian People*. Chicago: The University of Chicago Press, 1955. p.141.
23. Thormählen. *The Brontës and Education*. Chapters 7–9.
24. See. Marianne Thormählen. *The Brontës and Religion*. Cambridge: Cambridge University Press, 1999.
25. Thormählen. *The Brontës and Education*. p.90.
26. Ibid. p.91.
27. Juliet Barker. *The Brontës*. London: Phoenix Giants, 1994. pp.145f.

28. 川本静子『ガヴァネス（女家庭教師）：ヴィクトリア朝の〈余った女〉たち』東京：中公新書、1994. p.12.
29. 同上書. pp. ii-vi.
30. 同上書. pp.58-66.
31. Thormählen. *The Brontës and Education*. p.51.

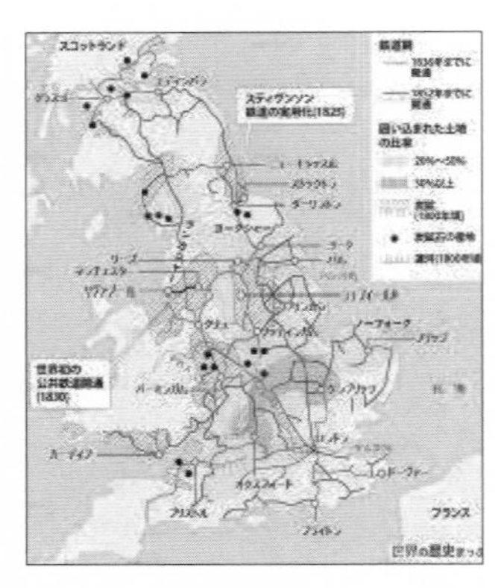

「産業革命時代のイギリス地図」『世界の歴史まっぷ』
http://sekainorekishi.com

上掲の図には、ブロンテ家の時代における産業と輸送手段の変容が示されている。農地は囲い込まれ、土地利用は工業を対象とした産物を生産する目的へ変化した。産業革命を支えた運河は鉄道に輸送主力の座を渡し、鉄道網が発達して行った。ブロンテ姉妹は新しく発達した産業構造と交通インフラの下で、生活し移動し作品を書いていたのである。

第2章

ブロンテ家の家系とパトリック・ブロンテ

第1節　ブロンテ家の家系

食の観点から、ブロンテ家3姉妹を明白にするために、まずブロンテ家の家系を把握する必要がある。ブロンテ3姉妹を生んだブロンテ家の父方の歴史は、父パトリック・ブロンテの代、そしてかろうじて祖父母の代まで遡ることができる。

父のパトリックは、北アイルランドの貧しい農夫の息子だったが、彼の父の代となると名前さえも記載が揺れている。しかし、現在、ブロンテ研究では最も信頼できる総括的な書、*The Oxford Companion to the Brontës* をもとにしたブロンテ家3代に渡る家系図は、下記のようにすることができる。[1]

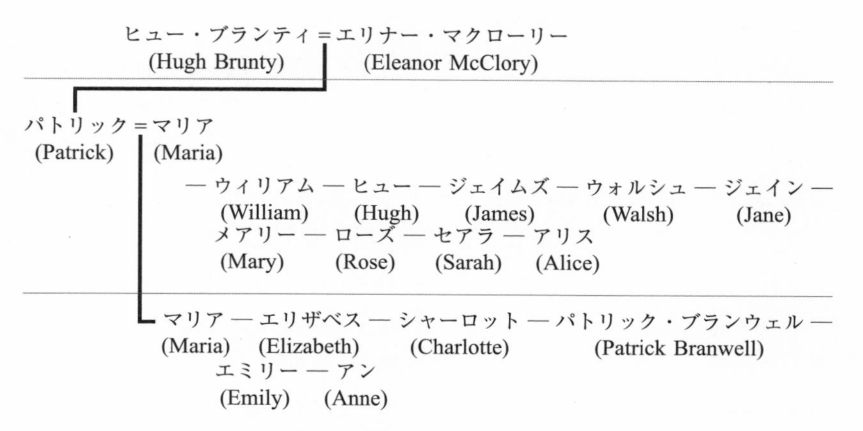

以下、ブロンテ姉妹の父の生涯を概説する。

第2節　パトリック・ブロンテ (Patrick Brontë, 1777–1861)

アイルランドからケンブリッジ大学卒業まで

パトリックは、北アイルランド、ダウン州のドラムバリロウニー教区に、1777年3月17日に第1子として生まれた。3月17日が「セント・パトリックの日」であるため、パトリックと命名された。パトリックの父は、名はヒュー・ブランティ、またはヒュー・プランティで、農夫であった。母の名はエリナーであった。パトリックが生まれた家は、わら葺き平屋建ての小作農が住む小屋で、2部屋しかなく、一家の貧しさが窺える。ヒューとエリナーの夫婦には、5男5女が生まれたが、全10子が生まれた頃の1796年までに、一家はバリナスキーにある大きな石造りの農夫用の家に越していた。

パトリックは地元の学校で教育を受け、その学校に助教師兼生徒として残り、16歳になった時、自分自身の学校を作って独立した。そして彼は、1798年か1799年までには、プロテスタント、福音派の牧師トーマス・タイ一家の家庭教師となっていた。パトリックが、トーマス・タイ一家の家庭教師となったことは、パトリックの生涯の方向を決めることに決定的な役割を果たした。タイ師は、ケンブリッジ大学を卒業し、ドラムバリロウニーの教区牧師であり、この地区の治安判事を勤めていた。タイ師は家庭教師だったパトリックに、ラテン語を教えた。パトリックは忠実に学び、そしてタイ師と同じ道を選んだ。すなわち、ケンブリッジ大学への入学を果たした。1802年10月1日、パトリックはセント・ジョンズ・カレジへ給費生として選ばれて入学した。入学の際、学生登録官は、パトリックの英語が強いアイルランド訛りだったため、元来“Brunty”とか“Prunty”とか揺れていた姓を、確と聞き取って綴ることができず“Branty”と記載した。パトリックは訂正することはしなかった。[2]

パトリックはケンブリッジ大学でも勤勉に学び、毎年、数々の賞を獲得し、最終試験以外はすべて第1級で合格した。そしてパトリックの望む職業は、英国国教会の牧師になることだった。アイルランドからの脱出、貧しい農夫の息子という出自からの脱却を望み、カソリックではなく国教会を選択した。これらは、パトリックが社会的地位において上昇志向を持っていたことを物語り、そして上昇志向を推し進めるだけの、知力・体力・勤勉さを持っていたことを物語る。

英国国教会牧師補となる

1806年4月、パトリックはケンブリッジ大学を卒業し、学士号を得た。そして同年6月エセックス州、ウェザーズフィールドの教区牧師補に任命され、8月10日、ロンドンへ行きロンドン主教によって執事の位に就けられて着任した。

ウェザーズフィールドの牧師補職は多忙であった。この時代にはチフスによる多くの死があり、パトリックは多くの葬儀を補佐した。そしてウェザーズフィールドにおいて、パトリックは一つの恋をした。ある日、パトリックが自分の下宿に帰った時、台所で一人の女性が、その日のディナーにと、猟の獲物を料理していた。その女性は可愛らしく生き生きとしていて、そして2人は即座に引かれ合った。その女性とは、下宿の女主人の姪、メアリー・バーダーで、メアリーは獲物をお土産に伯母の家を訪問し、そしてそのお土産を料理していたのだった。[3] 2人が引かれ合ったにもかかわらず、メアリーとの結婚は成立しなかった。パトリックがアイルランド出身であることを理由に、メアリーの伯父から反対されたからである。出身は、男性においても結婚のために重要だった。

しかし、メアリーが伯母の家を訪問する際、手土産として持って行ったものが、猟の獲物だったことは、この時代のこの地方の食を検討する際、注目すべきである。金銭を使わなくとも自分で捕獲したものが、食料となる。この事情は、本書の第1章「ブロンテ家の時代」、その第3節「食の格差」で述べたドロシー・ハートレイの意見を裏付ける。「田舎の人々は貧しくとも、地元の食材や家の庭で取れる食材を使って十分に上手に料理をしていた」[4]のである。

さて、パトリックは働きぶりを認められ、1807年12月21日、ウェストミンスター寺院において司祭の位を認められた。アイルランドからケンブリッジへ、英国国教会牧師補へ、執事の位から司祭の位へ、パトリックの出世は着実で速かった。

そして、1809年1月、パトリックはシュロップシャー州、ウェリントンへ転勤を命ぜられた。福音派の牧師ジョン・エイトンの牧師補に任命されたからである。ウェリントンにおいて、パトリックは同僚牧師補であるウィリアム・モーガン師と、学校長をしていたジョン・フェネル師と出会った。両人は後に、パトリックがマリア・ブランウェルと結婚することにより親戚関係を有することとなる。

パトリックの次の任地はヨークシャー州のデューズベリーで、在職期間は1809年12月から1811年の早い時期までであった。デューズベリーは羊毛業で発展していた町だったが、住民は貧しく、町は不衛生なままだった。羊毛加工が工業化された時代で、従来の手織職人は職を失っていた。羊毛工場で働く労働者もいたが、工場所有者と労働者の間に貧富の差は大きかった。さらに、不景気になると工場所有者は製品を販売することができず工場閉鎖に追い込まれ、工場閉鎖に伴って工場労働者は職と収入を失い、村の貧しさは増大した。貧困と不衛生からくる死亡者数は大きく、パトリックはここでも多くの葬儀を執り行うこととなった。パトリックは教区牧師、ジョン・バックワース師の家に同居し、献身的に上司を支えた。上司の仕事の助けには、日曜学校で教えることも含まれていた。日曜学校教師の経験は、パトリックが後にハワースで日曜学校を開設運営することに役立つこととなる。

1810年7月20日、パトリックはハーツヘッドの終身牧師補の資格を得た。任務を開始したのは1811年3月であった。教区となっていたハーツヘッドとクリフトンの2つの村は丘の最上にあり、前任地のデューズベリーに比べると自然環境も社会環境も恵まれていた。葬儀などの職務は少なく、パトリックはこの任地で荒野を散策し、詩を作ったり教訓物語を書いたりする時間を持つことができた。

1811年から1812年の頃は、ラダイト運動が激しかった時期だった。ジュリエット・バーカーによれば、この時期この地域において、パン一塊は1/8ペンスだったが工場労働者の日当は2ペンス半で、日当の1/10以下しか食料に充てることができなかったという。[5]

これでは、工場労働者家族は全ての食費をパンに費やしたとても、1日に2塊のパンしか買うことができず、子供の数が多かったこの時代に、子供達に十分なパンを与え、そして工場労働するエネルギーを得ることは不可能だっただろう。ラダイト運動が起きても不思議ではない。そして1812年2月と4月、ハーツヘッド地域の人々もローフォウルズ工場襲撃に参加した。パトリックは暴動に対し、説教を通し、そしてまた雑誌記事を通し暴力を避けるように説諭をしたが、襲撃を阻止することはできなかった。[6]

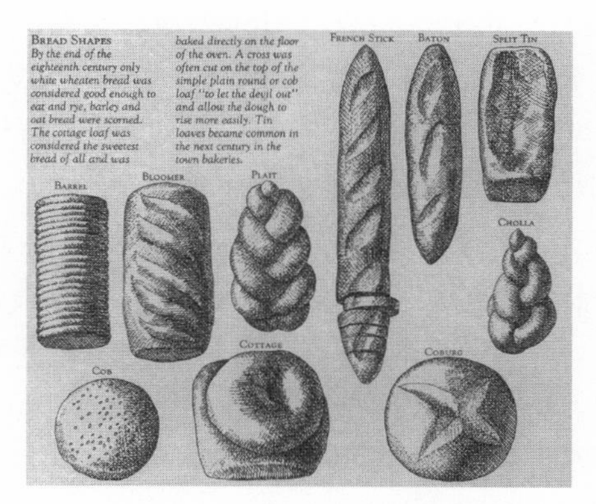

ジョン・シーモアが示す18世紀から19世紀における種々のパンの形

「2塊のパン」とバーカーは言った。しかしパンの大きさで、どの程度、空腹が満たされるかは異なって来る。ジョン・シーモアは『忘れられた家事工芸』の中で種々のパンの形を示している。10種類のパンの形 を示し「18世紀末までには、小麦で作ったパンが一般となりライ麦・大麦・カラス麦のパンは軽蔑されるようになった。19世紀になると "tin loaves"（型に入れて焼いたパン）が町のパン屋では一般的となった」[7]と説明を付している。

型に入れて焼いたパンに関しては、我々は1つの展示例を持っている。ブロンテ博物館が展示する、エミリーがパン焼きに使用した型である。調理台の模様は、本書「序論」7頁の写真[8]で示してあるが、調理台上のパン型現物のサイズは、15cm × 10cm × 6.8cm である。[9] この型を用いてパンを焼いた場合、全体の体積は約1リットルとなる。ラダイト運動激しかった頃、こうした大きさ・こうした体積で、小麦粉・イースト・微量の塩と砂糖しか使わない栄養価の低いパンがこの地方の労働者家庭で食べられていたとした場合、子だくさんの家庭が一日2個のパンで、家族全員が空腹から逃れることができたとは考えにくい。

結婚、子の誕生、そして妻の死

1812年の初期、パトリックはウッドハウス・グローヴ校の生徒達の古典科目の試験を担当するよう依頼された。ウッドハウス・グローヴ校は、パトリックのシュロップシャー州ウェリントン時代の友人、ジョン・フェネル師によって1812年1月に、優秀な聖職者を養成するために開設されたばかりの学校であった。パトリックは6月にウッドハウス・グローヴを訪れ試験官として働く準備をしている時、ジョン・フェネルの姪に出会い、一目で心引かれた。コーンウォールから来ていたマリア・ブランウェルであった。マリアもパトリックに心引かれ、一緒に散歩することが始まり、そして1812年8月26日までには求婚がなされ、1812年12月29日、結婚式が挙げられた。

夫妻は、ハーツヘッド村から1マイルほど離れたハイタウンの村にあるクラフ・ハウスに新居を定めた。この家で、第1子マリアが1814年の早い時期に、そして第2子エリザベスが1815年2月8日に生まれた。子供達が生まれてゆくなか、パトリックはブラッドフォードを基盤とする教会活動を推進した。このため、さらに大きな教区の終身牧師補に昇格する話が出され快く引き受けた。新教区はソーントンだった。ソーントン村はハーツヘッド村よりもブラッドフォードに近かった。年俸も140ポンドで、ハーツヘッドの僧録より多かった。

1815年5月19日、一家はソーントン村に引っ越しをした。この地でも、子供達が矢継ぎ早に生まれた。1816年4月21日に3女シャーロット、1817年6月26日には第4子で長男のブランウェル、1818年7月30日に第5子エミリー、そして1820年1月17日に第6子アンが生まれた。パトリックとマリアの間には、結婚後約8年の間に1男5女、全6子が誕生したことになる。医療や衛生状況が整っていなかった時代に、死産や流産の記録が残ることなく、マリアが妊娠・出産・育児を連続させたことは健康の証だが、しかしマリアの身体への負担が大きかったことは確かである。

ソーントン村において、ブロンテ一家はジョン・ファース博士の一家と親しい親交を得た。パトリックは、同僚牧師補ウィリアム・モーガンから宗教雑誌『訪問牧師』へ寄稿依頼を受け、1815年、同誌に3編の教訓物語が掲載された。パトリックは教育を重視していたから、文芸創作の才能を教訓物語に活かすことは、彼の喜びとするものだった。そしてまたパトリックはソーントン村においても、日曜学校の強化に努めた。ミス・ファースを初め、新しい教育を受けた若い女性たちに日曜学校の教員となってもらった。

1818年パトリックの物語『キラーニーの乙女』が出版され、この物語の広告が4月に『ブラックウッズ・エジンバラ誌』に掲載された。ブロンテ家の子供達は、父の出版物と雑誌広告の両方を身近にし、このことは、ブロンテ家の子供達に対し、文芸作品を書くこと・出版すること・出版によって社会から認識されることを身近に感じさせる手助けとなった。

パトリックの次の任地はハワースの村だった。1819 年、ブラッドフォード教区牧師ヘンリー・ヒープ師によってハワース教区の終身牧師補に推薦され、ブロンテ一家は、1820 年 4 月、ハワースの牧師館へ引っ越しをした。

ハワース在住終身牧師補という職名のもと、パトリックが担当する教区は数多く、しかも教区は荒野の中に点在していた。ハワースに加え、スタンベリー、オクスンホープ、カリングワース、オークワース、トゥローデンの教区が担当であった。各教区の教会で日曜日ごとの礼拝を行い、洗礼や葬儀の必要が生じた教会へ行き、さらに点在する教区に住む貧困や病に苦しむ人々を訪問しなければならなかった。馬を飼う経済的なゆとりのないパトリックは、荒野をすべて歩いて職務を遂行した。荒野は起伏に満ち、ヒースの生え茂る野原であって道は無い。風がきつく吹き、冬は雪が混じる風となった。徒歩で村々を訪れて職務を行うパトリックの体力は、並大抵のものでは無かったと言える。

そして、パトリックの妻マリアが病気であることが明らかとなったのは、一家がハワースにやって来て 1 年とたたない頃の 1821 年 1 月のことだった。パトリックは貧しい家計の中、看護婦を雇い妻の病気の回復に努めた。5 月には妻の実家の地、ペンザンスからマリアの姉、エリザベスに来てもらい、看病と家事・育児の手助けを得た。しかしマリアは 1821 年 9 月 15 日、今日推定されるところでは、子宮癌で亡くなった。

伯母ブランウェルを主婦と母に

19 世紀初頭のイギリスにおいて、職業が終身牧師補で、一家に幼い子供が 6 人いることは、夫の職業を助け、家事・育児を担当する妻が必要であることを意味した。マリアを失ったパトリックは、再婚するための努力を重ねる。妻の死わずか3ケ月後の1821年12月12日に、ソーントン時代の友人、ファース家のエリザベスに手紙で求婚し、すぐさま断られた。1822年ないし1823年に、友人の妹イザベラ・デューリーに求婚した。イザベラは、パトリックの再婚相手となるなど、あきれ果てるといった雰囲気の手紙を友人に書いている。「私はそんな馬鹿げた考えの、片鱗の片鱗だって決して持つことはありません。財産は無くて6人の子供が付いてくる男と結婚するなんて、あり得ません。」[10]この手紙は、19世紀初頭のイギリスでは、男性が結婚するためにも財産が必要だったことを示している。パトリックは1823年にはさらに、メアリー・バーダーに求婚した。これは、メアリーに対する再度の求婚であった。しかしパトリックがアイルランド出身であることを理由に反対され、結婚は実現してはいなかった。今回の求婚を受けたメアリーは、パトリックがかつて自分の心を踏みにじったからと、再度の求婚を断った。

パトリックは再婚しようと3人の女性に求婚したが、愛情が問題ではではなく、社会的地位が適合し面識がある女性に対して求婚を繰り返しただけだった。牧師には妻が必要だった。もっと大きな必要は、1歳から6歳までの6人の子供達に母を得ることだった。しかし、世間体を冒してまでの努力むなしく、パトリックは再婚相手を得ることができず、第2の母を得ることはできなかった。

だが、マリアの看病のためペンザンスから来ていたエリザベス・ブランウェルが、ハワースにとどまり、家事を取り仕切り、子供達の養育に当たることに同意してくれた。

パトリックは子の養育に熱心で、しかも子に寄り添って育てようとする態度の持ち主だった。このことは「仮面問答」で窺うことができる。エリザベス・ギャスケル宛て1855年7月30日付け手紙の中に、パトリックが記載した6児との「仮面問答」エピソードが、パトリックの教育態度を示している。

> 子供達がとても幼い頃、覚えている限りでは、一番上が10歳ほど、一番下が4歳ほどの時、私は、自分が知っている以上に子供達が物を知っているのではと考えました。子供達があまり物おじをしないで話ができるために何か覆いの下に置いてやれば、私の目的を達することができるだろうと考えました。家に偶然お面があったので、私は子供達皆に、立って仮面の覆いの下から大胆に話しなさいと言いました。私は一番下のアンから始めました。私は、彼女のような子供に一番必要とされるものは何かと尋ねました。彼女は「年齢と経験です」と答えました。私は次の子エミリーに、彼女の兄ブランウェルを私がどう扱うのが一番いいと思うか尋ねました。ブランウェルは時折、言うことを聞かない子だったからです。エミリーの答えは「諭しなさい。そして、理に耳を貸さなかったら、鞭で打ってやりなさい」でした。私はブランウェルに、男性と女性の知性の違いを知る最良の方法は何かと尋ねました。彼は「身体の違いに準じて考えることです」と答えました。そして私はシャーロットに、この世で最良の本は何かと尋ねました。彼女は「『聖書』です」と答えました。そこで私が、次に良い本は何かと尋ねると、彼女は「『自然の書』です」と答えました。そして私は次のエリザベスに、女性のための最良の教育方向は何かと尋ねました。彼女は「家を上手に切り盛りできるようにする方向です」と答えました。最後に、私は一番年上の子に、時を過ごす最良の方法は何かと尋ねました。彼女は「幸福な永遠への準備をしつつ時を展開して行くことです」と答えました。[11]

父が子供達に対し暖かな心配りをしていること、父の関心は子供達の現在と将来であること、4歳から10歳という幼いきょうだい達であるにも関わらず、子は皆、世間的な常識を知っており、かつ個性的であることがわかる。

子供達の教育

1823年、パトリックは、マリアとエリザベスの上2人の娘達を、ウェイクフィールドにあるクロフトン・ホール校に入学させたが学費が続かず、寄宿教育はごく短期間で終わった。[12] しかし、1824年7月21日、パトリックは2人を、カウアン・ブリッジにある「聖職者の娘達のための学校」へ入学させた。この学校は、1824年1月に開校されたばかりで、貧しい牧師達が娘に教育を与えることができるように運営費用の多くを寄付に頼り、親が年間支払う費用は14ポンドという慈善寄宿学校であった。上の娘2人に続いて、シャーロットは1824年8月10日、エミリーは1824年11月25日に入学した。しかし、この学校の運営実態は、住環境は不衛生、食事は不十分、教育方法は厳格で、教育の質以前に健康に危険のある生活環境だった。学校にチフスが発生し、長女マリアは結核を発病させた。パトリックは1825年2月14日、マリアを家へ連れ戻したが、5月6日亡くなった。そして次女エリザベスは結核のため1825年5月31日家へ帰され、6月15日に亡くなった。学校の実態に気づいたパトリックは、シャーロットとエミリーを、1825年6月1日、家へ連れ帰った。学校教育の手立てを失ったパトリックは、家で子供達を教育することにした。

ブロンテ師が牧師館にて4人残った子供達を養育していた頃の食事模様を記述するのは、ジャーナリスト・文芸評論家のクレメント・ショーターである。彼は『シャーロット・ブロンテと彼女の仲間達』(1896)において、牧師館の食事模様の俯瞰図を記述している。

> 子供時代から成人するまで、本当に、3女児は規則正しく父の書斎で朝食を取っていた。タイニング・ルームは四角形の質素な部屋で、中流の中でも貧しい家庭には一般的な部屋だった。このダイニング・ルームで3姉妹は昼のディナー、ティー、そして夕食を取った。ブロンテ師はティーの時は娘達に加わったが、ディナーはいつも自分一人で自分の書斎で取っていた。

> 牧師館への訪問者が、子供達のディナー・テーブルを私の友人に語っており、友人によれば、テーブルの一方の端にミス・ブランウェルが座り、他の端にシャーロットが座り、エミリーとアンがテーブルの両脇を占めていたという。ブランウェルは、訪問の際、不在だったとのことである。食事はとても質素で、一種類の大きな肉が出され、いつも決まって次に出されたのは、何かのミルク・プディングだった。小麦粉を折り畳んだ生地から作るペイストリーは、牧師館では知られていなかった。ミルク・プディング、あるいは牛乳と米から作られる食べ物が、エミリーとアンの主要食品だった様子で、2人はこれに朝食としてのスコットランド式のポリジを加え、ポリジはペットの犬達と分け合う食べ物だった。[13]

ショーターの記述には出典記載がなく、さらにその上、牧師館への訪問者が友人に語り、ショーターはその友人から聞いて記述した食事模様であるから、信ぴょう性に疑問が残る。

しかし、ショーターの記述は『シャーロット・ブロンテ伝』中のギャスケルの記述と類似を持ち、しかし同時に相違を持つ。ギャスケルの記述は、『シャーロット・ブロンテ伝』ペンギン版87頁に、死の床にあったマリア・ブロンテの看病をした「善良な年取った女性」の語りが引用されている。

> 私は子供達が生気に欠けると考えていました。…… 理由の一つは、ミスター・ブロンテが持っていた、子供達に肉を食べさせないという思い付きだったと考えています。家には十分な食べ物があり、無駄にしてしまうことさえあったのですから、決して倹約のためではありませんでした。……ミスター・ブロンテは、子供達を質素に頑丈に育てたかったのです。そのため子供達には、ディナーにジャガイモしかありませんでした。

ギャスケルは「ディナーにジャガイモのみ」と言い、ショーターは「エミリーとアンにおいてプディング、あるいは米が主要食品だった」としており、共にデンプン質に依存した食事だったことが類似である。しかしショーターとギャスケルの絶対の違いは、肉の有無である。

ジュリエット・バーカーが『ブロンテ家の人々』110 頁から 111 頁にかけて、かつての召使サラ・ガースの語りとして記述するブロンテ家の食事模様は、また異なった違いを見せている。

> 子供達は朝の祈りを終えると、ポリジと牛乳、そしてパンとバターというたっぷりとした朝食のため、父に従ってホールを横切って行きました。…… 子供達は父と一緒に午後 2 時にディナーを取りました。特別な手を加えていないローストか茹でた肉があり、デザートにはパンと米のプディングか、カスタード類か、あるいは少し甘くした卵と牛乳の料理品がありました。…… 子供達が午後の外出から戻って来ると台所でティーが待っていました。パトリックは仕事から遅れて戻り、自分のティーは自分の書斎で取りました。

ガースの語りで注目すべき点は、父が子供達と別に自分一人で取った食事をティーとしている点である。ガースの語りで次に注目すべきは、デザートである。卵・牛乳・砂糖を主材料とするカスタード類、そしてさらに卵と牛乳を使ったデザートが述べられており、デンプン系があれば基本が成立するプディングに比べ、デザートにかかる費用は高くなっている。ブロンテ家の食費は、ガースの語りにおいて最も高い。

ブロンテ家の子供達に対する肉の有無は、シャーロットの生涯を扱った本書第 6 章第 1 節 99 頁に、メアリー・テイラーがロウ・ヘッド校において「シャーロットが動物性食品は何も食べませんでした」と回顧した手紙を引用してある。肉は 14 ～ 15 歳となったシャーロットにおいても食べづらい食品だった様子だが、幼い子供達のディナー・テーブル上に肉はあったと考えられる。本書の序論 4 頁で述べたように、アラン・

シェルストンは、ブロンテ師が子供達に肉を食べさせなかったとしたギャスケルの記述は誤りだっただろうとしている。ギャスケルの記述においても、看護婦であった「善良な年取った女性」は肉が無かった理由をブロンテ師の「思い付き」(fancy) とし、ブロンテ師の真の願いは子供達を質素に「頑丈に」(hardily) 育てることだったとしている。ブロンテ師が願っていたことは子供達の健康な成長なのである。さらに、母マリアが病の床にあった時期は、最年少のアンが1歳で最年長のマリアが7歳の頃である。サラ・ガースがブロンテ家に住み込んで働いた期間は1818年から1825年であるが、この時期はエミリーが生まれた頃から最年長のマリアが11歳となる頃までである。つまり看護婦とガース、2人の情報提供者がブロンテ家で働いていた時期において、全ての子供達は幼かった。生まれたばかり、離乳の時期、幼児期から児童期で、子供達の消化機能は大人のように発達していない。乳や離乳食しか受け付けないブロンテ家の年少児は言うまでもなく年長児においても、子供達の食べ物に必要な事は消化の良い事だった。

では、どのような食品が消化が良いのだろう。消化の良さを示す一つの指標は、胃の中に食品が停滞する時間である。長谷川なるみ著『胃腸病の食養法と献立』は、「消化時間」項に続く「食物の大体の胃内停留時間」項において、牛乳を2時間以内の分類に置き、じゃがいもを2時間半、一般の肉類を4時間以内の分類に置いている。[14] この書籍が胃腸病患者を対象にしたものであっても、じゃがいもの方が肉よりも消化が良いことを、我々は時間単位で知ることができる。

それでは、消化の良い食事とはどのようなものだろう。我が国の国立がん研究センターがインターネットで発信している「手術後の食事(胃、大腸)」が有益な情報となる。前述の「食物胃内停留時間」、そして手術後の食事、共に病時に関する情報源からとなるが、病時は胃腸への配慮が必要な時期であり、健康時における食事検討よりも食事と胃腸との関係をより鮮明に提示する。国立がん研究センターが手術後の食品として勧める肉類は「皮なし鶏肉、ささみ、脂肪の少ない牛・豚肉、レバーなど」、穀類は「粥、軟飯……など」、いも類は「じゃがいも、さといも……」、果物は「缶詰、りんご……」、野菜は「やわらかく煮た野菜（かぶ……）など」である。そして料理法は「煮る、蒸す、焼く、細かくきざむ」となっている。[15]

上述の消化に関する2情報は現代日本が基盤であり、ブロンテ家の子供達は19世紀イギリスで生活していたことを勘案しなければならないが、ショーターとガースによるブロンテ家の食事を再び見てみると、朝食はポリジ（オート麦の粥）や牛乳やパン、デザートはミルク・プディングや牛乳と米から作られる食べ物、パンと米のプディング、カスタード類、少し甘い卵と牛乳の料理品となっている。これらは全て消化が良いのである。その上、エミリーによる1834年11月24日付け「日誌」記載のディナー・メニューは「茹でた牛肉・かぶ・ジャガイモ、リンゴのプディング」である。食品といい、料理方法といい、このメニューは消化の良さそのものである。エミリー16歳の頃になっても、ブロンテ家のディナーが、消化の良い食品と料理方法だった一例である。

では、母が病の床にあった時、そして母が失われた後の幼い子供達に付き添って、適切な食品を選んだり柔らかく煮たり細かく刻んだりといった細やかな配慮と手間を掛ける人が居ない時、子供達は自然と自分達で、食べる事ができる食品を選び、食べる事ができる料理方法を受け入れたことだろう。だから、ブロンテ師が肉をテーブルに乗せたとて、子供達は肉を避けたことだろう。看護婦が「ジャガイモのみ」と言ったとて、短期の看護仕事で十分にブロンテ家を知らない女性の目に、子供達が食べていると印象付けられた食品がジャガイモだったと考えることも可能なのである。

さらに、ブロンテ師は人に食べ物を与えようとする善意に満ちた人であった。ジュリエット・バーカーが記載する一つのエピソードがある。1819年3月、ソーントンの牧師補であったブロンテ師は教区の若者約

60 人をブラッドフォードで行われる堅信式へ引率する業務を行った。若者達の一行がブラッドフォードに到着した頃、天候が急変し嵐が予想された。ブロンテ師はまずホテルへ行き、熱いディナーを注文しておいた。若者達が式を終えて教会から出て来た時は嵐となっていたが、若者達はホテルへ行き熱いディナーで元気付けられ、かつ嵐の最悪時を逃れ、そして一行はソーントン村へ無事に歩いて帰ったのであった。予期せぬ事態に対する適切で親切な行為は、教区で長く記憶に留められたという。[16]

パトリック・ブロンテを父としたブロンテ家の食事模様は情報提供者によって類似と相違を見せているが、総合して言えることは、パトリックが自分の仕事時間を調整して子共達と食事を共にし、自分なりに食品への心配りをして健全な成長を願い、さらに人々一般に食べ物を与えたいという愛情を持っていたことである。

さて、学校教育は再開された。シャーロットにおいては、1831 年 1 月から 1832 年 6 月の 1 年半、パトリックは彼女を、マーフィールドにあるロウ・ヘッド校で学ばせた。ロウ・ヘッド校は教育内容も生活環境も良心的で、中流階級向けの一般的な教育科目の他に、フランス語・音楽･絵画を学ぶことができた。ロウ･ヘッド校を卒業すると、シャーロットは妹達に自分が学校で学んだ事柄を伝授した。

そして 1835 年 7 月末、シャーロットはミス・ウラーに請われ、ロウ・ヘッド校の助教となり、シャーロットの給料と相殺する形でエミリーがロウ・ヘッド校へ入学した。しかしエミリーは激しいホームシックとなり 3 ケ月でハワースへ戻り、代わりにアンが 1835 年 10 月から約 1 年間、ロウ・ヘッド校で学んだ。

パトリックは子供達の教育に熱心であり、子供達も父の熱意に誠実に答えたが、この背景には、産業革命以降、中流階級の子供は女子であっても、職業を持ち収入を得ることが一般化していたことがある。そして女子の場合、中流であるという対面を保持して就くことのできる職業は、教師か作家であった。しかし雇われた教師は薄給で労働状況は厳しかった。

そこで、ハワースの牧師館を利用して自分達の学校を設立する案が浮上した。自分達の学校に生徒を集めることができるためには、姉妹がさらに教育を受けて教師としての質を高めることが必要だった。質向上の一環は、「ブロンテ姉妹学校」の指導科目として「たしなみ教育」を掲げることだった。「たしなみ教育」は、手の込んだ針仕事、刺繍、フランス語、ドイツ語、音楽、絵画である。これら科目の中で、シャーロットはフランス語を狙った。そしてフランス語能力向上のため、留学する事を望んだ。フランスへの留学は高かったがブリュッセルは安く学べる都市であり、友人のメアリー・テイラーが学んでいた都市だったため、シャーロットはブランウェル伯母から借金を得て、エミリーと共に、1842年2月15日、コンスタンタン・エジェが教師を勤めるエジェ塾に入学した。娘達を案ずるパトリックは、ハワースからブリュッセルまで、2人に付き添った。

シャーロットとエミリーは極めて熱心にブリュッセルで学んでいたが、ブランウェル伯母が、10月29日、急逝したため、2人はハワースへ戻った。葬儀が終わりシャーロットは1843年1月27日ブリュッセルへ戻り、1844年1月1日までブリュッセルに滞在した。エミリーは、エジェ塾へ戻ろうとはしなかった。

シャーロットは2回に分かれた留学を終え1844年帰国すると、「ブロンテ姉妹学校」の広告を作成し、友人・知人に配った。しかし、生徒は1人も来なかった。

ハワース教区牧師補として

パトリックの教区牧師補としての仕事は多忙を極めたが、パトリックは19世紀のイギリス社会改善に尽力した。『リーズ・インテリジャンサー紙』に計3通の投書をし、ローマ・カソリックにも国教会信徒と同じ権利を認めることを主張した。刑罰軽減の運動にも尽力した。1820年代のイギリスでは、馬1頭を盗んでも人1人を殺しても、刑罰は同じく死刑だった。『リーズ・マーキュリー紙』はこの刑法条項を改正するよう運動を起こしていたが、1829年1月、同紙は刑法条項を定めた人々こそ罪人である旨のパトリックの投書を掲載した。[17]

書き物を通して社会に貢献しようという意図は、パトリックの妻マリアも同様だった。

彼女の宗教的教訓物語「宗教問題における貧困の利益」は、1,500単語の長さで、執筆年は記されていない。現在リーズ大学ブラザトン・コレクション所蔵の原稿には、「何かの雑誌に掲載されることを意図して、妻マリアによって書かれた」という、パトリックによる書き込みがあるが、未発表のままで終わったと推定されている。

> 正直で勤勉なキリスト教徒で、神を信ずることによって十分な慰めを得る人々は、たとえ食べ物が足りず子供達が心を引き裂かれるように泣いていても、天国における永遠の神の恵みを期待することができる。…… 貧しさは多くの利点を持っている。貧しい人々は、決して世俗の富を蓄えようという思いに惑わされることはない。贅沢のために堕落することはなく、自分の金品を盗まれることを心配する必要もない。貧しい人々は正直に働いて一日を過ごした後、心安らかに眠ることができる。[18]

19世紀初頭のヨークシャーの田舎では、食べ物に事欠く人々も富を蓄える人々もいたことがわかる。貧富格差の中、マリアが尊ぶべきものとして教えているのは正直・勤勉・宗教心であり、贅沢は堕落としている。マリアが母であり、パトリックが父であったブロンテ家の子供達は、こうした価値観を与えられたことだろう。

社会に尽したいとするパトリックは、ハワースに日曜学校を開設することに成功した。1831年の夏、「全英日曜学校協会」から助成金を獲得し、教会の隣の建物を使って1832年に日曜学校を始め、ロウ・ヘッド校から戻ったシャーロットも教師となった。

さらにまたパトリックは、1834年11月に、「ハワース禁酒協会」を発足させた。1849年から1850年にかけては、ハワースの公衆衛生状況改善のため、村に清潔な水が供給されるよう「健康局」に対し請願運動を展開した。ハワースにおける井戸水の汚染はひどく、そして下水道が作られていなかったため汚水が道路を流れ、水をめぐる衛生状況は驚くほど悪かった。しかしこの問題が「健康局」で取り上げられたのは、何と1856年だった。[19]

悩みと成功と

唯一の男児ブランウェルは、パトリックが大きな期待をかけて教育し、職業の世話をして来ていた。しかし画家という希望の職は成らなかった。家庭教師となったが、家庭教師先の夫人との関係疑惑を理由に1845年、解雇され、これを機にブランウェルは酒とアヘンに落ちて行った。期待の息子ブランウェルは今、パトリックを悩ませる息子となっていた。

パトリックは生来、頑健な体の持ち主だった。しかし白内障が進行し、1846年にはほとんど目が見えない状態となった。白内障を手術することはこの時代でも可能だった。シャーロットはマンチェスターに名医を見つけ、手術依頼を出して受諾され、2人はマンチェスターに8月19日から9月28日滞在して手術を受けた。手術は成功だった。

ブロンテ家のきょうだい達は、幼少時から、きょうだい間で物語を作ることが好きだった。この好みには、パトリックが詩や物語を創作し新聞に投稿をするといった文筆活動をしていた影響が大きい。成長した姉妹は、詩集を出版し、次に小説作品を試みた。シャーロットは1847年10月16日、スミス・エルダー社から『ジェイン・エア』を出し大ヒットとなった。『ジェイン・エア』の大成功はパトリックを喜ばせた。シャーロットは父に『ジェイン・エア』を書籍出版したこと、そして売れたことを告げた。最初は状況がつかめなかったパトリックだったが、事情を知ると、きょうだい達を集めてうれしそうに言った。「シャー

晩年のパトリック・ブロンテ師

ロットが本を書いていてね、私が思っていたより良いものだね。」[20] 穏やかに、しかし確実に、父は娘の成功を自分の心に刻み込んだ。シャーロットは誇りの娘となった。

相次ぐ死

1848年9月24日、酒とアヘンで身を持ち崩していたブランウェルが亡くなった。31歳であった。ブランウェルの葬儀の日が雨だったため、葬儀に参列したエミリーが体調を崩した。結核を悪化させたのであるが、彼女は医師にかかることを拒み、ブランウェルの死の3ケ月後、1848年12月19日に亡くなった。30歳であった。アンにも結核の兆候が明らかとなった。アンは積極的に治療を受け、シャーロットと共にスカーバラへ転地をしたが効果なく、1849年5月28日亡くなった。29歳であった。ブロンテ家に生まれた子供は6人であったのに、生存する子はシャーロットのみとなった。幼い頃から家族内で親密に結び付いて生活して来たシャーロットは、きょうだい達をすべて失い、鬱々とし、次の小説の筆は進まなかった。

シャーロットの結婚

しかし、憂鬱に沈む牧師館を助ける人物も多かった。パトリックの牧師補、アーサー・ベル・ニコルズ師もその一人であった。ニコルズ師は1845年に着任し、パトリックの補佐をしていたが、前々からシャーロットに心引かれていた。シャーロットがきょうだい達を失った後は、シャーロットを支えたいという気持ちが加わって愛は強まり、1852年12月13日シャーロットに求婚した。シャーロットは求婚されたことを父に告げた。ところが、自分の牧師補が自分の娘と結婚すること、しかもその娘は有名作家であること、この身分と地位の差はパトリックが受け入れることのできないものだった。シャーロットから話を聞いた時、激怒し顔色を変え、シャーロットはパトリックが脳卒中の発作を起こすのではないかと懸念して、求婚を断ることを父に告げた。シャーロットはニコルズ師に断り、パトリックはとりあえずの落ち着きを得た。

娘との結婚に反対である男性を自分の補佐として行くことに、パトリックは耐えられなかった。ニコルズ師はパトリックから身を隠した生活を送り、しかし、ニコルズ師とシャーロットの文通は続けられ、一方パトリックはニコルズ師が不在となって初めて、牧師補としての彼の有能さに気が付いた。パトリックの心は次第に和んでゆき、1854 年 4 月、ニコルズ師はハワースの牧師補として呼び戻されることが決まり、結婚の許可が与えられ、結婚式が 1854 年 6 月 29 日に行われた。

しかしシャーロットの結婚生活は長くはなかった。夫妻で散歩に出た日、にわか雨に降られ、シャーロットは風邪を引いて寝込み、以降、体調不良から抜け出すことができなかった。不調は妊娠のためとわかったが、治療する術がなかった。1855 年 3 月 31 日、シャーロットは亡くなった。遂にパトリックは、すべての子に先立たれたのであった。

パトリックはアイルランドの貧農から身を起こし、国教会牧師補となって世に貢献して来たが、彼の人生と仕事を支えていたものは、家族愛だった。しかしパトリックは、妻を失い、母代わりの女性を失い、そして全ての子供を失った。皮肉にも、父であり最年長のパトリックが最後のブロンテ家の人となった。パトリック・ブロンテの最初の網羅的な伝記は、ジョン・ロックと W. T. ディクソンによって 1979 年に出版された 600 ページに近い大著だが、書名を『悲しみの人』（*A Man of Sorrow*）としている。ロックとディクソンの書籍名は、真にパトリックの心情を表している。

一人牧師館に残された 78 歳という高齢のパトリックに、ニコルズ師は忠実に仕えた。そしてシャーロットの未発表作品『教授』を、スミス・エルダー社から1857年6月6日、出版させた。パトリックは、すべての子供を失ったが、誠実な牧師補であり娘婿である人物を持ち、高齢にもかかわらず牧師職をこなし、シャーロットの作家活動に対する補完も行ったのだった。

84歳となったパトリックは、数か月寝たきりとなり、そして1861年6月7日、老衰のため亡くなった。彼の一生を振り返って見れば、頑健な身体、真正な心、博愛的な宗教心、広い視野と学識に裏付けられた社会性、勤勉な生活態度、偏狭と映る面もあるほど自己の信念に忠実なこと、そして篤い家族愛が浮き上がる。パトリックのこうした特性は、ブロンテ姉妹の精神を形成し、作家活動に影響を与えた。ブロンテ姉妹の食生活を考察しようとする際も、パトリックは、実際にどのような食事を共にしたかのみならず、姉妹が食生活に対して持つ態度・価値観の基として重要である。

註

* 本章におけるパトリック・ブロンテの生涯に関する記述は、Christine Alexander and Margaret Smith 編 *The Oxford Companion to the Brontës*、および John Lock and Canon W. T. Dixon による伝記 *A Man of Sorrow: The Life, Letters and Times of the Rev. Patrick Brontë 1777–1861* を大きな典拠としています。

1. Christine Alexander and Margaret Smith, eds. *The Oxford Companion to the Brontës*. Oxford: Oxford University Press, 2003. p.65.
2. John Lock and Canon W. T. Dixon. *A Man of Sorrow: The Life, Letters and Times of the Rev. Patrick Brontë 1777–1861*. London: Ian Hodgkins, 1979. p.14.
3. Juliet Barker. *The Brontës*. London: Phoenix Giants, 1994. p.19.
4. Dorothy Hartley. “Introduction.” *Food in England*. London: Little, Brown, 1996. (orig. 1954.) pp. iii-v.
5. Barker. p.45.
6. Loc. cit.
7. John Seymour. *Forgotten Household Crafts: A Portrait of the Way We Once Lived*.

New York: Alfred A. Knopf, 1987. p.34.
8. The Brontë Society, ed. “The Kitchen.” *Brontë Parsonage Museum*. Haworth: The Incorporated Brontë Society, 1989. n.pag.
9. ブロンテ博物館が展示するパン型の大きさに関し、英国ブロンテ協会終身会員である本書の筆者は、2019年7月7日、博物館にメールにて具体的なサイズを訪ねた。補助学芸員からのメール返事は翌日7月8日に届き、「15cmL × 10cmW × 6.8cmH」とのことであった。
10. Barker. p.113.
11. Lock and Dixon. p. 234.
12. Michael Steed. *A Brontë Diary: A Chronological History of the Brontë Family from 1775 to 1915*. Clapham: The Dalesman Publishing, 1900. p.34.
13. Clement K. Shorter. *Charlotte Brontë and Her Circle*. London: Hodder and Stoughton, 1896. p.60.
14. 長谷川なるみ『胃腸病の食養法と献立』東京：第一出版、昭和35年. p.11.
15. 国立がん研究センター「手術後の食事（胃、大腸）」https://ganjoho.jp
16. Barker. p.79.
17. Alexander and Smith. p.102.
18. Ibid. pp.2f.
19. Ibid. p.103.
20. T. J. Wise and J. A. Symington, eds. *The Brontës: Their Lives and Correspondence in Four Volumes*. Oxford: The Shakespeare Head Press, 1932. Vol. III p.144.

『ジェイン・エア』第 3 巻第 8 章で、ジェインはムア・ハウスにダイアナとメアリーを迎える準備に、クリスマス・ケーキとミンス・パイを焼いている。『嵐が丘』第 1 巻第 7 章で、キャサリンはリントン家で 5 週間を過ごし、レディの様相となって嵐が丘屋敷に戻って来る。この時ネリーは、クリスマス・ケーキ作りで粉だらけになっていた。

下の写真は Michelle Berriedale-Johnson が *The Victorian Cookbook*、106-107 頁で示すイギリスの伝統的なクリスマス菓子である。ケーキ、プディングとブランデー・ソース。そしてミンス・パイ。

小麦粉生地に混ぜたり中に入れたりする物は、牛脂やバター、砂糖、卵、レーズン、スグリ、リンゴ、レモンやオレンジの皮の砂糖漬け、ナツメグやメースといったスパイス、ワインやブランデー……。イギリスのクリスマス菓子は、脂、砂糖、果物、スパイス、そしてお酒で、こってり甘くて香りに満ちている。

第3章
エリザベス・ブランウェル
(Elizabeth Branwell, 1776–1842)

第1節　姉妹への影響

ブロンテ姉妹の生活全般と作品、そして姉妹の食生活と作品中の食べ物を考察する時、「伯母ブランウェル」を忘れてはならない。伯母ブランウェルは、姉妹の母マリアが1821年亡くなって以降、姉妹の母親代わりとなり、牧師館の主婦となり、姉妹の養育と生活を取り仕切ってくれたからである。母マリアが亡くなった時、シャーロットは5歳、エミリーは2歳、アンは1歳半だった。姉妹が幼い頃から育て教育し、食事の献立を決め、家族と召使を使って実際の料理をさせ、食生活の管理をしたのは伯母だったから、彼女がどのような人であり、どのように働いたかは、姉妹の生活と食事に、そして作家としての成長と成功に大きな影響を及ぼした。

第2節　生涯

生まれてからヨークシャー移転まで

エリザベス・ブランウェルは、1776年12月2日、コーンウォール州の港町ペンザンスにて、トーマス・ブランウェルとアン・ブランウェルの11児の一人として生まれた。エリザベスにとってほぼ7歳下の妹マリアが、後にパトリック・ブロンテの妻となった。ブランウェル一家は、敬虔なウェズレイ派のメソジストだった。父トーマスは卸売り商人をしており、お茶といった利益の上がる商品を取引していたから、一家は裕福であった。エリザベスは、知的であり美貌にも恵まれ、豊かな家の女子としてのたしなみ教育を身に付け、地元の社交界で人気を得る女性だった。しかし、結婚相手を得ることはできなかった。

1808年に父トーマスが亡くなった時、父は女子4人、ジェイン、エリザベス、マリア、シャーロットのそれぞれに、年50ポンドの終身年金が得られるよう資産分配をしてくれた。イギリスが19世紀に入ったばかりの頃では、女性が職業に就き自分自身の収入を得ることが難しいことを配慮しての父の計らいだった。父が時代を見る目を持ち、思慮と愛情ある人物だったことを意味する。こうした父の精神性は、エリザベスの精神性に影響する。

ブロンテ家へ

父の死後も、エリザベスは結婚することなく、実家で生活していた。結婚しておらず職も無い動きやすい身だったため、1815年、ヨークシャーの地へ嫁いでいた妹マリアの夫から、家事・育児の手伝いに来てくれるように頼まれた。第3子が生まれようとしていたからだった。ソーントン村の牧師補だったパトリック・ブロンテ師夫妻には、既に2歳の長女マリア、1歳のエリザベスが居た。依頼に応じ、エリザベスはソーントンへやって来た。そして第3子シャーロットの出産を助け、産後の忙しさを手伝い、1816年の中頃、ペンザンスへ戻った。

そして、エリザベスは、再度、ブロンテ家へ手伝いを頼まれることとなる。1821年5月、今度はハワースへ来てほしいと依頼された。ブロンテ師はハワースの終身牧師補として着任したばかりだったが、妻マリアが重い病気となったためである。マリアの看病、そして、今は6人となっている子供達の世話をする人が必要だった。エリザベスはやって来た。45歳の独身女性が、結婚できず自分自身の家庭を持たず、実家にとどまっていることは肩身の狭いことだった。“old maid” の状態が本人と周囲の心に不本意を感じさせていたことは、ジェイン・オースティンの作品が、あるいはエリザベス・ギャスケルの『クランフォード』(1853) が示している。

看病にもかかわらず、マリアは亡くなった。ブロンテ師は母と主婦の役割を務めてくれる女性を求め、再婚の努力をしたが、2 度目の妻を得ることはできなかった。看病のため滞在していた 45 歳のエリザベスが、母・主婦として牧師館に永住することとなった。この選択が、この時代と状況の下、ブロンテ家にとってもエリザベスにとっても、最も好ましいとの合意の結果だった。

しかし温暖なペンザンスで生まれ育ったエリザベスは、ヨークシャーの寒冷な気候が嫌いだった。牧師館の木の床で冷えないように踵の高い木靴を履き、牧師館 2 階の自分の部屋は、暖炉でいつも暖かくなっているよう留意した。[1]

この写真は、ペンザンス観光情報事務局が、インターネット・ホームページのトップに掲げる現在のペンザンス風景である。[2] 古くからの家々が建ち並び、歴史の古さを感じさせる。遠くの空と淡い赤を帯びた雲は、北国の空や雲のように寒いものではなく、ほんのりとした暖かさを感じさせている。そして、“Purely Penzance” という英語タイトルの下には、コーンウォール語で「ペンザンスはあなたを歓迎します」と書いてある。ブロンテ関係書籍において、エリザベスが故郷を懐かしがったという記述は多く、理由として気候の違いが言われているが、[3] 言語

の違いは言われていない。しかし、慣れ親しんだウェールズ語やコーンウォール語や英国南部訛りのある英語から離れ、ヨークシャー訛りの英語を毎日耳にする生活転じた時、45歳となっていたエリザベスには、言語に対する違和感をぬぐい去ることは難しかったのではなかろうか。[4]

こうしたエリザベスの気持ちが一因となって、ブロンテ家の生活を描いた『ハワース牧師館』中に「伯母は、姪達が "spitting" といった下品な言葉を使うと叱責した」[5]という記述が残ることになったのであろう。

エリザベスは厳しい宗教感を持ち、整った生活態度を身に付けており、時間にはうるさく、金銭にも綿密であった。召使のナンシー・ガースが語る所によれば「前主婦のマリア・ブロンテは、召使達が自由に地下室へ行ってビールを取ってくることを許してくれた。しかし、エリザベス・ブランウェルが主婦となり、召使達は1日のビールは半パイントで我慢することとなり、その割り当てビールもエリザベス自身が地下室へ行って取って来ることにこだわった」[6] という。

伯母は自分でビール作りをしていた。ブロンテ牧師館内にあったブロンテ家所有品は、パトリック・ブロンテ師死去に伴い、1861年、競売に付された。ビール作りのために使われた道具類は、1シリングで売却された。そして、飲み物関係競売品の記録には、コーヒー・ミルが1シリング10ペンス、ワイン瓶が1ダースで1シリング10ペンス、デカンターが4個で5シリング、ティー・アーンが17シリングで売れたことが記載されている。これら記載からすると、牧師館では接客用を含めビール、ワイン、コーヒー、紅茶が飲まれていたことが推定される。[7] そして主婦としての伯母は、こうした飲み物の管理もしていただろう。

エリザベスは厳格さを持っていたし、故郷を離れた寂しさを持ち、女性としての自分の生涯に満足を抱いてはいなかった。しかし、ハワースにおいて自分の娘時代の華やかな生活を懐かしんで昔話をし、英国南部の文化や豊かな家の暮らしぶりを北方のブロンテ家に伝え、一家に対して貴重な情報提供者となった。

「伯母ブランウェル」として

エリザベスは知的な女性で、パトリックを相手に政治討論をし、そして子供達にはすぐれた教育者となった。6人の子供達のうちでは、ブランウェルを我が子のように可愛がって、そして性格のおとなしいアンがお気に入りであった。そして全ての子供達は親しみを持って伯母に接した。1834年11月24日付け、エミリーとアンの共同署名の下でエミリーが書いた「日誌」には、伯母、父、3姉妹とブランウェルが、牧師館生活で親しいやり取りをする姿が記述されている。

> 伯母が丁度今、台所へ入って来て「アン、あなたの足はどこにあるの？」と尋ねました。アンは「床の上ですよ、伯母さん」と答えました。パパが居間のドアを開け、ブランウェルに1通の手紙を渡して「さあ、ブランウェル、この手紙を読んで、それから伯母さんとシャーロットに見せなさい」と言いました。[8]

エミリーの日誌には、足の置き方を女児にしつける「母としての伯母」、そして手紙をブロンテ一家と共に読む「家族としての伯母」が記述されている。

子供達に対する好みがあったにしても、伯母は女児達に、読み書き・裁縫・手の込んだ針仕事を教えた。そして自分がかつて読んだ『レディーズ・マガジン』のバックナンバーを読ませてくれた。この雑誌は1770年創刊の月刊誌で、文芸作品・ファッション・音楽・ゴシップで女性を楽しませようとするものだった。伯母がペンザンスから持って来たこの雑誌で、ブロンテ家の女児達は、普通の中流家庭の子供なら読むことを禁じられたと思われる雑誌記事を読むことができた。恋愛小説・ファッション・ゴシップに親しんだことは、きょうだい達が連携して文学創作をするための素材提供となり、そして3姉妹が小説家として成長するための基盤形成となった。伯母は1828年の新年には、サー・ウォルター・スコットの小説『おじいさんの物語』をプレゼントした。きょうだい達がスコットの詩を熱狂的に愛読していることを知ってのプレゼントだった。スコットが好みだったことは、ブロンテ家の子供達がロマン派的心情の持ち主だったことを示しているが、そうした好みを伸ばす贈り物をする伯母は、才能を発見する能力の持ち主であり、才能を伸ばす教育者であったと言える。

伯母が教育熱心だったことは、後に、姉妹に教育資金援助をしたことからも窺える。シャーロットは「ブロンテ姉妹学校」の設立を計画し、教師としての資質向上のため、ブリュッセル留学を計画した。シャーロットが伯母に、エミリーと共にエジェ塾で学ぶ費用の一部、100ポンドを貸してくれるよう依頼した時、伯母は自分が持っていた年金の蓄えから依頼の額を貸してくれた。女性の生き方を結婚に限らず、職業を持つ道を助成してくれたのである。18世紀生まれの伯母だったが、自分の時代の風潮から先んじていた人である。

死

エリザベス・ブランウェルは、きょうだい達に与えた養育と教育、そして彼女の厳しい生活ぶりから、「伯母ブランウェル」として愛され畏敬された。しかし1842年10月29日、腸閉塞と推測される急病のために亡くなった。シャーロットとエミリーはブリュッセルに留学中であり、アンはロビンソン家の家庭教師として、ヨーク近郊のソープ・グリーン・ホールに滞在中であった。きょうだい達の中で、ただ一人牧師館にいたブランウェルは、腸閉塞に対する治療法が無い時代の伯母の苦しみを見て、そして死を看取った。ブランウェルが友人フランシス・グランディに送った、1842年10月25日付けの手紙は、伯母の死を見つめるブランウェルの気持ちが描かれている。

……僕は今、伯母の死の床に付き添っている。伯母は20年間、僕の母

> だった。しかし、数時間の内に亡くなると思っている。…… この手紙がなぐり書きになっていることを許してくれたまえ――悲しみで目が曇り、良く見えないのだ。…… [9]

ブランウェルというと我々は、精神面の弱さや晩年の荒れた生活を思い出す。しかし、この手紙は伯母を母と思う彼の優しさを示している。伯母はブランウェルを我が子のように可愛がり、伯母の愛情はブランウェルの優しさを育てた。そのブランウェルが伯母を自分の母と明言している。ブランウェルのこの手紙と 1834 年のエミリーの日誌記載のブロンテ家の生活模様を合わせれば、伯母が母であり、家族から親しまれ愛され、家族の一員だったことが鮮明である。

伯母が意味するもの

伯母の死後 1842 年 12 月、彼女が自分の全資産 1,500 ポンドからの残金を遺産配分しておいたことが判明する。ハワースにいる 3 人の姪たちと、そしてペンザンスにいる姪の計 4 人の女子に均等割りし、それぞれに約 350 ポンドの現金を残してくれたのだった。遺産が判明しそして遺産は分割という状況は、『ジェイン・エア』第 III 巻第 VII 章の源である。男子ブランウェルはお気に入りだったにもかかわらず、遺産は無かった。伯母は、男性には自分で収入を得る道が多いが女性に道は少ないと考えたのだった。この遺産配分においても、伯母ブランウェルが思慮深く、時代の先を見る目を持っていたことが表れている。そして、伯母がハワースの姪たちに残したお金は、1846 年にシャーロットが指揮を取って自費出版した『カラ、エリス、アクトン・ベル詩集』の資金となった。伯母は、姉妹が作家として実際のスタートを切ることを可能にしてくれたのである。作家ブロンテ姉妹を考える時、伯母の資金援助も重視されなければならない。

厳しい人格の持ち主であったとも言われる。カルヴィン派の厳しい教義を信じていたとも言われる。古い習慣や思い出から抜け出すことができなかったとも言われる。しかし、エリザベス・ブランウェルに関し4点を言うことができる。

第1は、彼女がブロンテ家の家族だったことである。彼女は「伯母さん」だった。しかしブロンテ家の母として主婦として家族に愛情と思慮を与え、そして家族から愛情と尊敬を受けつつ家族の一員として生涯を終えた。

第2は、彼女が姉妹を教育し資金援助し、3姉妹が作家となることに内的・外的に大きく寄与したことである。

第3は、エリザベス・ブランウェルがさらに知られるべき事である。彼女は一女性として時代に先んずる生き方をし、さらに他の女性達が世に出る助けをし、女性の新しい生き方を先へ進めた。しかし彼女は広く知られてはいない。1960年、*Brontë Society Transaction* に、ブラッドフォード在住の作家・歴史家であったアイヴィ・ホルゲイトによる「ペンザンスのブランウェル家」という論文が掲載された。その論文の中でホルゲイトは、

> エリザベス・ブランウェルの人物と性格について、我々が何を知っているか考えてみることは興味深い。ブロンテ家の子供達を養育していた頃、彼女は意識的にそして無意識のうちに、姪達と甥の能力と気質を形成していた。[10]

ホルゲイトは1960年に、エリザベス・ブランウェルの影響を指摘している。しかし指摘以降も、エリザベス・ブランウェルは光を与えられないままで来ている。ブロンテ研究の中で女性史の中で、もっと取り上げられもっと知られるべき人物である。

第4はブロンテ家の食生活への影響である。食生活の面でも、エリザベス・ブランウェルは重要である。ハワースの日常の食事の管理者で

あった。シャーロットとエミリーにはブリュッセル留学を通し、異国の食生活体験を与えた。異国の食文化と接触したことは、2人が作品を書く際に、イギリスの食文化を相対化して描く視点を与え、そして異国の食文化そのものを描くことを可能にした。

ブロンテ家の生活においても、女性史においてにも、姉妹の作品に対しても、伯母ブランウェルの意義は大きい。

註

* 本章におけるエリザベス・ブランウェルの生涯に関する記述は、Christine Alexander and Margaret Smith 編 *The Oxford Companion to the Brontës* を大きな典拠としています。

1. Juliet Barker. *The Brontës*. London: Phoenix Giant, 1994. p.194.
2. Penzance Tourist Information Office. https://www.purelypenzance.co.uk
3. Barker. p.116 には「エリザベスはペンザンスへ戻りたがっていた」との記述がある。そしてまた、Isabel C. Clarke, *Haworth Parsonage*, p.22 には「冷たく感ずる石の床を嫌い、木靴で牧師館の中をカタコトと歩き回った」とある。
4. ハワースの牧師館における生活には、英語と多数の言語、多数の方言と訛りが共存していたと推察される。

   言語問題は、パトリック・ブロンテ師の代から生じていた。彼はアイルランドの農家出身で、その彼がケンブリッジ大学に入学した際、学生登録官は強いアイルランド訛りで言われた彼の名前を十分に聞き取ることができず、聞き取った音声に最も近い "Patrick Branty" を記載した。パトリックがイングランドの牧師補となって以降、彼の仕事は寒村を歩いて回って説教し村人達と会話を交わすことだった。彼の任地はエセックス、シュロップシャー、ヨークシャーと変わったが、それぞれの州や地域には、それぞれの方言と訛りがある。さらに方言・訛りの中には、地区・階級・各人の特性がある。パトリックが会衆の心をつかむ説教をしたり、教区民と心通わせる会話をするために、彼は多様な方言や訛りを使い分ける必要があっただろう。ハワースの牧師館内の生活でも、パトリックは彼にとっての第1言語であるアイルランド語やアイルランド訛りを用いたり、召使と会話するためにヨークシャー訛りを話すことがあったと思われる。

シャーロットの友人メアリー・テイラーが初めてシャーロットに会った時、メアリーはシャーロットが強いアイルランド訛りで話すことに気が付いた。ほぼ 15 歳になっていたにもかかわらず、シャーロットは初めての場でさえ、はっきりわかる訛りで話をした。ブロンテ家の召使タビサ・エイクロイドはヨークシャー訛りで話をし、子供達はヨークシャー訛りでも親しく家庭生活を共にしていた。『ジェイン・エア』では、召使階級は方言で話をしている。『嵐が丘』における召使ジョウゼフもヨークシャー訛りである。

しかし、ブロンテ師はケンブリッジで教育を受けロンドンで職位認証を得た。そしてハワースの牧師館で、きょうだい達はロンドンで発行された雑誌を読んでいた。そしてまた、シェイクスピアもバニヤンも、ジェイン・オースティンもサー・ウォルター・スコットも読んでいた。さらに、シャーロットは『聖書』は暗記していたと言われている。そしてまた姉妹達は学校教育を受けたから、学校での英語教育は『聖書』や『一般祈祷書』や当時の一般的英語教科書を用いて行われた。英語に関し姉妹は、国教会推奨の英語も、ジョンソン博士の辞書を機として整えられて行った標準的な英語も習得して行った。

しかし 19 世紀初頭では今日のようにマス・メディアが発達しておらず、英国内で統制が取れた教育カリキュラムも無く、英語の標準化は進んでいなかった。英国全体が多様な方言と訛りの混在だった。英国およびブロンテ家における言語状況がどのようであったか解明は難しいが、言葉は人にとって意思疎通の主要手段であり、さらに文学における表現手段であるため、言葉の問題はブロンテ家を考える際、重要である。

5. Isabel C. Clarke. *Haworth Parsonage: A Picture of the Brontë Family*. London: Hutchinson & Co., 1927. p.22.
6. Jocelyn Kellet. *Haworth Parsonage: The Home of the Brontës*. Haworth: The Brontë Society, 1977. pp.69f.
7. Ibid. p.70.
8. T. J. Wise and J. A. Symington, eds. *The Brontës: Their Lives and Correspondence in Four Volumes*. Oxford: The Shakespeare Head Press, 1932. Vol. I p.124.
9. Ibid. Vol. I p.273.
10. Ivy Holgate. "The Branwells at Penzance." Charles Lemon, ed. *Classics of Brontë Scholarship*. Haworth: The Brontë Society, 1999. p.101.

第4章
パトリック・ブランウェル・ブロンテ
(Patrick Branwell Brontë, 1817–1848)

第1節　誕生と成長

パトリック・ブランウェル・ブロンテは1817年6月26日、ソーントン村で生まれた。

パトリック・ブロンテ師とマリアの第4子で、初めての男の子であった。父パトリックは、初めての男児に大きな期待を寄せた。1820年に一家はハワース村へ転居し、ブランウェルは牧師館で、伯母によって養育され父によって教育された。父は午前中に、女児を含む子供達すべてに、基本的な読み書きと計算に加え、古典、歴史、地理、聖書を教えた。そしてブランウェルは、古典に対して大きな興味を示した。彼はまた、姉達と同様、読書が極めて好きであった。成長につれ幅広く読み進め、シェイクスピア、ミルトン、ポープ、スコット、バイロンなどに加え、彼が特に好んだ読み物は当時の雑誌、『ブラックウッズ誌』であった。

1821年に母の死、1825年に2人の姉の死があった。しかし、1818年と1820年に妹達が生まれていたから、ブロンテ家には3女1男の4きょうだいが居て、そして、ブランウェルが唯一の男児であることには変化が無かった。

1826年にブランウェルは、リーズへ出張した父から12体の木の人形をお土産にもらった。残されていた4きょうだいは、それぞれが気に入った人形を選んで自分のヒーローとし、そしてヒーロー達を登場人物

ブランウェル作
「ジョン・ブラウン」石工・墓守
制作：c. 1835–1839

に劇や物語を創造していった。幾つもある劇や物語群の中で発展して行ったものは、ブランウェルとシャーロットが連携展開して行った連続物語「アングリア」と、エミリーとアンの連携による「ゴンダル」だった。

ブランウェルは、幼い時から利発であり、そして成人する頃には、外見も良く才気煥発で話術に長け、友人達の人気者となっていた。父であるブロンテ師は、ブランウェルの希望を入れ、そして彼の性向と将来の職業を配慮して、1829 年から 1830 年、キースリー在住の画家ジョン・ブラッドレーを雇い、姉妹と共に絵の個人指導を与えていた。英国国教会終身牧師補の収入からすれば、個人教授料は大きな出費だったが、父の期待は大きかった。そして彼は 1834 年 17 歳の頃「ブロンテ 3 姉妹像」を描き、この絵は現在、英国国立肖像美術館に保存されている。1834 年から 1835 年には、父の意向で、リーズ在住の肖像画家ウィリアム・ロビンソンから個人レッスンを受けた。写真が発達していない時代、肖像画は人の姿を残す貴重な手段だったから、肖像画家は職業として成立し得えた。写真が普及して行くのは、ダゲレオタイプだったが、1840 年代のことだった。父は職業として肖像画家を期待し、そしてブランウェルも友人・知人の肖像画を描くことで研鑽を積み、力量を付けて行った。

第2節　才能の展開と挫折

生まれた時から父の期待を担い、そして実際の才能を示すこともしていたブランウェルは、甘やかされて、自己中心的な考え方と行動をする人物だった。過剰な自信の持ち主でもあり、自己宣伝の願望も持っていた。ブランウェルは詩や散文において極めて多作だったが、1835年から1836年、自分の詩を『ブラックウッズ誌』に掲載してほしい旨、雑誌社に数回の手紙を書いていた。社からは何の返事も来なかった。しかし彼は、1836年までに、行数にして計4万行に及ぶ51の詩と、「グラス・タウン」や「アングリア」に関連する膨大な量の散文を書いていた。[1]

彼は詩人として有名になる希望を持っていたが、職業は、彼も父も肖像画家になると決めてあった。1835年に、王立美術院入学が計画され、そして父は受験規則も知らないまま、彼一人をロンドンへ送った。18歳のブランウェルは初めて大都会へ一人で出て驚き、王立美術院へ行くこともせず、持たされたお金は酒場で使い、意味あることは何もできないままハワースへ戻った。一家の恥となるようなこの試みには関係者の憶測が入り乱れ、経緯の実態をつかむことが難しいことがバーカー『ブロンテ家の人々』に記載されている。[2] この時点でブランウェルは、自分の夢と実力の差が大きいことに傷ついて、以降、彼の精神は大きく乱れ、生活の乱れも拡大して行った。

しかし、実力が伴っていないことは承知の上で、1838年の早い時期、父はブラッドフォードに部屋を借り、ブランウェルのためにアトリエを開設してやった。息子に対する盲目に近い愛情の故である。しかし、顧客は数えるほどしか無く、1839年5月にアトリエは閉じられブランウェルはハワースへ戻った。再度の挫折は彼の心にさらに深い傷を残した。自宅へ戻った後、肖像画家という職業はブロンテ家の中で無理と認識され、ブランウェルは父を教師とした学業を再開した。姉妹同様、教員を次の職業目標としたからだった。そして1840年1月から6月まで、ブランウェルはブロートン・イン・ファーネスに住むポスルスウェイト家の家庭教師として働いたが解雇された。教育に熱心でなかったこと、飲酒が理由として挙げられている。

しかしブランウェルは彼なりに、酒を断つ努力をしていた。ハワース牧師館の墓守でありブランウェルの友人であったジョン・ブラウンに宛てて、ポスルスウェイト家から 1840 年 3 月 13 日付けで手紙を書いている。

> 大酒を飲んで意識を失ったあの時以来、僕は水割り牛乳よりも強い飲み物は一切口にしていないし、夏至の時に家に帰るまで、酒は飲まないままであることを願っている。そして家で、家族の皆は、僕が酒を飲んではいないことを見るだろう。…… 僕の手はもう震えることはない。……[3]

だが努力にもかかわらず、彼は酒を断つことができず、ポスルスウェイト家からは解雇されることとなった。

"Gun Group"
制作：c. 1833–1834

ブランウェル解雇のもう一つの原因は、彼が家庭教師として熱心ではなかった事だが、彼には仕事から気をそらす一つの "sport" があった。「狩猟」である。父のブロンテ師がピストルを使うことに慣れていたこともあり、ブランウェルは銃に慣れており狩猟は上手だった。1833 年か 1834 年に描かれたと推定されている絵 "Gun Group" では、ブランウェルは猟銃を抱えて中央に座り、ブロンテ 3 姉妹が彼の両脇に座り、そして 4 人が就いているテーブル上には、獲物の鳥が置いてある。[4]

そしてブランウェルはブロートン・イン・ファーネスで猟をして、獲物を家へ送る場合もあった。「一対の野生カモ、一対の黒ライチョウ、一対のウズラ、同じくシギ、同じくダイシャクシギ、そして大きな鮭。」[5]

最後に鮭があるということは、彼は狩猟のみならず、釣りもしていたと推定される。そして、家に送られたこれらの獲物は食料となっただろう。猟や釣りの獲物を食料にすれば、田舎の食事はお金を使わずとも動物性のタンパク質を含む食事となり得たのである。

「自画像」 制作：c. 1840

しかし家庭教師をしている時に、文学における名声志望は復活していた。1840年4月にハートレイ・コールリジに詩と古典の翻訳を送り、作品に対するコメントを求めている。[6] コールリジは返事を書き、さらに会うこともした様子で、なぜならそれ以降も、ブランウェルはコールリジ宛の手紙を書いており、例えば、1840年6月27日付けの手紙では会合のお礼を述べ再度コメントを求めている。[7]

しかし1840年8月31日、鉄道のリーズ＝マンチェスター線が新規開設された折、ブランウェルはサワビー・ブリッジ駅の補助駅員に採用された。仕事に熱意は持っておらず怠慢な駅員であった。7ケ月後の1841年4月1日、彼はラデンデン・フット駅へ転勤となった。ブランウェルは駅員として働くことに意欲は持たなかったが、詩を書くことは再開し、そして1841年6月5日、彼が「ノーサンガーランド」のペンネームで『ハリファックス・ガーディアン紙』に投稿した「天国とこの世」は、紙面掲載となった。ブランウェルの詩は彼の生涯で全18編が様々な新聞に掲載されたが、この詩は第1番目であった。1841年とは、まだ、エミリーは家事をしていた年であり、シャーロットとアンは家庭教師をしていた年であるから、ブランウェルは、きょうだい達の中で一番早く、文芸作品を出版できたのである。しかし、ブランウェルの生活は乱れたままだった。ラデンデン・フット駅のわずかなお金の収支が合わないことがブランウェルの責任とされ、1842年3月、解雇された。牧師館へ戻ったブランウェルは詩や散文を書き続けた。

そして、1842 年 10 月、シャーロットとエミリーはブリュッセル留学中、アンは家庭教師先で生活中だったため、牧師館で生活するのはきょうだい達の中でブランウェルただ一人という時、伯母ブランウェルが腸閉塞と推定される病気となった。そしてブランウェルは、伯母の激しい苦しみを見ることとなった。ブランウェルは伯母に可愛いがって育ててもらった子だった。伯母の苦悶はブランウェルの苦悶だった。そして伯母が死去した 10 月 29 日、ブランウェルは友人フランシス・グランディに宛てて手紙を書いた。

> 僕の考えが支離滅裂になっているのではと心配している。でも僕は、心が切り裂かれるような苦しみを 2 晩寝ないで見て来た。僕の最悪の敵にだって、耐えろ、と望むことが無いような苦しみだった。そして僕は今、自分の子供時代に結び付いた全ての幸せな日々を導き指示してくれた人を失ってしまった。[8]

ブランウェルは、伯母を母であるかのように慕い、伯母による養育時代を「幸せな日々」と表現している。そして、伯母が導き教えてくれたことを感謝して、伯母の死を悲しんでいる。ブランウェルの人柄は、甘やかされ感情的で弱かったと、非難されることが多い。しかし、愛された子は愛してくれた人を愛し、人を愛することを体得している。我々は、ブランウェルの優しさの側面を忘れることはできない。さらにまた、伯母の罹患中、伯母に付き添ったのは、きょうだい達の中でブランウェル一人だった。彼は伯母の苦しみを軽減しようと、何らかの看護行為をしたはずである。伯母の臨終時の事例のみならず、ブランウェルが家族に対して行った尽力は他にもあると推定される。我々は家族に負担をかけたブランウェルだけでなく、家族に尽くしたブランウェルも探る必要があるだろう。

伯母の葬儀は11月3日に行われた。ブリュッセルに居たシャーロットとエミリーは11月8日にハワースに着いた。死後処理で、伯母は姪達には遺産配分をしておいてくれたが、男児ブランウェルにお金を残してはいなかったことが判明した。

ブランウェルは仕事をしなければならなかった。そして1843年1月、妹アンの紹介で、ロビンソン家の家庭教師として採用された。しかしブランウェルは、ロビンソン夫人との関係を疑われ、1845年7月、ロビンソン家を解雇されハワースへ戻った。ブランウェルは酒とアヘンの生活へ落ちて行った。

ジュリエット・バーカー『ブロンテ家の人々』、313頁は、ブランウェルが最初にアヘンを使用したのは、チックの治療のためだったと述べている。アヘンは薬だった。ジム・ホグシャー著『アヘン』は、化石化したケシの種子が残っていることから、既に3万年前にネアンデルタール人がアヘンを利用していたことが分かり、ケシは医学と神学において重要な地位を占め続け、医師が用いることができる数少ない薬の一つだったと言う。さらにホグシャーは、産業革命以降、人々は快楽を求めアヘンを使用するようになり、特にロマン派詩人はこのドラッグへの情熱を表明したと述べる。[9] アヘンは体と心に対する安価な薬だったのである。アヘンに関するこのような歴史の中、ジュリエット・バーカーは、ブランウェルはロビンソン家から解雇されたことで、酒とアヘンに慰めを求める生活となったとしている。

第3節　挫折から死。そしてブランウェルの食生活

彼の品行はさらに悪化し、村での疑念の対象となった。ブランウェルは働くことなく村の酒場で友人達と飲み語りという生活に落ち、酒場の不払い金は父が代わって支払った。ブランウェルが友人J. B. レイラン

「パロディ」と題し、自分の死の模様を想像して描く
制作：c. 1848

ドに書いた1848年6月17日付け手紙が記載する事項は、酒場の主人からブロンテ師宛てにブランウェルの酒代を請求し、支払わなければブランウェルを訴えるという手紙が届いた事。そこでブランウェルは、酒場の主人にはすぐに自分が全額支払うことができるという返事を送った事。その一方で友人ジョン・ブラウンに、10シリング渡すから酒場の主人に払ってくれるように頼んだ事。もしも酒場の主人が法律を用いて迫ってくるならば、自分は破滅である事を書いている。そしてレイランド宛のこの手紙の最後は「今は僕を信じてくれ。……でも、僕はほとんどボロボロだ」[10] となっている。ブランウェルが、父を傷付けないようにし、何とか事態を取り繕う努力をしていることが明らかだが、ブランウェルは自分の心と体を律することができない状態になっていた。混乱した精神状態の中、レイランド宛のこの手紙のほんの翌日、ブランウェルはジョン・ブラウンに手紙を書き、5ペンス分のジンを手に入れて自分に渡してくれるように頼んでいる。「この好意を、心から君に頼んでいる。なぜならジンが僕の役に立つことを知っているからだ。」[11] 酒を飲むことへの罪悪感と酒から逃れたい気持ちは強い。しかし酒は苦しさから一時の忘却を与え、やはり酒から逃れることができず、さらに心身の悪化に陥ってしまう。自分から抜け出すことのできないブランウェルが、2通の手紙で明らかである。

父は息子を心配し、息子と寝室を共にした。そしてブランウェルは、ほぼ寝たきりとなり、*The Oxford Companion to the Brontës* 79頁によれば、アルコール中毒によって悪化した結核が元となって1848年9月24日亡くなった。死亡証明書は死因を慢性気管支炎と記載している。残された4子の内で、一番早い死であった。

父の悲しみは絶大だった。シャーロットは1848年10月2日付け、W. S. ウィリアムズ宛の手紙で書いている。

> 私のかわいそうな父は、自然なことですが、彼の唯一（強調原典）の息子を、娘達よりも大切に思っていました。そして、息子が原因で、大変に、長く苦しんで来ていたため、息子を失ったことを、まるでデイヴィッドがアブサロムを失った時のように、泣いて言葉に出して悲しみました――我が息子よ！我が息子よ！――そして最初は、慰められようとすることを拒否しました。[12]

ブランウェルによる作品アンソロジーの1冊が『日陰の兄』[13]と題されていることは、作家として成功を収めた姉妹に対比すると、名を成すことなく、挫折の末、社会の暗部で暮らすこととなり、姉妹と社会の影の中で一生を終えたブランウェルを的確に表現している。

彼の食生活を考えてみると、彼は料理に興味を持つことが無かったと推定される。男性であるため料理をすることはなかった。牧師館に居ても作ってもらったものを食べる身だった。ブラッドフォードにアトリエを持っていた時期は、下宿だったから下宿の賄いが彼の食事だった。家庭教師先では、食事は雇った家庭が出したものだった。アンと同じロビンソン家で家庭教師をしたが、彼の場合はアンと異なりスカーバラへ行くことは無く、リゾート地の食事は経験しなかった。すべての職業に失敗し、誠実に生きる道から外れた後は、酒場が彼の居場所となった。幼少より死に至るまで、自分が能動的に料理に携わることは無く、料理に意を払う必要は無かった。友人宛ての手紙を検討しても、料理を記述することはしていない。初期の手紙には、自分の詩を売り込むものがある。

後期の手紙の多くは、友達に会いたいと依頼したり、自分の生き方を後悔して友達に慰めを求めるものとなっている。[14]

しかし、自分の生活に関する手紙として注目するべきものが1通ある。友人J. B. レイランドに宛てて、1846年6月に書かれたものである。この時期、もはや彼の生活は荒れすさび、心も体も冒されていた。

> 君は僕よりそれほど年上ではないが、人生を知っている。僕は今、自力で人生を知って呪いを感ずる——この4日間、僕は眠っていない——この3日間、僕は食べ物を口にしていない——そしてこの世で僕が一番愛している人の状態を考えると、自分の頭が君のアトリエにある大メダルのように、冷たく愚かであって欲しいと思いたいくらいだ。…… 自分が何をすることになるか（強調原典）自分でもわからない——僕は死ぬには強すぎて、生きてゆくにはみじめすぎる。……[15]

ブランウェルは、「一番愛している人」、つまりロビンソン夫人を本気で愛していた模様である。しかし、眠っていない・食べていない・死ぬことも生きることもできないという状態は、『嵐が丘』最終章において、死んだキャサリンと合一できそうでできず、食べることを忘れて真夜中も歩き回る、死に近いヒースクリフを思い出させる。ネリーがヒースクリフに言う。「あなたのこの3日間の過ごし方では、タイタンだって死にかねませんよ。お願いですから、何か食べて少し休憩してくださいな。」そしてヒースクリフの答えは、「食べることができなかったり休むことができないのは、私の落ち度ではない。…… 私は幸せ過ぎるのに、十分に幸せではない。魂の至福が体を殺しているのに、至福は魂を満足させていない。」(II-XX)『嵐が丘』の内容・文章と、ブランウェルの手紙の内容と言葉遣いは似ている。ブランウェルを見て来たエミリーが、自然に兄を作品に映し込んだと考えられるが、ブランウェルの食の乱れは、晩年には明らかだった。

ブランウェルの食生活を考える時、重要なことは彼の飲酒である。酒で乱れた彼の生活は、3 姉妹の作品に、飲酒に対する批判を含ませることとなった。シャーロット『シャーリー』冒頭における 3 牧師補の飲食場面がある。そしてアンは、2 つの小説において嫌悪を込めて飲酒を批判し、飲酒をする登場人物達は知性や倫理を欠く人物達となっている。

“Gin Lane”「ジン横丁」

版画は、ウィリアム・ホガース（1697–1764）による “Gin Lane”「ジン横丁」（1751）である。ホガースは 18 世紀ロンドンを中心に風刺画家として人気を博した。彼は “pictured morals”、絵を通して道徳を教えることを目指し、そしてこの「ジン横丁」は、安いジンを飲むことによって、人々が日々の勤労を忘れ、さらに貧しくなり、病や死に陥り、街は争いの場に化することを風刺している。

“Beer Street”「ビール街」

そして下の版画は、同じくホガースによる “Beer Street”「ビール街」（1751）である。ホガースが「ジン横丁」と同一構図を取って作成し、同年に発表し、ジンとビールの違いを訴えた 2 枚組の他方である。良い水に恵まれないイギリスでは、ビールが重要な飲料であった。日常飲料としてのビールの地位は人々に定着しており、一般人はビールを飲むことに罪の意識を持たない。ホガースの版画は、祝祭日に陽気にビールを飲む人々を描いており、版画の中に、汚れた通りも貧しい人も見受けられるが、ビールは労働の疲れを癒し翌日の労働を助け、ひいては英国の産業を発展させる飲み物だった。そして小林章夫・齊藤貴子『風刺画で読む十八世紀イギリス ホガースとその時代』によれば「ビールが繁栄の象徴だとすれば、ジンは堕落の象徴である。」[16]

18 世紀には広まっていたジンとビールに対するイメージ、ひいては蒸留酒を飲んで理性を失うことへの警告は、産業革命をさらに推し進め勤労を重んじた 19 世紀のイギリスへと引き継がれて行った。牧師館において、伯母ブランウェルはビールを手作りしていたが、ブロンテ家のきょうだい達は、強い酒を飲むことに対し批判的であった。酒に落ち後悔の内に死を迎えたブランウェルを含め、ブロンテ家の人々は、アルコール飲料に対する時代の考え方を映しているのである。

註

＊本章におけるパトリック・ブランウェル・ブロンテの生涯に関する記述は、Christine Alexander and Margaret Smith 編 *The Oxford Companion to the Brontës*、および T. J. Wise and J. A. Symington 編 *The Brontës: Their Lives, Friendships & Correspondence in Four Volumes* におけるブランウェル関係の記述を大きな典拠としています。

1. Christine Alexander and Margaret Smith, eds. *The Oxford Companion to the Brontës*. Oxford: Oxford University Press, 2003. pp.74f.
2. Juliet Barker. *The Brontës*. London: Phoenix Giants, 1994. pp.226–230.
3. T. J. Wise and J. A. Symington, eds. *The Brontës: Their Lives, Friendships & Correspondence in Four Volumes*. Oxford: The Shakespeare Head Press, 1932. Vol. I p.199.
4. Christine Alexander and Jane Sellars, eds. *The Art of the Brontës*. Cambridge: Cambridge University Press, 1995. p.309.
5. Jocelyn Kellet. *Haworth Parsonage: The Home of the Brontës*. Haworth: The Brontë Society, 1977. p.67.
6. Wise and Symington. Vol. I p.204.
7. Ibid. Vol. I p.210.
8. Ibid. Vol. I p.273.

9. 参照. ジム・ホグシャー（岩本正恵訳）『アヘン』東京：青弓社、1995.
10. Wise and Symington. Vol. II p.223.
11. Ibid. Vol. II p.224.
12. Ibid. Vol. II p.261.
13. Mary Butterfield, ed. *Brother in the Shadow*. Bradford: Bradford Libraries and Information Service, 1988.
14. See. Wise and Symington. Vol. I and Vol. II.
15. Wise and Symington, Vol. II pp.95f.
16. 小林章夫・齊藤貴子『風刺画で読む十八世紀イギリス　ホガースとその時代』東京：朝日選書、2011. p.169.

『ジェイン・エア』第1巻第8章で、ジェインはヘレンと共にテンプル先生の部屋へお茶に招かれ、トーストと紅茶、そしてシード・ケーキを食べている。シード・ケーキは、小麦粉・バター・砂糖・卵が同重量のパウンド・ケーキ生地にキャラウェイ・シードを焼き込んだ、香の良いリッチなケーキである。空腹だったジェインが「その晩、私達は神々の飲み物と食べ物でもてなしを受けたかのようだった」と表現したのも無理は無い。

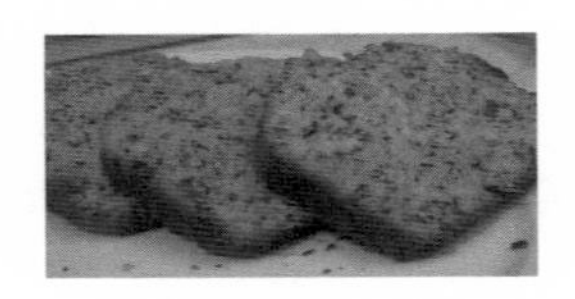

『嵐が丘』第2巻第10章で、家政婦のジラはキャシーの所へ、暖めたワインと生姜パンを持って来ている。生姜パン（sponge gingerbread）は生姜のすりおろしを焼き込んだ、ずっしりしたケーキである。

『ジェイン・エア』第1巻第4章で、ブロクルハースト師は、自分の幼い息子は “gingerbread nut” を食べるよりも「詩編」の1節を学ぶ方が良いと言う、とジェインに告げている。生姜を入れたビスケット生地を「木の実」（“nut”）のように丸くまとめてから軽くつぶして焼くと平たい “gingerbread nut” に焼き上がる。人形の形で作れば “gingerbread man”。

第5章
召使達

第1節　現実の担い手

パトリック・ブロンテの一家は、決して豊かではなかった。ソーントンでの僧録は年140ポンド。この収入を用いて、妻を養い6人の子を養育しなければならず、家計は厳しかった。1820年ハワースへ移り、僧録は年170ポンドとなった。しかしハワースへ移った9ケ月後、妻マリアが病気となり看護費用が発生した。そして8ケ月の看病にもかかわらず1821年9月に死去した。母亡き後も、6人の子の養育と教育が必要だった。

ブロンテ家は中流に分類されるが、この分類は、英国国教会の牧師補という地位から来るもので、収入や保有財産といった金銭面から来るものではない。ブロンテ家の人々は、シャーロットが『ジェイン・エア』の大ヒットを出すまでは、豊かとは言えない収入を工面して、牧師補の立場に相応する生活を維持する工夫が必要だった。

牧師補の地位に相応するためには、召使を使っていることが必要だった。職業上の慣例を踏襲する必要があったし、牧師補として仕事をして行くと、上級の牧師や同僚牧師補の牧師館訪問を受けることも多く、対応と接客に人手が必要だった。パトリックは、貧しくとも召使を雇う必要があった。

ブロンテ家の召使達は、牧師補の仕事を支え、一家の衣食住の実際を担う働き手であった。ブロンテ姉妹の現実生活は召使達の手によって支えられ、姉妹は家事の仕方を召使達から学んだため、姉妹を考察する時、日常を共にした、召使達を検討することも必要である。

第2節　ガース姉妹：ナンシー・ガース (Nancy Garrs, 1803–1886) とサラ・ガース (Sarah Garrs, c.1806–1899)

1816年、シャーロット出産の手伝いとして一時ソーントンに来ていた伯母ブランウェルが、産後の手伝いを終えてペンザンスの実家へ戻った。今は3人に増えた子供達の育児の手伝いをする召使が必要となった。パトリックの収入は限られていたため、パトリックは安く召使を雇う方法を採った。パトリックは、「ブラッドフォード実業学校」へ家事労働者推薦の依頼を出した。この学校は、近隣の貧しい家の娘達が、手に職をつけるため、縫い物・編み物・読むことを慈善で教えてもらえる学校であった。[1] 19世紀初頭のイングランド各地に設立された実業学校の職務は、職業教育を与え、教育が十分となった女子に職を斡旋することだった。[2] パトリックの求めに応じて、学校から推薦されたのは12歳のナンシー・ガースであった。彼女は1816年7月にブロンテ家で仕事を開始し、マリア、エリザベス、シャーロット、次いでブランウェルの子守として働いた。そして1818年に、ブロンテ家には第5子エミリーが生まれた。ゼロ歳児から4歳児までの幼い5人の子供達が居ることとなった家に、さらに召使が必要となった。妹のサラが子守として雇われ、この時、姉のナンシーは料理人へ転じた。

ブロンテ家内で暮らす中、ガース姉妹がヨークシャー訛りを使っていたことは明らかである。実業学校の目的が、職業教育であって知的教育ではなかったから、話し言葉の質は、大きな問題ではなかった。そして、ナンシーは後にアメリカ合衆国へ移民したが、晩年にブロンテファン達に訪問を受け、「印象的なヨークシャー・イディオムを使って」牧師館時代の待遇を語ったという。[3]

2人とも献身的に一家に尽くし、一家は家族同様に2人を尊敬し、そして2人ともパトリックのハワース転勤に伴って、ハワースへ移り住んだ。ハワースの牧師館で2人は1825年まで働いていたが、ブロンテ家の長女マリアと次女エリザベスが亡くなったことを機に、牧師館を去った。離職にあたりブロンテ師はガース姉妹それぞれに餞別として10ポンド、計20ポンドを与えた。[4] ブロンテ師のハワースにおける俸禄は年170ポンドであったから、ブロンテ師は10年近く働いた2人に年収の10%以上を与えたことになる。師が召使を大切に扱うこと、そして2人が大切な扱いを受けるだけの働きぶりだったことを示す。

第3節　タビサ・エイクロイド (Tabitha Aykroyd, ?1771–1855)

「タビー」の愛称で呼ばれる彼女が、ハワースの牧師館で働き始めたのは1824年のことだった。マリア・ブロンテの死後、伯母ブランウェルが牧師館に永住し家事を取り仕切っていたが、実際の家事を行い子供達の世話をする人手が必要だった。若いガース姉妹だけでは心もとなく、家事・育児に慣れた召使が必要だった。タビーが適切な人物として探しだされ、そして彼女が牧師館に住み込んで働き始めた時、タビーは既に53歳であった。そしてタビーは、ハワースの牧師館で、子守りとして、料理人として、小間使いとしての諸事万端を引き受け、31年間働き、一家を愛し一家に愛され、家族の一員であった。そして、1771年生まれと推定される彼女は、1855年84歳と推定される高齢で亡くなった。彼女は18世紀のヨークシャーの田舎に生まれ育ち、この地の方言を話し、この地の田舎料理を作った。タビーの姿は、『ジェイン・エア』における「ムア・ハウス」の召使ハナに反映されている。

タビーの方言と料理がどのようなものだったかは、エミリーが1834年11月24日に書いた「日誌」に記されている。エミリーのこの日誌には、シャーロットがリンゴのプディングを上手に作ると自慢していること、そして「タビーがアンに『ジャガイモを剥いて』と急がせている」[5]ことが記されている。「ジャガイモを剥いて」：本来なら "peel a potato" とあるべきは "pilloputate" [6] と記されており、タビーの発音を知ることができる。それと共に、一家のディナーが、召使と共に一家の娘達によって作られていたことがわかり、ハワースの牧師館では召使達が家族と愛情で結ばれて生活を営んでいた一端が窺える。

タビーは子供達を指揮した。子供達が賢いことに誇りを持ち、子供達に尽した。呼応するかのように、子供達はタビーに尽した。1836年のクリスマス直前、タビーは氷の上ですべって転び足の骨を折った。姉妹は牧師館で彼女の世話をし、骨折は一応の治癒を得たが、タビーには一生の歩行困難が残った。歩くことが不自由だったから、牧師館での仕事は子供達から援助を受けながらの仕事だった。しかし、1839年12月から1842年12月までの3年間、足の潰瘍治療のため牧師館を離れて妹の家で療養した。そして1842年の年末、牧師館に戻った。

タビーは牧師館におけるブロンテ家の生活に、欠かすことのできない存在だった。労働力だったことよりも、タビーの存在が一家に与える心的平安がより大きな理由であった。タビーが足の不自由を抱えても、援助を必要とされながらも、共に生活することを求められたことが示すように、タビーに求められたものは肉体的労働ではなく心の支えである。ブロンテ家の伝記作者ジュリエット・パーカーは、「シャーロットとエミリーがブリュッセル留学中で、牧師館にはエミリーしか生活していなかった折、タビーは大変に年をとっていたし、足が不自由だったから、実際的な必要を満たすことはできなかった。しかしタビーは、パトリックがきわめて忙しかったこの時期、エミリーにとって良きコンパニオンだった」と記述している。[7]

心の支えであったことは特に、妹・弟すべてを失い、ただ一人の子供として牧師館に残されたシャーロットにおいて著しい。シャーロットは 8 歳の時から、生活の世話を受け、家事の教えを受け、昔話を聞かせてもらって成長した。そして、作家としての成功ときょうだい死後の孤独、つまり生涯のほぼ全てをタビーと共有してきた。同じ同居者であっても、パトリックはシャーロットにとって父であり、父は父としての尊厳を持っていた。シャーロットが心おきなく心をゆだねることができたのは、少女時代から生活を共にしてきたタビーだった。タビーはシャーロットにとって大切だったから、1855 年 1 月、タビーが病気になった時、雇い主のシャーロットが牧師館に医師を呼んだほどだった。雇い主家族は医師にかかり、召使は薬剤師から診てもらうという時代にも関わらずである。しかしタビーに回復は望めず、シャーロットの体調不良も重なり、タビーは親戚の家へ行き、そして 2 月 17 日死去した。葬儀はシャーロットの夫であるニコルズ師によって執り行われた。

タビサ・エイクロイドは、中断があるにしても 30 年以上の長さにわたりブロンテ家と深く関わり、ブロンテ家の生活とブロンテ文学に大きな影響を与えている。ヨークシャーの昔話や方言、18 世紀以来の生活ぶり、そして何より彼女の愛情が、ブロンテ家の生活全般と食生活に、ひいてはブロンテ文学に活かされている。

第 4 節　マーサ・ブラウン (Martha Brown, 1828–1880)

タビサ・エイクロドが、1836 年クリスマス直前に、氷った道で滑って足の骨を折り、牧師館の仕事をすることができなかった時、8 歳のマーサは、時折の手助けを頼まれて牧師館で働いた。この縁があって、タビーが 1839 年から 1842 年、療養のために牧師館を離れていた期間中の 1841 年 7 月、マーサは牧師館に住み込んで働くこととなった。未だ 13 歳の少女であったから、家事や牧師館での仕事において自分で判断はできなかった。マーサの職歴は、8 歳で時折の手伝い、そして 13 歳で完全な住み込みの召使。この職歴は、19 世紀前半のイングランド寒村における女子の就職状況と、貧しい一家の生計の立て方の一例となっている。貧しい家の女子が教育を受けることもなく賃金を得るための仕事に就いて、わずかなりとも現金を得て親を助けていたこと。そしてまた、親の家から出て住み込みの職を得れば、手狭な親の家から住人が一人減り、家は少しでも広くなり、親に食費の負担をかけないで済んだこと。マーサはこうした厳しい現実を映し出している。

マーサは 1841 年から牧師館での住み込み職を始め、パトリックが死去する 1861 年まで 20 年間牧師館で働いた。パトリックの死後、ハワース教区の管財人はパトリックの牧師補であったニコルズ師を後任として承認しなかったため、ニコルズ師は 1861 年 10 月、自分の故郷アイルランドのバナガーへ戻り、伯母の家、ヒル・ハウスに同居した。この時マーサはニコルズ師に従って、バナガーへ移住し、ヒル・ハウスの近くに住んで、ニコルズ師と伯母の一家を頻繁に訪れて家事手伝いをした。マーサはハワースへ戻ったが、ニコルズ師は彼女に時折の手紙とお金を送った。

マーサとブロンテ家の関わりは、彼女が住み込みで働き始めた 1841 年を始まりとし、バナガーを離れた 1862 年を終わりとすれば、21 年の長期となる。ハワースで 20 年間ブロンテ家と同居したこと、さらにニコルズ師に付き添ってアイルランドへ移住したことは、マーサがブロンテ家に忠実だったことである。そしてまた、ブロンテ家がマーサを大切にしていたことでもある。さらにまた、牧師館という勤め先を失った 33 歳の独身女性が、ハワースで次の職に就かずアイルランドへ渡ったことは、ハワース近隣で労働者階級の女性が職を得ることが難しかったことを想定させる。

第５節　召使達が作った料理

牧師館で働いた召使達は、皆地元の出身だった。料理の作り方を意味する英語 “recipe” はラテン語 recipio = receive に語源を持ち、料理は上の世代から受け継ぐものだった。ブロンテ家で働いたヨークシャー育ちの召使達の料理も伝承で、彼女達の料理は土着のヨークシャー料理だったはずである。

ジェイムズ・エドワード・オースティン＝リーは、『ジェイン・オースティンの思い出』を引用して料理の伝承を語っている。

> 昔は、いまのように、ある家の献立がよその家の献立に似ているなどということはなかった。それというのも、かつては家族の調理法が高い評価を受けていたからだ。料理の才能のある祖母から、何か特別な料理の評判が子供たちに伝えられ、幾世代にもわたってその家族のディナーに影響を与えたこともあった。[8]

18 世紀終わりから 19 世紀初頭にヨークシャーの田舎で生まれ育ち、高い教育を受けたわけではないブロンテ家の召使達は、「昔は」と回顧されるような様相を残す、家庭内で受け継がれて来た地元の料理を作っていたはずである。

召使達がどのようなものを作ったか、我々は姉妹の「日誌」や作品から、ある程度、推定することができる。しかし一般的に、ヨークシャー料理の特徴はどのようなものだろう。ジョウン・ポウルソン『ヨークシャーの食べ物』(1988)[9] は我々の疑問にヒントを与えてくれる。

ポウルソンは、第 1 章「ヨークシャー」でヨークシャーの食事の全体像をまとめている。ヨークシャーは広いため地域によって違いを持っている。それぞれの地域の人々は自分の地域特性を愛し、さらに各人の個

オートケーキ
『嵐が丘』では天井の梁に掛けて乾燥保存されている。

性を大切にしている。北国が一般的に持つ料理特徴を持っていて、そして土地が広いため自給自足が可能である。

ポウルソンはまた、ヨークシャーの名物料理や特産品も挙げている。例えば、オートケーキやヨークシャー・パーキン、グリンピース・プディングや、チーズやカード・タルト。蜂蜜やビルベリーやスモモやルバーブ。猟で仕留めた雷鳥や兎。茹でたハムやローストした七面鳥などである。確かに、オートケーキや雷鳥は『嵐が丘』に、タルトやハムやビルベリーに蜜蜂は『ジェイン・エア』に、ローストビーフは『アグネス・グレイ』に姿を見せている。

ブロンテ師はアイルランド出身であるから、アイルランド料理が牧師館で作られていた可能性も想定されるのだが、しかし、アイルランド料理、いわゆるアイリシュ・シチューやブラック・プディングやソーダ・ブレッドは、[10] 牧師館での可能性は無い。ブロンテ師はアイルランドを脱出してケンブリッジに入学し、入学以降、一度もアイルランドへ戻ることはしなかった。ブロンテ師に、アイルランドを振り返る気持ちは無かったのである。アイルランドが彼の詩や物語に使われていても、それは作品の道具に過ぎなかった。『キラーニーの乙女』(1818) において、イングランドを体現するアルビオンが、アイルランドを体現するフローラと結婚して物語は幕を閉じる。この結末は、友好関係の下、イングランドがアイルランドを宗教的・政治的に教化することの比喩である。イングランド志向を持つブロンテ師は、食事においても、去った土地の食事に戻る気持ちは無かっただろう。

そしてまた、ブロンテ師はケンブリッジ入学以降イングランドの食事を食べてきており、牧師補となってイングランド北部を転勤した以降も、彼に出された料理は地元の召使が作った料理だったため、ヨークシャー料理となっていたはずである。さらにまた、仕事のために出かけた場所、あるいは聖職者関係の会合の地、これらはイングランドであり決してアイルランドではなかった。アイルランド料理は、ブロンテ師個人においてもブロンテ家全員においても、縁遠かったはずである。

プディング

1834年11月24日にエミリー・ブロンテによって書かれた「日誌」には、ディナーに茹でた牛肉、カブ、ジャガイモ、そしてリンゴのプディングを食べることになっており、シャーロットがプディングを完璧に作ると書いてある。[11] プディング（pudding）は、英国では古くからある料理である。OED1992年版が記載する一番古い料理形態のプディングは、項目I. 1. a.の「豚、羊などの胃の中に、肉・牛脂・挽き割りカラスムギ・調味料を入れて茹でたもの」で、初出は1305年頃とされている。項目II. 6. A.になると「動物または野菜を、デンプン粉と混ぜるか、デンプン粉で作った皮の中へ入れ、茹でるか蒸すかしたもの」となり、初出は1544年とされている。OEDを通して知るプディングの歴史は14世紀初頭に遡り、動物の胃の中で茹でられた料理品から、デンプンを使用して茹でるか蒸すかした料理品へと変化を見せている。

エミリーの「日誌」ではプディングは「リンゴのプディング」であり、肉料理と付け合わせの野菜料理の後に食べる模様で、リンゴを用いて甘くなっているから、デザートである。デザートの意としてのプディングはOED、項目II. 6. A.のaに記載「通常、イギリス英語で、食事のメイン・コースに続く甘いコース」と定義され、初出は粉を用いたプディングと同年の1544年である。

デンプン粉を用いたプディングとデザートとしてのプディング、共に初出が1544年で16世紀である。イギリス16世紀は、農業において「囲い込み運動」が進展すると共に「穀草式農法」（“convertible husbandry”）が発達した時期であった。増大してきた人口に対処するために開発された農耕法が「穀草式農法」で、同一地面に穀物栽培と牧草地利用を交互させて穀物収穫量を増やす方法だった。[12] この農法で穀物生産が増えた結果、英国でも小麦栽培が可能な温暖な地域では小麦収穫量が増え、小麦を用いたプディングが一般化し、小麦を用いた甘いデザートも一般化して行ったのである。

プディングの作り方は 16 世紀以降、さらに変化した。OED において項目 II. 6. A. をさらに読み進めると「プディング生地は、牛乳と卵・コメ・サゴ・タピオカ・他のデンプン類・調味料を混ぜ合わせて作られて、そしてオヴンで焼かれた物も、今はプディングと呼ばれる」とある。つまり、デンプン類が多様化し料理法にオヴン焼きが加わったという変化である。

プディングの変遷を OED で辿ってみると、料理品を考える際、どうやって料理するか、つまり料理方法に対する考察が欠かせないことがわかって来る。料理方法は、その方法を可能にする料理設備や調理器具の存在無しには成立しない。プディングの場合、料理方法は茹でる、蒸す、オヴン焼きの 3 方法で変化して行ったのだが、これらの方法を可能にする調理器具をブロンテ家で考えてみると、ジョスリン・ケレットの著書『ハワース牧師館』（1977）が有益である。ケレットは書籍中の「補遺 1」において、ブロンテ一家がハワース村に住んでいた時期の、村の建具屋の収支記録を載せている。建具屋は、1843 年 3 月 7 日、牧師館にあった串刺しロースト用熱反射スクリーンを 9 ペンスで修理したことを記録している。[13] 修理したのだから、牧師館には 1843 年以前に、燃える火が料理人のすぐ前にあり、料理人は直火を用い、反射スクリーンで直火熱をロースト肉に反射させて、串刺しローストを作ることができる料理レンジがあったことになる。

そして、串刺しローストは、『ジェイン・エア』に姿を見せている。最終章（III-XII “Conclusion”）で、ジェインは結婚式からマナー・ハウ

串刺しローストの脂受け板と脂掛け柄杓
(*The Victorian Kitchen*, p.60)

スに戻り、召使メアリーにロチェスターと結婚したことを告げる。この時メアリーは火の前に座り一対の鶏ローストに脂掛けをしていたから、このローストも直火料理だった。しかし、メアリーが付きっ切りでローストに脂掛けができたのだから、メアリーは反射板を使っておらず、彼女は燃える火にさらされながらローストしていたことになる。ファーン・ディーンのマナー・ハウスは古いもので、ロチェスターが急遽、世間から逃れて住んだ家だったから、料理用の炉は19世紀の牧師館の料理レンジよりは古い造りであっただろうし、反射板というロースト道具はマナー・ハウスには無かったことが推定される。

イギリスの料理用の炉は、18世紀後半に性能を大きく向上させた。産業革命と相まって工業技術が発達し、堅固な鉄と石炭使用が料理用の炉に及んだからである。火が燃えるだけの単体の炉から、複数の加熱設備を一箇所に集めた料理レンジが生まれ、レンジ中央に鉄格子が使われて、鉄格子の奥に石炭が燃え、燃える火にはいつでも湯沸かしヤカンか料理品の入った大鍋が掛けられることとなった。石炭が燃える鉄格子の脇はオヴンとなり、パン焼きもケーキ作りもプディング焼きもできるようになった。こうした “Open Range” は1780年に特許化され、そして19世紀には一般に普及することとなっていた。[14]

ブロンテ博物館展示、料理レンジ

写真は、現在、ハワースにあるブロンテ博物館が展示室 “The Kitchen” で公開しているレンジである。この展示品は、1861 年にブロンテ師の後任牧師が入れ替えたレンジで、ブロンテ一家が使用していたレンジではない。しかし、中央に石炭の火が燃えヤカンが掛かり、火の前には移動できるロースト台が置かれ、向かって左上は閉じられたオヴンとなっている。[15]

牧師館の料理レンジに関し、シャーロットの友人エレン・ナシーは 1833 年 7 月、初めて牧師館を訪れた際に彼女が見て取った牧師館の間取りを説明する中、「ブロンテ師の書斎の後ろは台所となっていて、大きな料理レンジが煙突付きの壁内に造り付けられていました」[16] と回想している。エレンの回想からわかる事は、ブロンテ家は大きな料理レンジを持っていた。そのレンジには直火があったが、直火が燃える火床は壁の中にあり、火が部屋に突き出しているわけではなかった。このため、火が人に燃え移る心配の無いタイプだった。この料理レンジは煙突付きだったから、煙は炉から外へ出たし、新しい空気は炉の中へ入って火が燃える効率は高かった。ブロンテ家が料理をするにあたっての料理用加熱器具は、時代に即しつつも、機能的な器具だったと言える。前掲の写真は、入れ替えられたレンジであっても、ブロンテ家の料理レンジを映し出し、ブロンテ家の調理設備を知るための重要な参考である。

エミリーは、当時にすれば進んだタイプの料理レンジの中のオヴンを用いて、パンを焼いていた。しかし「日誌」記載のリンゴのプディングは、18 歳のシャーロットが作る品で、シャーロットは 30 歳になっても料理を知らないと公言する人であったから、[17] プディングを作る際、火加減が難しいオヴン焼きのプディングを完璧に作るはずがない。シャーロットは、プディング生地を布で包み上げ、中央の火にかけた大鍋で茹でていただろう。

第6節　召使い達が示すもの

ブロンテ家はガース姉妹、タビサ・エイクロド、マーサ・ブラウンと、計4人の主要な住み込み召使を雇用した。4人とも雇用は長年におよび、人間関係は良好であった。住み込み召使達は家族の構成員だったのである。良好な人間関係は、ブロンテ家の人々が地位を超えて人々と平等に接し全ての人々を愛する態度を持っていたことを表している。そして、良好な人間関係のもと、ブロンテ家の人々は召使達から生活面の援助を受け、食事の世話をしてもらい、家事の仕方を教えられ、そして誠実さと言語的多様性という教えを受けた。援助と教えは、ブロンテ家の生活基盤となり、きょうだい達の言語感覚を養い、作品中に時折の姿を見せ、ブロンテ文学への影響は大きい。料理において、召使それぞれで作った料理は異なり作り方も違いを見せていただろう。しかし基本的には、ブロンテ家の家庭食は召使達の料理であり、召使達が何をどのように作ったかは、ブロンテ姉妹の生活と作品に重要である。

註

＊本章における召使に関する記述は、Christine Alexander and Margaret Smith 編 *The Oxford Companion to the Brontës* を大きな典拠としています。

1. Juliet Barker. *The Brontës*. London: Phoenix Giants, 1994. pp.71f.
2. See. The History of Education Society. http://www.historyofeducation.org.uk/types-of-school-in-nineteenth-century-england/
3. Winifred Gérin. *Charlotte Brontë: The Evolution of Genius*. Oxford: Oxford University Press, 1967. p.19.
4. Christine Alexander and Margaret Smith, eds. *The Oxford Companion to the Brontës*. Oxford: Oxford University Press, 2003. p.457.
5. T. J. Wise and John Symington, eds. The *Btontës: Their Lives, Friendships & Correspondence in Four Volumes*. Oxford: The Shakespeare Head Press, 1932. Vol. I p.124.

6. Cristine Alexander and Margaret Smith. p.163.
7. Barker. p.427.
8. マギー・ブラック、ティアドレ・ル・フェイ（中尾真理訳）『ジェイン・オースティン料理読本』東京：晶文社、1998. p.9.
9. See. Joan Poulson. *Food in Yorkshire*. Otley: Smith Settle, 1988.
10. See. Ethel Minogue. *Modern and Traditional Irish Cooking*. London: The Apple Press, 1988.
11. T. J. Wise and John Symington. Vol. I p.124.
12. 道重一郎「現代イギリス農業の形成と展開――イギリス農業の復活の軌跡とその課題――」『共済総合研究』第 53 号、東京：JA 共済研究所、2008. p.67.
13. Jocelyn Kellet. *Haworth Parsonage: The Home of the Brontës*. Haworth: The Brontë Society, 1977. p.77.
14. John Seymour. *Forgotten Household Crafts: A Portrait of the Way We Once Lived*. New York: Alfred A. Knopf, 1987. p.30.
15. The Brontë Society, ed. “4 The Kitchen.” *Brontë Parsonage Museum*. Haworth: The Incorporated Brontë Society, 1989. n. pag.
16. Barker. p.100.
17. Wise and Symington. Vol. II p.107.

第6章
シャーロット・ブロンテと『ジェイン・エア』

第1節　シャーロット・ブロンテの生涯 (Charlotte Brontë, 1816–1855)

誕生から幼少期

シャーロット・ブロンテは1816年4月21日、ヨークシャー州ブラッドフォードの町に近い小村、ソーントンで生まれた。ブロンテ夫妻にとって、マリアとエリザベスに次ぐ3番目の子であった。しかし、1817年にはブランウェルが、1818年にはエミリーが、そして1820年にはアンが生まれ、シャーロットが4歳になる頃には全6子中の3番目の子となっていた。牧師の子供達がソーントン村の一般の子供達と交わることは難しく、きょうだい達は自分達で生活することが自然となっていた。

しかし、子供達が村の人々から孤立していたわけではない。例えば、ソーントン村にはブロンテ師の友人で、そして子供達の名付け親となってくれたファース父・娘が住んでいた。ファース家はブロンテ一家と親交を持ち、両家で食事などの行き来をしていた。そして子供達の上3人も1819年1月8日、ファース家の住んでいたキピング・ハウスでのお茶に招待されたりしている。[1] マリアはほぼ5歳、エリザベスはほぼ4歳、そしてシャーロットは2歳9ケ月だった。シャーロットは幼い頃から、お呼ばれの食事を経験していたことになる。

1820年、パトリックは新しい任地ハワースの終身牧師補に任ぜられ、4月20日に、一家はハワース村の牧師館へ引っ越しをした。シャーロットにとっては4歳の誕生日を迎える前日であった。

1821年9月15日、妻であり母であるマリアが亡くなった。この時シャーロットは5歳。母の死は5歳のシャーロットの記憶の基底に、明確ではないにしても残っていたと推定される。21世紀の今、幼児の記憶は2歳代で大きく発達し3歳で基盤形成されている、というのが定説だからである。[2] そして、シャーロットの伝記作者レベッカ・フレイザーは、シャーロットは朧気な母の記憶を持っていたとする。「シャーロットが人生の後になって語った事は、母が亡くなった時5歳だったけれど、ほとんど母のことを覚えていない。でも、かすかに一つ、夕方の光の中、母がブランウェルと居間で遊んでいた事を覚えている。」記憶がかすかにあったとするこの例証に続けてフレイザーは、「多分シャーロットは、自分にとってあまりにも痛ましい母の死の時期を、意図的に記憶から消し去ろうとしていたのだろう」と、記憶がかすかな事への理由付けをしている。[3]

しかし1850年になるが、パトリックはシャーロットに、亡き母マリアがパトリックに宛てた手紙を見せた。パトリックがマリアへ求婚中に、マリアが自分に宛てた手紙だった。手紙を読んだ時の心の揺れを、シャーロットは友人エレンへの2月16日付け手紙に書いている。

> 数日前、ちょっとした出来事があり、私に奇妙な感動を与えました。パパが私の手に一束の手紙を渡し、ママのものだと言い、読んでもいいよと言ったのです。…… 手紙は時を経て黄色くなっており、すべて私が生まれる前に書かれたものでした。私の心を生んだ人の記録を、生まれて初めて今になって詳しく読むのは奇妙な気持ちでした。一番奇妙で、そして悲しくかつ甘い思いを私に抱かせたのは、私が母の手紙の中に、真に繊細で純粋で高貴な類の心を発見したことでした。…… それらの手紙には、表現できないような、正義感、洗練、平常心、謙虚さ、感性、優しさがありました。…… 私は、母に生きていて欲しかったと思い、そして母を知りたかったと思いました。[4]

「母を知りたかった」は過去形であるから、シャーロットは「母を知らない」としている。しかし、フレイザーが言うように、意図的に記憶を消し去ろうとした結果と判断することもできる。そしてまた、母の死の時点で既に5歳だったシャーロットには、今日の研究を援用すれば、記憶基盤が形成されていたはずである。母の記憶はシャーロットの意識の水面下でかすかに存在していたと推定される。記憶があるようで、記憶がない。意識下の不安定な状態は、時折シャーロットの意識の表面に表れただろう。1917年に発表されたジークムント・フロイトによる古典的論文「悲哀とメランコリー」では「愛する者を失ったための反応を悲哀と呼び、悲哀は失った対象に対するリビドーを新しい対象へ向けさせる」[5]としている。愛する現実対象が失われても思慕の情が残るのが悲哀である。シャーロットの小説作品に母を思う子の姿が多いこと、シャーロットがブリュッセルのエジェ氏に執着したことは、シャーロットに残った思慕の情が、母あるいは代理母に対しリビドーを向けた結果と推察される。

母マリアの死後、父パトリックは、6人の子供達のために第2の母を求め、再婚の努力を繰り返した。が、受諾してくれる女性は無かった。そしてマリアの看病のため、1821年5月ペンザンスからやって来ていた伯母ブランウェルが、母兼主婦としてハワースの牧師館で一家と暮らし続けることとなった。

ブロンテ師は、自分の地位や収入からすると、自分の子供達に資産を残したり、あるいは裕福な結婚をさせることができないことを知っており、男児ブランウェルは当然のこと、女児であっても職業を持たなければならないと考えていた。国教会牧師補の子にふさわしい職業を持つためには、教育が必要だった。ブロンテ師と伯母が、当時基本的とされていた読み書きや地理・歴史を教え、さらに高額を払って絵や音楽の個人教授が雇われた。

学校教育期

しかし収入が限られていたブロンテ師は、安価な公的教育を求めなければならなかった。1824年1月に「聖職者の娘達のための学校」が開校され、ブロンテ師は新聞広告を読み、長女マリアと次女エリザベスを1824年7月同校へ入学させた。8歳となっていたシャーロットは8月に、そして第4女エミリーは11月に、同校へ入学した。この寄宿学校はランカシャー州、カウアン・ブリッジ村にあり、ケンブリッジ大学を卒業した国教会牧師、ウィリアム・カーラス・ウィルソン師が設立して運営し、寄付を基に安い費用で基礎教育を与え、追加料金を払えば教師教育を与える学校だった。教師という職業は、この時代の中流家庭の女性が就くことのできる数少ない職業の一つだったから、ブロンテ師が新聞広告でこの学校を知り、上の4女子を入学させたことは自然な判断だった。

カウアン・ブリッジ校入学時記録によれば、シャーロットは「認容できる程度に読む。正しく書くことに意を払わない。算数は少しで、針仕事は丁寧にやる。文法・地理・歴史・たしなみ教育は全く知らない」[6]とある。「たしなみ教育」はカウアン・ブリッジ校では、フランス語・音楽・絵を意味した。この入学時記録は、シャーロットを面接したカウアン・ブリッジ校教師の判断に過ぎないことを考慮しなければならないが、家庭で教育を受けてきたシャーロットが、読む能力は低く、書くことも算数も習熟度が低く、他の教育も皆無とされていることは、注目すべきである。牧師館で父・伯母から教育を受けていたのだが、身に付いていなかったのだろうか。

しかし、入学時記録は2人の姉のものも残っており、10歳だったマリアは「認容できる程度に読む。かなり上手に書く。算数は少しできる。裁縫は大変に下手である。文法は少し知っており、地理・歴史はほんのわずかしか知らない。」[7] 9歳のエリザベスは「少ししか読めない。かなり上手に書く。算数はゼロ。裁縫は大変に下手である。」[8]

3人の入学時記録を比較すると、全ての教科において、3姉妹の能力・

知識・技能の上達は年齢とは関係が無かったことがわかる。しかし3人すべてを総合すると、牧師館での教育は、学校の目からすれば、体系立ったものではなかったことが歴然である。

このカウアン・ブリッジ校が『ジェイン・エア』のローウッド校のモデルであることから推察できるように、この学校の生活は非人道的であった。厳格な生活時間、不衛生で快適さの無い住環境、粗末でその上、この学校の生徒と一目でわかる制服、不十分な食事だったと推定されている。

カウアン・ブリッジ校における食事の衛生状態や料理方法に関しては、ブロンテ姉妹が在学していた時期の料理人に衛生意識が無かったことが言われている。[9] しかしこの時代、衛生概念や栄養知識が欠けていたのは普通だった事は、本書第1章22頁でJ. C. ドラモンドの記述を引いて述べた如くである。[10] さらにまたDorothy Gardiner著*English Girlhood at School: A Study of Women's Education through Twelve Centuries*も参考となる。この書籍はサクソン時代から1,800年に至るまでの女子教育の歴史を辿っている。修道女教育に端を発した女子教育は、16世紀になるとエラスムスやトマス・ムアの影響を受け、男児女児共に対して生きるための教育を与えるべきであるという考えが広まった。学校が発達し、18世紀になると、1720年から1790年の間で、ロンドン広域に有った男子校数は年度平均約3,500校、女子校数は約2,300校となっていた。[11] 18世紀には女子寄宿学校もゆるぎない地位を占めていたが、そこでの生活は「質素な食事と飲み物、決まりきったメニュー、辛い環境にさらすことによって身体的な強さと精神力が得られると考えられていた」[12] という。だが、ハナ・モア、キャサリン・マコーレー、メアリ・ウォルストンクラフト、マライア・エッジワースらの思想と批判を受け、[13] 19世紀が寄宿学校の生活も教育の質も向上へ転ずる時期であったと、書籍全体の「エピローグ」で述べられている。女子学校教育の歴史を辿ったこの書籍に照らしても、ブロンテ家の4女児がカウアン・ブリッジ校で生活した1824年・1825年は、寄宿学校改革が進展してはおらず、ましてや地方へは及んでいなかった時期である。

この時代に知識・認識の不足が一般だったにしても、カウアン・ブリッジ校の生徒達は、現実の中で耐えるしか道は無く、そしてその結果を被らなければならなかった。1825年、チフスと思われる伝染病が発生した。ブロンテ家のマリアとエリザベスは、チフスではなかったが体調を崩し、家へ帰ることとなった。マリアは5月6日肺結核で亡くなり、驚いたブロンテ師は6月1日、シャーロットとエミリーを家へ連れ帰った。そして6月15日に、エリザベスは肺結核で亡くなった。この時点で、9歳のシャーロットは一家の最年長子となった。母は亡く、さらに姉達を亡くしたシャーロットは下のきょうだい達への責任を感じることとなり、この立場と意識は後にシャーロットが3姉妹のリーダーとなる契機となった。

残された4人のきょうだい達は牧師館でそろって暮らすこととなったが、家庭内で教育を受ける機会には恵まれていた。ブロンテ師が古典語を含めて子供達に教育することができたし、牧師館には書籍が多くあり、そしてブロンテ師は雑誌や新聞を購読していた。さらにブロンテ師は1833年になるが、1825年設立の「キースリー機械工学校」の会員となり、同校の図書館から子供達は頻繁に書籍を借りて来た。きょうだい達はそれらの借用書籍や雑誌や新聞を読んだ。加えて伯母ブランウェルが『レディーズ・マガジン』を読み、そして遠慮することなくブロンテ師と政治討論する女性であったから、伯母の雑誌も伯母の生活ぶりも良き教育となった。もちろん伯母は、3人の女児に家事、および女性のたしなみ教育を施した。

そして1826年、ブロンテ師が12体の木の人形というお土産をリーズから買って来てくれたことをきっかけに、きょうだい達は、連携した空想物語を発展させていった。自然発生した連作物語創りとは、子供達が受動教育から能動教育へ自力で発展したことを意味する。自発的な物語創造は、きょうだい達の文芸の才能と自己学習能力の証である。

家に教育はあったが、職業を得るためには学校教育が必要だった。1831年1月17日、シャーロットは、マーフィールドにあるロウ・ヘッド館でミス・マーガレット・ウラーが妹達と一緒に経営している寄宿学校へ入学した。ウラー校は、暖かな教育方針だった。そしてシャーロットは、この学校で、エレン・ナシーとメアリー・テイラーという生涯にわたる友を得た。

メアリー・テイラーは、シャーロットを学校で初めて見た時の様子を回顧している。シャーロットの死後になるが、エリザベス・ギャスケルが『シャーロット・ブロンテの生涯』を書くために、ニュージーランドに移住していたメアリーに問い合わせをした。メアリーは1856年1月18日付け手紙で、ギャスケルに以下のように手紙を書き送った。

> 私は彼女が覆いのある馬車から降りて来る所を見ました。大変に流行遅れの服を着ていて、とても寒そうでみじめな様子でした。…… 姿は小柄な老女のようで、ひどい近視だったので、いつも何かを探しているように見えました。…… 彼女はとても内気で神経質で、そして強いアイルランド訛りで話しました。…… 彼女は学校で動物性食品は何も食べませんでした。そしてこの頃、私は彼女に「あなたってとても醜いわ」と言いました。[14]

学校で動物性食品を食べなかったというメアリーの記述は、ブロンテ師が子供達に肉を食べさせなかったというギャスケルによる伝記の一節を想起させる。[15] メアリーの記憶とギャスケルの記述を合計すると、シャーロットには、精神的・身体的理由を含めて、食べ物における偏向が存在していた可能性を示している。

そしてまた、シャーロットが強いアイルランド訛りで話したことは、留意する必要がある。シャーロットがアイルランドに対し相反する気持ちを持っていたことは、エドワード・チタム著『ブロンテ家のアイルランド背景』に述べられている。チタムが述べる所では、幼少作においては、シャーロットがアイルランド人の名前の響きに惹かれていたことが感じられる。しかし『シャーリー』においては、アイルランド人牧師補達に軽蔑を表している。結論としてチタムは、シャーロットにはアイルランドに対するアンビバレントな気持ちが存在していること、そしてアイルランドの血は彼女に、口頭物語の伝統を与えたことを述べている。[16]

エレンもまた、1871年『スクリブナー月刊誌』にシャーロット回顧録を寄せ、

> 他の人が言っていたようにシャーロットが魅力の無い小柄な人とは、私には決して見えませんでした。でも確かに、ロウ・ヘッド入学時、彼女は決して可愛らしくなかった（強調原典）です。彼女の可愛い点でさえ失われていました。生来は美しい柔らかな絹のような茶色の髪は、その頃、干からびて縮れているように見え、その上、きつく巻き上げられていたので顔を全部見せてしまっていました。ひどく痩せていたし顔色が悪かったので、さらに一層可愛くなく、乾いてしぼんでいるように見えました。[17]

ひどく痩せていて顔色が悪い、髪も顔も水々しさが無いとは、健康状態が良くはなかったと思われる。エレンの回顧にメアリーがシャーロットを回顧して「内気で神経質、動物性食品を食べなかった」と言ったことを合わせると、シャーロットは牧師館でも、精神的あるいは身体的な理由から、健康や栄養状態が良くはなかったと推察される。

周囲から美しくないと思われ、そして親友となった一人からは「醜い」と明言されたことは、シャーロットに美へのコンプレックスを残すこととなった。美へのこだわりは、『ジェイン・エア』において、可愛らしくない少女ジェインが苦難を経て成長し、愛する男性と結ばれてこれ以上の幸福は無い家庭生活を送るという物語の土壌である。

しかし、内気で可愛らしくはなかったシャーロットも、ロウ・ヘッド

校に慣れて行った。ミス・ウラーは暖かな人だったし、シャーロットに才能が潜んでいることを感じて熱心に指導した。そしてシャーロットは勉学意欲に燃えており、友人も得たからである。シャーロットの伸びは目覚ましく、入学して1年後の1831年12月には「フランス語賞」を獲得した。在学中、きょうだい達と連携した物語作りは中断せざるを得なかったが、シャーロットは、自由時間に屋外で他の少女達と一緒に遊ぶより自分一人で読書し勉強し、大きく学力を伸ばして行った。

そして1832年6月、約1年5ケ月の在学の後、シャーロットはロウ・ヘッド校を退学する。この学校で学ぶことのできるものは、全て学び終えたからだった。家へ帰り、シャーロットは幼少作や絵画の制作を再開した。それと共に、自分がロウ・ヘッド校で学んだ事柄を、妹達に伝授した。

ロウ・ヘッド校を卒業したシャーロットが、どのような書籍を高く評価していたかを知るに有効な手紙がある。推薦書籍を教えて欲しいとエレンに頼まれ、1834年7月4日付けで返事を書き送っている。詩なら、ミルトンやシェイクスピア。歴史なら、ヒュームやロラン。伝記なら、ジョンソン博士の『詩人列伝』やボズウェルの『ジョンソン伝』。博物史ならビューイックやオーデュボン。[18] ロウ・ヘッド校の教育内容と共にシャーロットの好みがわかるが、シャーロットは広範に読んでおりオーソドックスな書籍を高く評価している。

職業と文筆と求婚と

1835年7月、19歳になっていたシャーロットは、ミス・ウラーに請われ、教師となってロウ・ヘッド校へ戻った。シャーロットに教師給料を払う代わりに、妹達の一人の授業料・寄宿料を免除するという条件だった。年齢順で、エミリーがロウ・ヘッド校に入学した。しかしエミリーは、ハワースを離れると精神的な動揺をきたすためロウ・ヘッド校で生活はできず、10月にエミリーと入れ代わってアンがロウ・ヘッド校へ入学した。

教師となったシャーロットは、学校生活に多くの不満を持った。彼女の教師概念と現実の教師労働の間にはくい違いがあった。シャーロットにとっては、ウラー校教師職は毎日が単調な仕事の繰り返しで自分の時間が無かった。シャーロットは生徒達を愚かに感じ、生徒達はそうしたシャーロットに従順ではなかった。しかしシャーロットは、時間と徒労感の合間を縫って詩を書き、そして「ロウ・ヘッド日記」を記した。

教師生活に対する不満の中、1836年クリスマス休暇の折、シャーロットは自分の詩を添えた手紙を時の桂冠詩人ロバート・サウジーに送り、職業詩人としてやってゆけるかどうか尋ねた。旅行中だったサウジーが自宅に戻ってシャーロットの手紙を読み、熱意に打たれて返事を書いたのは1837年3月のことだった。サウジーは「あなたを落胆させるような返事を書くのは辛いことだが」と断った上で「文学は女性の一生の仕事となり得ません。女性としての適切な義務を果たせば果たすほど、文学を書く暇はないでしょう。…… そして女性の義務を行っていると、名声を求める気持ちは減少するでしょう」と助言した。[19] 職業作家になろうとはしないで、女性の義務、つまり家事をしなさいという助言だった。シャーロットはこの返事に落胆し、しかし何度もこの手紙を読み、時を置かず3月16日付けで、再度サウジーに手紙を書いた。

> 私があなたからの返事を最初に読んだ時、私があなたに面倒をおかけする冒険を冒したことをひたすら後悔しました。…… しかし少し考え何度も返事を読んだ後、ある展望が明らかになりました。あなたは、私が書くことを禁じているわけではない。あなたは、私が書いた物に優れた点が全く無いとは言っていない。あなたは単に、空想の楽しみのために現実の義務を怠ること、名声のために書くこと、他の作家と競争して自分勝手に興奮すること、こうした愚かしさに対し警告を発しているだけです。…… 私の父は牧師で、限られていますがある程度の事はできる収入を持っていま

す。そして私は子供達の最年長なのです。父はきょうだい達に不公平にならないようにしながら、私の教育にできるだけことをしてくれました。ですから私は、学校を卒業したら家庭教師になるのが務めと考えていました。……私は自分の名前が印刷されているのを見ようという野望は、これ以降、感じないだろうと信じています。……[20]

1837年、21歳を目前にしたシャーロットの人生設計は、文学創作は続ける。但し名声を得るためではない。そして女性の義務、すなわち家事は行う。さらに、長女として率先して家庭教師となるつもりである。サウジーとのやり取りは、シャーロットが文筆に情熱を持ち続けること、長女の自覚が重いこと、父への篤い尊敬があったことを示している。

1837年、ロウ・ヘッド校の教師を勤めながら、シャーロットは詩を書き続けた。しかし1837年7月に、ミス・ウラーは学校をロウ・ヘッドの地からデューズベリ・ムアへ移した。この地は湿っていて健康に良い地ではなかった。アンは風邪をこじらせ、大きく体調を崩した。シャーロットはミス・ウラーがアンの健康に十分な意を払ってくれないとして、ミス・ウラーと激しく対立した。体調を崩したアンは12月、ウラー校を退学した。こうした経緯でシャーロットはミス・ウラーに敵対的な感情を持ってしまったが、クリスマス休暇で家へ戻り心が落ち着き、そしてデューズベリ・ムアへ戻った。だが、妹なく自分だけの生活の中、精神的に消耗し、1838年5月、ミス・ウラーの学校を辞職した。

ハワースへ戻り牧師館で生活していたシャーロットは、1839年2月、驚くことに、友人エレンの兄で会ったことのないヘンリー・ナシー牧師補から求婚の手紙を受け取った。即、断固として断った。ヘンリーの求婚が、自分への愛からではなく、牧師補の妻として世間体が良いからという理由を見て取ったためである。シャーロットは1839年3月5日付けの断りの手紙の中で「私はあなたのような方と、幸福を作り上げる類の性質を持っていないことを確信しています。あなたに適切な女性の性格は、過度にはっきりしていたり情熱的だったり個性的ではないこと…… そして容姿（強調原典）は、十分にあなたの目を喜ばせ、あなたのプライドを満足させるものでなければなりません。」[21] この返事から、シャーロットが自分の性格を白黒はっきり付けるタイプで情熱的と思っていたことがわかる。そして依然として容貌コンプレックスを持っていたこともわかる。

そして1839年8月、第1の求婚からわずか6ケ月の後、シャーロットは第2の突然の求婚を受けて驚いた。求婚者は再び牧師補で、デイヴィッド・プライス師であった。彼は夏に、自分が仕える牧師と共にハワースの牧師館を訪れ、シャーロットを見たのだった。この訪問の時シャーロットは、彼の話し方から軽率な人柄を感じ取り、彼に好感を抱かなかった。ところが訪問からほとんど時間を置かないで、求婚の手紙が舞い込んだのである。シャーロットはこの時もまた、即、断りの返事を書いた。1839年8月のシャーロットは23歳。終身牧師補の長女で、教育があった。ヘンリー・ナシーとデイヴィッド・プライスの2人が十分に知ってはいないシャーロットに求婚したことは、牧師補が妻を選ぶ際、何を大切としたかの示唆となっている。年齢、身分、教育である。ジェイン・オースティンは『自負と偏見』を「財産を持っている独身男性は妻を欲しがっているに違いない、というのは世の中すべてで認められている真実である」で書き始めた。牧師世界を渡って行こうとする男性達にとっても、世間的に適切な妻は必需品だった。しかし、世間的には妥当な求婚2件に対しシャーロットが、誰にも相談せず即座の拒否を送ったことは、シャーロットが自分の理念に合致する結婚や自分の生活を切り開くことに価値を置いていたことを意味している。

そして、シャーロットの意図していた生活は、この時点では、教師となることだった。1839年5月、シャーロットはストーンギャップに住み工場経営をしていたシジウィック家の臨時家庭教師となり1女1男の教育に当たった。豊かな家に雇われている家庭教師は人間扱いをしてもらえないと不満に満ちた生活を送り、当初から臨時とされていたこともあって、わずか3ケ月の後、7月に職を辞した。

次にシャーロットは1841年3月、ロードンにあるアッパーウッド・ハウスに住む商人一家、ホワイト家の家庭教師となった。この家でも1女1男が生徒だった。シャーロットは、この家では前のシジウィック家に比べて親切な扱いを受けたが、しかしホワイト夫人の教育方針と衝突する折もあり、1841年12月、約10ケ月の勤務の後に辞職した。

ブリュッセル留学

シャーロット、エミリー、アンの3姉妹はすべて、教師生活の苦労や挫折を経験した。それらの経験があればこそ、1841年までにはブロンテ家の全員が一つの計画を抱いていた。姉妹が教師として働く自分達の学校開設計画であった。シャーロットは1841年7月19日付けエレンへの手紙に書いている。「パパと伯母は、時折、私達で、つまりエミリーとアンと私で、学校を始めることを話しています。」[22] 牧師館を寄宿校舎とした自分達の学校なら、自分達の意向や労働状況を考慮した教育や勤務を実現できるだろう。そしてまたこの時代、私設学校は公的認可を受けることなく自由に設立することができた。

この計画のもと、姉妹のリーダーであるシャーロットは、教師としての質を高める必要を感じた。語学に優れていることは教師として有利だった。ブリュッセル留学中のメアリー・テイラーは、学費の安いブリュッセルを勧める手紙を送って来た。シャーロットは妹達を勘案しつつ、資金を懸念しつつ、ブリュッセル留学計画を進めた。妹達のうち、アンはロビンソン家の家庭教師をしていたため、留学は無理だった。留学するのは自分とエミリーとなった。資金は、伯母ブランウェルから100ポンド借りることができた。

1842年2月8日、シャーロットとエミリーは、父パトリックとテイラー兄妹と共に、ブリュッセルへ渡った。2姉妹はゾエ・エジェ夫人が経営する寄宿学校に入学し、ドイツ語を学び、フランス語力の増強を図った。ゾエの夫で、教師を勤めていたコンスタンタン・エジェ氏は、気まぐれな気性を持ちながらも熱心な教師であった。彼は姉妹の才能を認め、シャーロットの勉学熱に心打たれた。エジェ氏はシャーロットを最上級のフランス語クラスに編入し、フランス語で書かれた古典的名作を読ませた。シャーロットとエミリー2人への個人教授も行った。彼は2人に、フランス語でエッセイを書く課題を出して添削指導を行った。エッセイ指導がどのようなものであったかは、スー・ロノフ編訳『ベルギーエッセイ集』を読むと具体的に理解できる。[23]

しかし、伯母ブランウェルが1842年10月29日に急死したとの連絡が入った。姉妹は11月、急遽一旦帰国し伯母の死後処理に当たった。そして12月、伯母が遺言で、自分の資産をハワースの3姉妹とペンザンスに住む姪に残しておいてくれたことを知った。3姉妹はそれぞれ約350ポンドというまとまったお金を得ることとなり、このお金の一部は、後に3姉妹が詩集を出す際の資金となった。年が明け、1843年1月、シャーロットはエジェ塾へ戻った。しかし、ハワースを離れては精神的な平安を得ることのできないエミリーは、戻ることはしなかった。

留学2年目のシャーロットの立場は、教師兼生徒であった。エジェ塾で英語教師として働き年俸16ポンドを受けつつ、生徒としてドイツ語とフランス語を学ぶ生活だった。語学授業料は年俸から引かれたが、収入があることは貴重だった。が、2年目のシャーロットは1年目に増して、心的動揺が大きかった。生徒達は扱いにくく、シャーロットにしてみれば愚かで教えることは難儀だった。エミリーが居ない孤独感と、イギリスとベルギーの文化的相違と、エジェ氏への思いと、エジェ夫人との反目があった。9月には精神混乱に陥り、夜に宿舎からブリュッセルの街へ出てあて所なく歩き出し、宿舎へ帰る気がしないまま歩き回って聖ギュデュール教会に入り、プロテスタントであるにもかかわらずカソリック教会で告白をした。告白を聞いた司祭は、シャーロットがプロテスタントと確かめて、翌朝に彼の家へ来るように言い、そしてプロテスタントであることの悪を説いた。当然だが、シャーロットとこの司祭の接触はこの告白のみで終わった。意識朦朧とする中、街を歩き、告白する状況は『ヴィレット』の「長期休暇」章の元となっている。そしてシャーロットは、不安定な精神状態のまま留学2年目の学習を続け、1843年末にフランス語教師の免許証を得て、1844年1月1日に帰国の途についた。

シャーロットが2年間、ブリュッセルで学び生活した影響は大きい。ドイツ語、フランス語を学び、自分達の学校開設への推進力を得た。異文化体験は、後の小説作品に広い視野を与え作品の人物・場面・背景として機能した。食の面でも、フランスの影響が強い食習慣や料理を体験した。しかも、*The Oxford Companion to the Brontës*、248頁によれば、エジェ塾の「食事はたっぷりとした分量で食欲をそそる質だった」という。そして、エジェ氏への恋心は、シャーロットの心に混乱を残したが、この恋心もまた後の小説作品に活かされた。

帰国後のシャーロットにとって1844年から1845年半ばまでは辛い時期だった。牧師館での学校開設準備を進め、生徒達の居室や教室を整え、生徒募集の広告を作り知人達に配布した。しかし、応募は1つも無かった。さらに、今は異国で離れて暮らすエジェ氏を慕う気持ちが消し難かった。慕っていますから返事を下さいという手紙を、フランス語で数通書いた。[24] 手紙は1845年になっても書かれた。[25] エジェ氏はシャーロットの手紙を真剣に受け止めてはおらず、シャーロットの手紙を破り捨てた場合もあった。だが、何かを感じていたエジェ夫人は、破られた手紙を屑籠から拾い出し、繋ぎ合わせて読んで保存した。エジェ氏の息子は保存され自分の手元に残された4通、内3通は繋ぎ合わされたものだったが、1913年7月、大英博物館に寄贈した。この寄贈は『タイムズ紙』1913年7月29日版に報道されている。[26]

辛い1845年は続いた。6月に、アンがロビンソン家の家庭教師を辞職した。7月には、ブランウェルがロビンソン家の家庭教師職を解雇された。2人がロビンソン家を離れたのは、ブランウェルとロビンソン夫人との不透明な関係が原因だった。ブロンテ一家は、自宅に戻ったブランウェルの酒・アヘン・賭博に落ちた生活を見て暮らし、特に父のパトリックはブランウェルが作った借金の後始末をし、教区終身牧師補である世間体との軋轢に耐えなければならなかった。一家にとって、ブランウェルは心の重荷だった。

出版界へ

しかし、1845年、変化への兆しも訪れていた。5月にパトリックに対する新しい牧師補、アーサー・ベル・ニコルズ師が着任した。アイルランドのアントリム州に1819年1月6日農夫の子として生まれ、ダブリンのトリニティ・カレジを卒業し、イングランドで聖職位を得た人だった。シャーロットより3歳年下である。

ニコルズ師

そして1845年10月、シャーロットは、エミリーが詩を書きためて隠していたノートを偶然見つけ、それらの詩が優れていると知った。作家となることが夢だったシャーロットにとって、エミリーと自分の詩を書籍として発売することは、夢の実現への一歩と思われた。隠していたノートを盗み見たことにエミリーは怒ったが、アンはおずおずとしつつも自分の詩をシャーロットに見せ、そしてシャーロットとアンは協力してエミリーを説得し、3姉妹の詩集刊行の準備が始まった。この企画の牽引者もシャーロットだった。彼女はロンドンの幾つもの出版社に打診をし、そして引き受けてくれたのはエイロット・アンド・ジョーンズ社だった。自費出版費用、約36ポンドは、伯母の遺産から充当した。1846年5月22日頃『カラ、エリス、アクトン・ベル詩集』が出版された。ペン・ネームの、カラ、エリス、アクトンは、男性にも女性にも使いうる名前だった。詩集は売れなかった。書評は得られたが、詩人達が男性か女性か、一人か複数かを扱い、詩そのものが高く評価されることは無かった。3姉妹は詩人として認められることはできなかった。

しかしシャーロットはめげなかった。彼女が『嵐が丘』第2版に付した「エリスとアクトン・ベルに関する伝記的お知らせ」には、「失敗が私達を押し潰すことはなかった。詩で成功しようと努力しただけで、やり続けようとする大きな熱意を得てしまっていた。成功は追及されなければならない。私達はそれぞれで散文作品に取りかかり、エリス・ベルは『嵐が丘』を、アクトン・ベルは『アグネス・グレイ』を、そしてカラ・ベルもまた1巻の物語を書いた」[27]と記載してある。カラ・ベル、すなわちシャーロットは『教授』を書いたのだが、引き受けてくれる出版社はなかった。『嵐が丘』と『アグネス・グレイ』のみがニュービー社から受入れられ、2作合わせて3巻本という形で、1847年12月14日に出版された。

シャーロットの『教授』出版は実現しなかったが、シャーロットは詩集が出版された頃、他の小説にも取りかかっていた。1846年8月、父のパトリックが白内障の手術を受けるためマンチェスターに下宿していた期間でさえ、シャーロットは『ジェイン・エア』を書いていた。シャーロットは『ジェイン・エア』の清書原稿を1847年8月に完成し、『教授』が拒否され続ける中、『ジェイン・エア』の出版社探しを続けた。スミス・エルダー社が引き受けて、『ジェイン・エア』は、妹達の2つの小説よりも早く1847年10月16日にカラ・ベルの名で出版された。即座の大ヒットとなり、3ケ月とたたない翌1848年の1月初め、再版が発売された。

『ジェイン・エア』に対する雑誌書評は、出版直後、好評だった。『アトラス』は「大きな将来性を持つ作品で …… 若々しい活気、新鮮さ、独創性に満ちている」と断言した。『批評家』は「注目すべき小説」と評した。『イグザミナー』は「大変に賢い本」と述べた。[28]

同時代の大作家達には大好評だった。出版顧問のW. S. ウィリアムズは献本をサッカレーに送ったが、サッカレーは夢中になって読み終え、そして「私は『ジェイン・エア』に極めて感動し、この小説を楽しんだ。この小説は女性の書いたものだが、しかし誰だろう？」とウィリアムズに読後感を書き送った。[29] そしてシャーロットは1847年12月10日、生まれて初めて出版に対する支払いを受け、シャーロットが『ジェイン・エア』に対してスミス・エルダー社から受け取った支払いは、すべてを合計すると500ポンドとなった。家庭教師の年俸が、高くて30ポンドであったことを考えれば、シャーロットは成功作1本で家庭教師17年分ほどの報酬を得たことになる。作家という仕事が、当時の女性にとって極めて高収入だったと理解できる。

『ジェイン・エア』の大成功はニュービーによって利用された。彼はアンの次の小説『ワイルドフェル・ホールの住人』をアメリカの会社から出版する際、宣伝の中で、作者が人気作家のカラ・ベルであること、そしてカラ、エリス、アクトンの3人は本当は1人のベル、すなわち『ジェイン・エア』の作者カラ・ベルであることを匂わせて『ワイルドフェル・ホールの住人』の販売促進を図った。スミス・エルダー社はカラ・ベルが自己を偽っていると疑い憤慨した。そこでシャーロットは、自分達が本当に3人の別人であることを証明する必要があると考え、1848年7月8日、シャーロットとアンがロンドンへ行き、スミス・エルダー社を訪れた。この時24歳であったジョージ・スミスは初めて見た2人の回想を、1900年12月号の『コーンヒル誌』に記している。アンに関しては、「彼女の立ち居振る舞いは、自分への保護と勇気づけを、不思議なほど強く求めていることを表していた。…… 一種の絶え間ない訴えかけで、これは共感を呼ぶものだった。…… 彼女は決して可愛らしくなかったが、感じの良い外見をしていた。」[30]

一方、シャーロットに関して彼は、同じ回想記事の中で、

> シャーロット・ブロンテの外見に関する私の第一印象は、魅力的というより興味深いというものだった。…… 彼女はきれいな目をしていたが、顔全体の美しさは口の形で損傷を受けていた。女性的な魅力はほとんど無く、そして彼女自身が魅力の無いことを不安に思い常に意識していた。…… 彼女は可能なら、美を得るために自分の全才能と名声を差し出しただろうと、私は信じている。多分、彼女ほど可愛らしくありたいと願っていた女性、自分が可愛らしくない状況を意識していた女性、自分の美の欠如に憤っていた女性は、数少なかっただろう。[31]

スミスも見て取ったが、シャーロットは美しくないことを自覚していた。自覚に基づきシャーロットは、『ジェイン・エア』の主人公ジェインを、当時の女主人公イメージの一般に反して可愛くないと設定し、成功を収めた。しかし大成功の後になっても、美が欲しいという固定感念に縛られていた。シャーロットにおける革新と保守の同居である。

有名作家2人をロンドンに迎えたスミスは、2人のためにロンドン観光も手配してくれた。2人はロッシーニのオペラ『セビリアの理髪師』を観たり、美術館も訪れ、芸術の幅を広げた。

2人はロンドンへ来た時の定宿、チャプター・コーヒー・ハウスに泊まって、自分達の正体を示す仕事を行い、その上で観光や社交に務めていたのだが、シャーロットの方は特に、不慣れな場所で初めての人々と会う緊張に悩まされていた。常に頭痛がし、食欲は無く、人に会うのが苦痛な日々だった。だから、ジョージ・スミス自宅でのディナーという、最高に親しみを込めたもてなしに参加はしたが、メアリー・テイラーへの手紙によれば「私達は立派なディナーを出してもらいました。でも、

アンも私も食欲が無く、ディナーが終わった時、とてもうれしかったです」[32] とある。しかし食の観点から言えば、2人はロンドンで、コーヒー・ハウスという宿の食事や、社交の食事を経験した。これらの経験は、シャーロットとアンが食生活の幅を広げるには有益であった。

小説の成功という光はあったが、家族内では死が相次いだ。1848年9月にブランウェルが亡くなり、同年12月、エミリーが亡くなった。幼少よりきょうだい達で物語作りを楽しみ、共に自立や成功を目指して努力をして来たシャーロットに、残された人はアンのみとなった。しかしそのアンも、医療や転地の努力むなしく、1849年結核のため亡くなった。シャーロットは唯一の子となり、家族喪失の傷深く、72歳の父と共に、鬱々とした日々を牧師館で過ごすこととなった。母・姉達・伯母・弟・妹達、シャーロットがきょうだい達の中で、肉親との死別を最も多く経験したのだった。

1849年、憂鬱の中、シャーロットの次作『シャーリー』は執筆に困難を極めた。しかし8月には清書が終えられ、9月8日、スミス・エルダー社の管理事務員ジェイムズ・テイラーが清書原稿を受け取り、そして『シャーリー』は10月26日に出版された。出版界はシャーロットの第2の出版小説を好評裏に受け止めた。今や大有名人であるシャーロットを、出版者のジョージ・スミスと彼の母は、ロンドンの自宅滞在へ招待し、そして彼らの計らいで、シャーロットはサッカレーと会談した。

そしてサッカレーはシャーロットのために、大作家の話を聞きたいとする家族、友人、知人を招いて、1850年6月、自宅で講演とディナーの会を開いてくれた。この講演会についてはサッカレーの娘、レディ・リチーによる回想録が残っている。

> …… ドアが大きく開き、2人の紳士が入って来ました。(2人に案内されて来たシャーロット・ブロンテは) 極めて小柄で、繊細で真剣な感じの小さな女性で、顔色は悪かったですが、きれいなまっすぐな髪で、じっと物を

見つめる目を持っていました。…… ディナーが運ばれて来て、その場の重苦しさを救ってくれました。…… 彼女がテーブルの方へ身を傾けていて、でも何も食べないで、父が自分の前にある料理を切り分けながら言っていることに耳を傾けているのが見えました。…… その晩の講演と晩餐の会は、静まりかえった陰鬱な夕べでした。皆が有名作家の才気煥発な会話を待っていたのですが、決して話は始まりませんでした。[33]

シャーロットの姿形、真面目な性格、見知らぬ人々とやり取りできないほどの内気さ、そして不安から食欲を失うことが読み取れる。この場でもシャーロットの顔色は悪かったのだが、一時的な緊張や疲労のためか、恒常的な健康状態のためか、我々には判断できない。しかし、シャーロットの精神不安や抑鬱感は、きょうだい達すべてを失った後は特に強かった。

有名作家となったシャーロットは、文学に興味を持ち文学を保護しようとする名士達から親交を受けることとなった。医師であり作家であったサー・ジェイムズ・ケイ＝シャトルワースも、そのような一人であった。彼はカラ、エリス、アクトンの 3 作家の正体が取り沙汰されていた頃、3 人に興味を抱き、1850 年 3 月ハワースの牧師館を訪ねてさらに一層シャーロットへの興味を深めた。そして 1850 年 8 月、シャトルワース夫妻はウィンダーミヤ近くにある田舎屋敷へシャーロットを招待した。この滞在はシャーロットにとって重要である。なぜなら、サー・ジェイムズはエリザベス・ギャスケルも招待しており、シャーロットとエリザベス・ギャスケルの親交は、この時始まったからである。

シャーロットと出版者のジョージ・スミスとの友人関係も発展を続けた。1850 年スミスは再びシャーロットをロンドンの自宅に招き、この折、スミスは当代最高の肖像画家ジョージ・リッチモンドにシャーロットの肖像画を描かせた。文芸評論家 G. H. ルイスとの会合も設定してくれた。さらにスミスと彼の弟・妹は、シャーロットをエジンバラ案内してくれた。シャーロットは高く評価していた作家、サー・ウォルター・スコットの背景を見る機会を得た。

1851年、きょうだい達を失い心が沈んだままのシャーロットは、苦労しながら『ヴィレット』の原稿書きに努力していた。だが1851年は大英博覧会の年だった。シャーロットは再びジョージ・スミスに招待され、彼の家に泊まり、博覧会見学をし、女優レイチェルの舞台を観て感動した。

この上京において食の観点から重要なのは、彼女が知性ある美食家として有名な詩人サミュエル・ロジャースの朝食会に招かれたことである。サミュエル・ロジャースの朝食会は、厳選された3人までの少数が招待され、趣向を凝らした彼の自宅で洗練されたメニューが提供されることで有名だった。この朝食会に招待されることは、時代の知と美の一流人として知性ある人から評価されたことを意味した。シャーロットはエレン宛1851年6月24日付の手紙で以下のように書いている。「昨日の月曜日、私の所へ迎えが来ました。あの愛国詩人のロジャース氏と10時の朝食を共にするためです。…… 朝食会は確かに、大変に落ち着いていて洗練された知的なもてなしでした。」[34]

エレンへの手紙の2日後、シャーロットは父へロンドン滞在の模様を書き、興味深い体験をしていること、すべての人が彼女に親切であることを書き、そしてこの朝食会について以下のように書き送った。

> あの愛国詩人、今87歳のロジャース氏が朝食に招いてくれました。彼の朝食は、独特の洗練と料理の味のため、ヨーロッパ中で称賛されています。この朝食会の価値を、パパはわかってくれなければなりません。彼は決して4人以上をテーブルに就かせることはしません。つまり彼と3人の客人です。私がお邪魔した朝、私はグレネルグ卿とダヴンポート夫人と一緒でした。ダヴンポート夫人は、レディ・シャトルワースと親戚で、大変に美しく華やかな女性でした。この訪問は大変に興味深かったです。訪問が終わった後で考

えると、行ったことがうれしいです。…… 親愛なるパパ、私がこれらのことを書くのは自慢するためでなく、ただ単に、パパに喜びを与えると考えるからです。私が表に出ることを避け大きなパーティーに行くことを断るからといって、私を悪く思う人は誰もいません。すべての人が本当に礼儀正しく尊敬に満ちていて、私に感謝の気持ちを起こさせます。[35]

エレン宛、そして父宛ての手紙は、大英博真っ盛りの頃のシャーロットの社会的地位と彼女の性質を物語る。シャーロットは当代の大人気作家だった。しかし彼女は内気で、知らない人々との接触に恐れを持ち、社交の場からは逃れようとする人だった。しかし彼女は相性の良い人なら接触は気にならない。そして社交が下手であったにもかかわらず、誰からも嫌われない人柄を持っていたのである。

シャーロットの魅力は、1852年12月13日、父の牧師補、アーサー・ベル・ニコルズ師からの求婚を引き起こした。彼は長年シャーロットを見てきて、彼女の誠実な人柄に引かれ、自分がアイルランド人でありシャーロットの父の補佐であるという身分や地位の違いを超えて、時の大作家に求婚したのだった。求婚は父パトリックにより反対され、ニコルズ師はカーク・スミートンへ転勤させられたが、シャーロットとニコルズ師の文通が行われ、彼がハワースへ来る機会がある時は、父に秘密で会合が重ねられた。文通と会合を重ねシャーロットは、ニコルズ師が本当に自分を愛していること、それと共に真正で善良な彼の性格を感じ、結婚する意思が生まれて行った。

『ヴィレット』の原稿は1852年11月に書き終えられ、1853年1月28日、発売された。批評はおおむね好評であった。

1854年になり、シャーロットはニコルズ師との結婚を父に説き伏せ承諾させた。そして4月、婚約がなされた。まるで『ジェイン・エア』最終章であるかのような静かで小さな結婚式は、1854年6月29日に行われた。新婚旅行はアイルランドであり、そこでシャーロットは自分の夫が育ったキューバ・ハウスが立派であることを見たり、彼の親戚の人々に会ったりして、夫の生まれと育ちに尊敬を抱いた。ハワースの牧師館における2人の結婚生活は、時と共に幸福感を増していった。シャーロットは、知れば知るほど、ニコルズ師の人格を愛し尊敬していった。妻としての務めに充実感を感じ、自分の時間が自分のためだけでなく夫のためにも有ることに喜びを見出した。

しかし幸福は長続きしなかった。1854年11月、夫妻はムアに散歩に出てにわか雨に降られ、シャーロットは風邪を引いた、風邪は抜けず、シャーロットは寝たきりとなり、吐き気がひどく、水さえも飲めなくなった。実は、シャーロットは妊娠しており、正常妊娠ではなかったと推察される要因もからみ、極度のつわりに苦しんでいたのだった。そして、つわりから来る脱水症状が元で、1855年3月31日、死去した。38歳であった。ハワースの教会内に葬られ、教会の死亡記録では結核が死因とされている。

1857年6月6日、遺作となった『教授』がスミス・エルダー社から出版された。出版直後の書評の多くは、この作品がかつて出版に成功しなかったものであることを述べ、そして全体として、評価は芳しくなかった。

以上、食の要点を含めながらシャーロットの生涯を辿った。次節では『ジェイン・エア』を例に、作品中の食を考察する。『ジェイン・エアー』は副題が「自伝」である。本節で辿ったシャーロットの生涯は、作品の下敷きとなっていることを忘れてはならない。

第2節 『ジェイン・エア』:ジェインの食生活史

作品の構造

『ジェイン・エア』は発売と同時に大ヒットとなったが、当然と考えられる。多くの人々が普通なら描くだろう夢を、作品上で実現してくれたからである。薄幸の孤児が艱難辛苦の末、お金と地位と身分を手に入れて、愛する人と結ばれて、子を産み育て「言葉では言い表すことができないほどの至福を感じて」(III-XII "Conclusion") 暮す話。自伝の形を取った1人称の語りは、シンデレラ・ストーリーであり、サクセス・ストーリーであり、ビルドゥングス・ロマンであって、多くの読者が自分と主人公を一体化させて共に苦しみ、共に安堵し、共に成功と幸福を喜びうる話だからである。成功への道筋は、ゲイツヘッド、ローウッド、ソーンフィールド、ムア・ハウス、そしてファーンディーンと1つ1つ場を移し、場所の移動は幸福を探す旅、失われた親を探す旅、聖地を目指す巡礼の旅となっている。そして、それらの旅の途上には「私が貧しく地位無く醜く小さいから、私に魂が無く心が無いとお思いですか？もしもそう思っているなら、あなたの間違いです。私はあなたと同じくらい魂を持ち、あなたと同じくらい心で満ちているのです」(II-VIII) というように、社会的地位が低い人達、あるいは自分の容貌に悩む人達の心をつかむ言葉が散らばっている。古典的で普遍的な作品構造と心理、そして時代が潜在的に求めていた主張と情熱があいまっており、読者への訴求力に満ちていたからである。

本節では、ジェインの半生を食べ物を通して辿ってみる。ゲイツヘッド、ローウッド、ソーンフィールド、ムア・ハウス、そしてファーンディーンの5つ場において、彼女が何を食べ何を食べなかったかを把握する。そして同時に、5つの場において、彼女の地位・身分・金銭状況・容貌がどのように変化していったかを検討する。こうすれば、ジェインの食生活とジェインの人生との関連性をつかむことができるだろう。

ゲイツヘッド

小さいジェインが作品に初めて登場する時、彼女は10歳である。孤児であったため、叔母であるリード夫人の家に引き取られて暮していた。

ジェインに愛情をかけてくれたリード叔父は亡くなっており、血のつながりを持たないリード叔母と、その子供達、イライザ、ジョン、ジョージアナは彼女を疎ましく思っていた。

> 「お前は居候だってママが言っている。お前にはお金が無いんだ。お前の父さんは死んだ時、お前に何のお金も残してくれなかった。本当ならお前は、乞食をしていなければならないんだ。僕たちみたいな紳士の子供たちと一緒にここに住んで、同じ食事をして、ママのお金で服を着せてもらうなんてしてちゃいけないんだ。」(I-I)

第 1 巻第 1 章の冒頭近く、従兄のジョンがジェインにあびせる憎しみの言葉の中で、作者シャーロットはジェインの状況を読者に巧みに伝えている。両親が無い。お金が無い。身分が無い。そして、階級を異とする家で本来あるべきではない生活をしていることである。

さらにジェインは、自分よりも階級を下とする人々、召使達からも嫌われていた。「もっと社交的で子供らしい性格や、もっと魅力的で妖精のような立居振る舞いや、もっと軽やかでもっと素直な、そう、もっと自然な何かを持っていればいいのだけれど……」(I-I) 召使は、ジェインの性格と容姿と振る舞いが悪いから、好きになれないと言っている。

大きなお屋敷に引き取られ、同じ食事をさせてもらい、服を着せてもらっているとは言え、自分を愛してくれる人無く自分が愛する人も無く、ジェインはただ、本に、人形に、窓辺のコマドリに心を注いで、ゲイツヘッドの日々を暮らしていたのだった。

しかし愛に飢えた生活の中で、召使のベシーだけはジェインのことを思ってくれた。ベシーはジェイン本人に向かって「変な子ね」と言い、ジェインの気性の風変りを認めながらも、着ること、食べることなどジェインの日常を、心注いで世話してくれた。

こうした愛情模様であったから、ゲイツヘッドにおいて「さあ、食べて」とジェインに食べ物を差し出すのは、ベシーのみとなっている。「赤い部屋」から出してもらった後のタルト。のけ者にされていたクリスマスのお祝いで、一人で部屋に居るジェインに持って来てくれた丸パンとチーズケーキの夕食。ローウッド校へ出発する朝、まだ暗いうちに作ってくれたパン粥。そして、馬車の中で食べることができるようにと持たせてくれたビスケット。ゲイツヘッド屋敷では、食べ物を差し出す行為は愛情供与の印である。

10歳のジェインに、愛ある食べ物を勧めてくれるベシーはあった。しかしゲイツヘッドのジェインは、食べないジェインである。「何か食べる物か飲む物はいる？」と聞かれても「何もいらない」と答え、朝ご飯のパンと牛乳は、自分で食べずに窓辺に来たコマドリにあげてしまい、「お昼ご飯よ」と呼ばれても動こうとさえしない。愛情の無い屋敷に置かれ、彼女は食欲を感ずることができないのである。食べたくない。食べない。結果としてジェインは栄養が不十分で成長できず、小さな身体のままであった。ローウッド校への引き受け面接のため、ゲイツヘッド屋敷へやってきたブロクルハースト師は、開口一番このような質問を発している。

「小柄だね。年はいくつかね。」
「10歳でございます。」
「そんなになっているのかね。」10歳になっていることを疑っているかのような牧師の答えでした。(I-IV)

ジェインの実母は、リード家の一員だったが周囲の反対を押し切って貧しい牧師と結婚してジェインが生まれ、そして母はジェインの生後ほどなく亡くなった。さらに父も亡くなりジェインは孤児となり、リード家に引き取られたのであった。リード家で、何の遺産も持っていない、小柄で醜く、ひっそりと人や物を探るようなしぐさをし、性格が良くないと言われ、疎まれ続けて10年。こうなれば子供心にも、自分の立場が理解され、なぜ疎まれるかの理由分析ができていたことだろう。自分が愛してもらえないのは、1. 地位、2. 身分、3. お金、4. 美貌、5. 良い性格が無いからであった。前節でシャーロットの生涯を辿った我々には、副題を「自伝」とする『ジェイン・エア』の根底に、シャーロット自身の容姿や生活や経験が部分的に反映されている事が感じられる。

ジェインはブロクルハースト師に恐れの気持ちを抱いたが、しかし彼女はゲイツヘッド屋敷から逃れ、師が経営する学校で新生活を送ることに希望を抱いた。今ジェインはゲイツヘッド、すなわち「門の先端」におり、この屋敷の名前は旅立ちの場を意味している。そしてジェインはこれから門を出る。不幸だった彼女の旅とは、幸福を探す旅となる。具体的には、幸福と愛情を得るために必要な5項目、地位、身分、金、美貌、性格を追求する旅となるだろう。「馬車は走り出しました。未知の、そして、その時私が思ったところでは、遠くにあって不思議に満ちた地へと疾走して行きました。」(I-V)

10歳の子供が初めて経験する一人の長い馬車旅の描写において、おびえる気持ちの記述は無く、未知への不安と期待の交錯が不思議という言葉で表現されている。早朝に出発した旅においてジェインは、駅馬車が途中休憩した宿屋のディナーは、不安と緊張のため食べる気がしなかった。馬車を乗り継いで目的地と言われた所に降り立ったが、それはローウッド校だった。“Lowood Institution”、低地の森にある学校。学校の名前からして、ここでの生活が明るいものでないことは明らかだった。

ローウッド

ジェインが学校に着いたのは、日も落ちて暗くなってしまった夕刻過ぎ。1月だったが、雨が降り風が吹きつけ、まさに真冬の気候であった。2人の女性が迎えてくれた。最初に建物から出て来たのは、背が高く額が広く重々しい顔つきのテンプル先生。次に来たのは赤ら顔のミラー先生だった。ゲイツヘッドで暮らした10年間で、ジェインの心の中には、地位・身分・金・容貌・性格に対する感受性が植え込まれ、感受性に従って、ジェインは初めて出会った2人に対し判断を下す。「1人目の先生は、声、外見、雰囲気で、私の心に何か感じさせるものを持っていました。でも、ミラー先生の方は、もっと普通の人でした。…… そして補助教師と見えました。」(I-V)

室内へ入れられ、面接が行われ、クラス分けが行われた。年齢にもかかわらず、ジェインは最年少用のクラスで、そのクラスでも最下位と位置付けられた。さぞ落胆したことだろう。

落胆はクラス分けにとどまらなかった。翌日、生徒の一人ヘレン・バーンズと偶然話をすることとなり、ローウッド校とは慈善学校であると知らされる。生徒の保護者は年15ポンドを負担するだけで、不足金は篤志家・富裕者からの寄付金でまかなわれているという。ゲイツヘッドでは、「居候」であることがジェインの耳の中の繰り返し文句になっており、依存からの脱却がジェインの願っていたことだった。ところがローウッド校でもまた、他人のお金にすがる身とジェインは知ったのだった。

ローウッド校の生活全体も、失望そのものだった。寒い季節であるにもかかわらず、荒れた校舎と不十分な設備、乏しい暖房、乏しい灯り、粗末な制服、飢えるような食事、そして厳格な規則に縛られた学課と生活。生徒達が風邪を引き結核に感染し、そしてチフスが発生しても不思議ではなかった。

ジェインがローウッドで生活するのは、8年間である。生徒として6年。優秀な生徒となり教師に抜擢され、教師として2年間。教師として働いた期間は年俸15ポンドを受けていた。そしてこの8年間も、読者に映るのは食べない8年間である。学校に着いた晩は疲れと心の高ぶりでオートケーキを食べることが出来ず、食べたいと感じた時には食べるものが無い状態だった。焦げたお粥、酸化した肉の煮込み。黒パンとコーヒーは年上の生徒に奪われた。ジェインがかろうじて食べたものは、日曜日の冷肉とパン、テンプル先生が出してくれたチーズとパン。そして心満たされて食べたものは、テンプル先生に招かれた折の、トースト、お茶、シード・ケーキである。ローウッド校でもゲイツヘッド同様に、愛情の供与者が愛ある食べ物の供与者となっている。

しかし、チフス発生が機となり学校経営が変わり、ローウッドの生活水準は寄宿学校としての普通水準となった。だが、作者シャーロットは普通水準となって以降の食事を、具体的に記述していない。結果的に、読者が感ずるローウッド校でのジェインもまた、食べなかったジェイン、飢えていたジェインとなっている。

しかしジェインは、生徒と教師の8年を暮らし、そして両方の生活を評価している。「どちらの立場の生活も、私にとって価値があり意義あるものだったことを請け合います。…… 8年間の生活で、私が活動的でなかったことは無く、だから私は不幸ではなかったのです。」(I-X) ジェインは、活動を充足感と幸福感の源泉としている。ゲイツヘッド時代から推察すれば、ジェインは本好きで勉強が好きな少女だった。その少女がローウッド校で、教育を受けることができた。敬愛するテンプル先生を得ることもできた。テンプル先生はジェインのみならず全ての生徒の生活と学習に心配りをし、生徒達の成長を喜んでくれた。ジェインは、ゲイツヘッドでは得られなかった、学ぶ楽しみ・愛を交換する喜びを得て、めきめきと頭角を表し、最下級クラスから最上級クラスの第1生徒へ昇りつめ、その結果として教師に抜擢されたのだった

しかし、教師となって2年の後、尊敬するテンプル先生が結婚を機にローウッド校を去ることとなり、ジェインは尊敬の対象を失った。ジェインをローウッド校に留め置く理由は無くなった。ジェインは、広い世界を求めて住み込み家庭教師を志し、新聞広告を出したところ遠方の家庭から雇用通知を得ることができた。この家庭での年俸は、ローウッド校教師の2倍だった。ジェインの8年間は、昇級と昇格の8年間であっ

たが、家庭教師としての転出は、より高い俸給への上昇である。

そして注目すべきは、こうしたジェインの活動・地位上昇・収入増加が、ジェインの外見と内面に変化を与えていたことである。ジェインが家庭教師先へ旅発つ前日、かつてのゲイツヘッドのベシーが尋ねてきて、8年ぶりに見たジェインの外見に関し、こう言っている。「十分に上品ですよ。レディに見えますよ。私が望めるところは十分に果たしてくれていますよ。子供の時は、あまり可愛くありませんでしたけど。」(I-X) 背が高くなっていたり、頑丈な身体つきになっていたり、美人になっていたりすることはなかったが、知識・技能を身につけて内面性を獲得し、上品さが外へ漂い出る女性となっていた。ゲイツヘッドでは、無いもの尽くしであった10歳のジェインは、地位・身分・金・美貌・性格を上昇させた18歳のジェインとなり、ローウッドを離れて行く。

ソーンフィールド屋敷

ジェインは今、住み込み家庭教師としてお屋敷に雇われた。この屋敷への旅は10月のある寒い日で、まず駅馬車に乗って16時間。屋敷専用馬車に乗り換えてまた1時間半という長旅だった。夜の10時半にもなろうかという遅い時刻、ジェインはようやく館に到着し、室内へ迎え入れられた。ジェインがまず目にしたものは、目もくらむばかりに明るく輝く蝋燭の火と、赤々と燃える暖炉の火。そして部屋に居たのは「家庭の快適さの理想を体現しているかのような」(I-XI) フェアファックス夫人だった。夫人は自らジェインのショールと帽子を脱がせてくれながら「いえいえ、脱がせてあげるなんて何の造作も無いことですよ。馬車で寒かったから、あなたの手はかじかんでいるでしょうからね。召使のリー、熱いニーガス酒と、サンドイッチを1つか2つ作って持って来ておくれ。」(I-XI) フェアファックス夫人は、明るく暖かな部屋で、身近な世話をしてくれて、身体を暖め元気を付ける食べ物を与えようとしている。外は暗く寒くても、内は部屋も人も明るくて暖かい。シャーロットは、ソーンフィールド館でのジェインの生活に明るい展望を付している。

好ましき老婦人に迎えられた翌日、ジェインは自分の生徒と対面する。名はアデル・ヴァランスと言い、母親はフランス人。年の頃は7～8歳で、ほっそりした色白の女の子。少し授業をしてみれば、勉強好きではないけれど、十分におとなしく扱いやすい子であった。生徒の点でも、ジェインは幸運だった様子である。この屋敷の名前は「ソーンフィールド」"Thornfield"「茨の野」であり棘が予想されるが、「私は、穏やかにソーンフィールドに招き入れられ、順調な仕事の約束が与えられた」（I-XII）のであった。

ソーンフィールド屋敷におけるジェインの俸給は虚構なのだが、当時の女性家内労働者と比較してみると高給だったことがわかる。*A New System of Practical Domestic Economy; Founded on Modern Discoveries, and the Private Communications of Persons of Experience* は1823年に出版された家政読本である。1823年出版のこの書籍は、ヘンリー・コルバーン社が一般読者からの投稿を集めて出版した家政読本で、読者投稿をもとにした家政読本としては早い時期に属する。シャーロットは1816年生まれだったから、自伝と銘打つ『ジェイン・エア』でジェインが18歳の頃は1834年となり、この書籍が出版されてから10年以上経過して、十分に人々に読まれた時期と重なっている。

そしてこの家政読本は、年収5,000ポンドという豊かな家では、どのような女性家内労働者を雇用しなければならないか、そして幾らの年俸を支給しなければならないかを一覧表にしている。[36]

Nine Female-Servants, viz.	£	s.	d.
Housekeeper	26	0	0
Lady's Maid	21	0	0
Nurse	20	0	0
Cook	24	0	0
House-Maid	18	18	0
Under House-Maid	14	0	0
Laundry-Maid	12	0	0
Kitchen-Maid	10	0	0
Still-Room Maid	10	0	0

一覧表に、住込みの女性家庭教師の年俸は記載されていない。1823年時点においてはまだ、女性家庭教師の平均的年俸が定かでなかったことが推測される。それと共に、記載が無い女性家庭教師とは、家庭内女性職業として社会的地位が無かった事、家庭内でどこに位置付けられるのか不明瞭だった事、あるいは明示を避けられるべき存在だった事を示している。

しかし注目すべきは、ジェインがたった一人の少女を教育するために雇われて、年俸が30ポンドとされていることである。この金額は、上記の表における女性労働者の長、ハウスキーパーへの推奨年俸よりも高くなっている。作者シャーロットは高給をジェインに与え、ジェインが大きく収入を増したこと、ソーンフィールド館がジェインを厚遇していることを読者に印象付けている。

そして、ジェインの地位・収入と平行し、ジェインの食べ物も贅沢さを上げている。屋敷の主ロチェスターが、突然多くの客達を連れて屋敷に戻り、屋敷の召使達は連日のもてなし料理を作ることとなった。もてなし料理には贅沢な食べ物が挙げられ、ジェインの食事環境の上昇が示されている。本来は家庭教師であるジェインまで食事作りに駆り出されることとなった模様は、以下のように描かれている。

> フェアファックス夫人は無理を言って、私に彼女の領分の仕事をやらせました。私は一日中、食品保存室にいて、夫人の手伝いをしました。(いえ、実際には邪魔となっていたのかもしれません。) カスタードやチーズケーキやフランス風ペイストリーを作ること、猟の獲物の下ごしらえをすること、デザートの幾種類かを飾ることを、私は見て学びました。(II-II)

ソーンフィールドはヨークシャーの田舎にあったのだが、19世紀において地主階級の人々は、フランス風のしゃれた料理を食べるようになっていた様子である。イギリスにおいて18世紀後半から19世紀初頭にかけて機械工業と商業がさらに発展して以降、中流階級が冨を蓄え贅沢料理を食べるようになっていたためである。さらに1830年のフランス7月革命以降、フランス人料理人達がイギリスへ亡命して来ており、イギリスにフランス料理を普及させ、伝統的なイギリス料理に変革をもたらし、イギリス料理が都市生活においても地方生活においても変容をきたしていたからである。

ロチェスターと客達を迎える料理準備記述において、ジェインは括弧書きで、手伝いと言うより「実際には邪魔となっていたのかもしれない」と、自分の料理技術の無さを認めている。料理技術が無い理由は、彼女が料理をしてこなかったためである。ゲイツヘッド時代は、亡くなったリード氏の姪としてリード家で養育されている子供であって、家事をする立場ではなかった。ローウッド校は寄宿校で、生徒にも教師にも食事は支給され、ジェインは自分で料理をすることは無かった。ジェインとヘレンのためのテンプル先生によるお茶場面 (I-VIII) で見られるように、お茶も学校内の下働きが持って来るものだった。しかし、ここソーンフィールドで、料理をしていなかったジェインが料理に関与するようになった事は変化であり、留意しておく必要がある。

ソーンフィールドでの変化は、精神面の変化がさらに重要である。精神面の変化とは、ジェインの雇い主、ソーンフィールド屋敷の所有者、この地方の名家の地主、エドワード・ロチェスターとジェインが、共に愛し合う身となったことである。2人は地位も身分も異なっていた。しかし2人は互いが心で結びつくことを感じ合い、そして結婚しようとするまでに至った。

愛し合うという精神面の変化は、ジェインの性格変化を生んだ。ロチェスターがジェインの性格の魅力を語っている。「柔軟にしなって曲がって壊れない。しかし、安定していて筋が通って一貫性を持っている。」(II-IX) さらにまた、精神的変化と性格変化は、ジェインの容貌変化を生んでいた。これまたロチェスターが言っている。「まるでユリの花のように美しい。夫となる人の誇りであるだけでなく、見たいと思う人だ。」(II-XI)

結婚準備が終わり、結婚式の日となり、教会で式は進行しつつあった。ところが結婚は成立しなかった。牧師が、祭壇の前に立つロチェスターとジェインに尋ねる。「ご両人に尋ねます。もしも、この結婚において法律的な障害があることを、ご両人のどちらかが知っているならば、今、告白しなさい。」(II-XI) すると、その問い掛けに対して出て来たものは、結婚式参列者と思われていた人物からの障害の申し立てだった。「ロチェスター氏には、現在生きている妻がある。」(II-XI)

屋根裏に隠していた法律上の妻バーサが、バーサの兄によって暴露されたのだった。式は中止され、ジェイン、ロチェスター、バーサの兄と弁護士は、ソーンフィールド屋敷に戻る。一同が屋根裏部屋へ上がりバーサを見てみれば、彼女は心を病んだ狂人だった。生きている、妻であると言っても、正常な人間ではなく、実質的な妻でもない。しかしバーサは法律的には妻であり、そして法律は重婚を許してはいなかった。

ロチェスターは、ジェインと2人だけの生活をするため、自分達を知る人の無い大陸のどこかの国へ逃れることをジェインに提案する。ジェインは疲れ、衝撃を受けて気分が悪くなり水を求める。ロチェスターは暖炉のそばで、ジェインにワインを与え、少しの食べ物を勧める。ジェインは、大陸へというロチェスターの提案を入れることはしなかった。結婚が合法であることはジェインにとって不可欠だったからである。ジェインの結婚観は、愛情が大前提で、その上で、宗教が認め法律が認める結婚が真の結婚だった。結婚は個人的で社会的である。これは、ヘンリー・ナシー師とディヴィッド・プライス師の求婚は断ったが、父の牧師補ニコルズ師と、愛を基に宗教・法律が認める結婚をするシャーロットの結婚観である。ジェインは、ロチェスターに宣言する。「私は、神によって与えられ、人によって是とされた法を守ります。」(III-I) そしてジェインは、人知れぬままソーンフィールド屋敷を去ったのだった。

ムア・ハウスおよびモートン

「さようなら、永遠に」と心の中でロチェスターに別れを告げ、ジェインは行き先も考えないまま駅馬車に乗った。運賃として渡したお金が尽きたと御者に言われて駅馬車を降り、ジェインは田舎の路上に立つこととなった。馬車は離れ、その時ジェインは、屋敷を出る際かろうじて持って来た手荷物を駅馬車内に置き忘れたことに気が付いた。ジェインはお金も身の回り品も失い、知人も居場所も無い状態へ落とされたのだった。

ジェインは受け入れてくれる人を求め、荒野をただ一人でさまようこととなった。人間社会からの離脱者となって、未開の自然の中に置かれている状況である。やむを得ずジェインは、「母なる自然」に休息を願い、ヒースの丘の岩陰に身を置いてみた。しかし安息は得られなかった。

> ここにおいてさえ、落ち着きを感ずるには少々の時を要しました。野性の牛が近くにいるかもしれない。猟をする人とか密猟をする人とかが、私を見つけ出すかもしれない。こんな漠然とした不安を感じたためでした。

(III-II)

ジェインの不安は、自然にも人間にも由来している。ジェインの心は自然の中にも人間社会にも所属を感ずることができなかった。両面の不安の中、ジェインは動く力を失い座り込み、荒野に自生するコケモモの実を食べ、満天の星の下、ヒースの上で夜の眠りについた。コケモモの実は一粒が1センチにも満たない小さな実だから、あるたけ採って集めて食べても空腹を満たしてはいなかった。翌朝、ジェインが目を覚ました時「欠乏が私を襲って来た。私は青ざめた顔色をしており、何一つ物を持たない裸の状態だった。」(III-II)

イギリスも19世紀ともなれば、荒野の自然は人間生存には厳しい環境となっていた。自然を普遍的な母と感ずるものの、ジェインは自然を人間の生活の場と感じることはできなかった。

> 何と静かな、暑いまでの完璧な日！ 私の目の前に広がるこの荒野は、何と素晴らしい黄金色の砂漠！ 太陽はいたる所に輝いている。私は、この中で生活できたら良いのにと思った。トカゲが岩の上を走り、ミツバチがコケモモの中で忙しく働いているのが見えた。私はトカゲかミツバチになりたかった。もしもなることができたなら、荒野において適切な栄養と永遠の保護地を得ることができるだろう。しかし現実は、私は人間であって人間として必要な物があった。人間に対する供給物が無い場所に長居をしているべきではない。私はここを去ろうと決め、立ち上がった。(III-II)

そしてジェインは荒野を離れ、道へ戻り、村へ入って行った。「他の人々と同じように、生きる努力と働く意思」(III-II) を身に込めてであった。「母なる自然」に抱かれて一晩を明かし、ジェインは自分の真の必要と希望を知ったのである。それは、育む自然を身中に感じつつ人間社会の中で暮らすことだった。つまり、自然と人間社会の融合である。

『ジェイン・エア』は、シャーロットが持つ一つの思考パターンをしばしば示す。それは「バランス感覚」である。対立的な2項の間に挟まれて窮地を経験した後、2項それぞれの性質を兼ね備え、自分が良しとする中庸状況をつかみ取る感覚である。ジェインの思考パターンは、理想と現実、双方の融合を得ることで、このパターンは、共に大陸へ逃れようというロチェスターの提案を拒否した時の言葉、「私は神が与え、人が認めた法を守る」にも表れている。

さて、夕食にコケモモを食べただけの野宿の後、飢えを癒し体力を回復するため、人間ジェインはパンが必要だった。モートン村に入ったジェインは、パン屋の前でパンの一塊を渇望するが、ジェインはパンを買うお金を持ってはいなかった。そこでジェインは、身に付けていた手袋と絹のハンカチをパンと交換することを思いつく。しかし、パン屋に入ることはしたものの、実際に交換を申し出ることはできなかった。「物々交換は、理にあわないと感じたからでした。」(III-II)

荒野の中の小村でも、19世紀のイギリスは資本主義の時代にあった。物品は貨幣で購入しなければならない。購入するための貨幣を得るには、労働が必要だった。パン屋の女性にジェインは、この村で働き口があるかどうかを尋ねる。答えは、「男ならオリヴァー氏の針工場で働くことができるかもしれないけれど、女はこのあたりではこれといった働き口はありません」(III-II) だった。工場労働において、紡績業などは女性が有利という場合があった。しかしこの地の針工場労働においては、男性が有利だった模様である。

結局、モートン村でジェインは職は得られず、お金を得ることができず、食べ物を買うことができなかった。ジェインは極わずかの施し物を得て食べたが、飢えて死ぬ寸前の状態となり、小さな家の玄関先で救いを求めてうずくまった。この時幸運にも、暖かな雰囲気のその家「ムア・ハウス」の持ち主、牧師のセント・ジョンが、ジェインを室内へ救ってくれたのだった。

ジェインはムア・ハウス内へ保護されて、濡れた衣服を取り去り乾いた衣服に替えてもらい、牛乳に浸したパンを与えられ、暖かなベッドで眠りに付き、3日3晩眠り続けて目が覚めた。ジェインは、体を清められ、パンと葡萄酒で神との一体化を得るかの食事を与えられ、眠り続けて3日後に目が覚めた。これはキリストの復活を、すなわちジェインが生まれ変わったこと意味する。新しい生を受けたジェインには、新しい生活が待っているはずである。

シャーロットがジェインに新しい生命を与えたことは、ブロンテ家の人々が繰り返し読んでいた書籍が影響している。ジョン・バニヤン作『天路歴程』である。『天路歴程』では、主人公のクリスチャンは「シオンの丘」を目指す途中、「死の影の谷」を通過し生命の危険にさらされたが、太陽の光を見て、そして聖なる丘へ到達することなる。ジェインにおける瀕死状態への下落は、高次へ到達するための上昇へのバネだった。

実際に、ジェインを保護してくれたムア・ハウスは、生命に満ちた家だった。ジェインが3日3晩の眠りから覚め、4日目に感じたものはパンを焼く匂いだった。生命の基本であるパンが、この家では自分の家で作られていた。家庭内での手作りは、パンのみではなかった。パンを焼くオヴンの上段では、小さなケーキが焼かれていた。庭に実ったグズベリーで、パイが焼かれていた。この家の持ち主である牧師セント・ジョン・リヴァースの姉と妹は、住み込み家庭教師として他家で生活していたが、ムア・ハウスが実家で家庭だった。リヴァース姉妹にとって、家庭と考えてくつろぐことができる家で、自分達が食べるものを、自分達で作ることは楽しみだった。

荒野の中の、この小さな我が家で使えるもう一つの特権は、やりたい気分になった時、自分達の食事を自分達で準備できることなの。召使のハナが、パン焼きをしていたり、ビールを作っていたり、洗濯やアイロンがけをし

ている時にね。(III-III)

こうした家庭に保護されたジェインは、自由な食事の場を得たことになる。ジェインは眠りから覚めた後、食欲は目覚めて強い空腹を感ずる。そして丁度その時、ジェインは小さなケーキを勧められる。

「さあ、食べてごらんなさい。お腹が空いているに違いないわ。」私は拒みませんでした。私の食欲は目覚め、しかも鋭かったのです。セント・ジョンも言いました。「ひどく、お腹が空いているでしょう。」「はい、その通りでございます。」でも、これが私のいつものこと――いえ、本能的にいつものことだったのです。不足に対して不足をもって答えられ、率直に言ったことに冷たく答えられるという、飢えと拒絶がこれまででした。でも、セント・ジョンは続けました。「さあ、今、あなたは食べてもいいのですよ。」(III-III)

これまでのジェインは、食物と愛情に飢えていても与えられなかった。しかしこの家では供与と充足がある。こうした環境で、ジェインは積極的に食べ物作りに参加する。十分に眠り、お粥を食べ、消耗から回復し、ベッドから出ることができた時、召使のハナが籠一杯のグズベリーを持って来る。庭のグズベリーを摘んで来て、グズベリー・パイを作ろうというのである。世話になっている一家の役に立ちたいと、ジェインはハナに、実の下ごしらえをやらせてもらいたいと申し出る。しかし、意に反して、上手ではない様子である。「召使の仕事には慣れていないんですね。手つきでわかりますよ。」(III-III)

ジェインは今、グズベリー・パイ作りを手伝おうとしているのだが、グズベリーはどのような果物だろう。ミセス・ビートンによる『家政読本』で「グズベリー・タルト」の項に註として付けられた説明を見てみよう。

> 赤と白がグズベリーの主要な2種類です。赤の方が、どちらかと言えば、酸味が強いでしょう。でも白砂糖で覆われると、とても良いタルトに仕上がります。砂糖が酸味を中和してくれるからです。赤グズベリーは素晴らしいゼリーになります。口当たりが軽く、口をさっぱりとさせてくれます。このゼリーはあまり滋養にはなりません。ですから、胆汁質の人、多血質の人、消化の良いものが必要な病人一般に向いています。グズベリーという果物からは、いろいろな料理を作ることができます。どの種類のグズベリーも加熱されると感じの良いものになり、そして我が国でこれほど愛されている果物は無いでしょう。スコットランドでは、庭にグズベリーの茂みを持たない小家屋は、まあ無いでしょう。幾種類かが、細心の注意を払って育てられています。[37]

19世紀イギリスで愛されていた果実であったこと、特に北方では家に必需の果物であったこと、酸味が強く生食よりは加工に向いていたことがわかる。

しかし、上記のミセス・ビートンによる記述はタルトについてで、ハナが作ろうとしていたものはパイである。タルトとパイは似たお菓子だが、少しの違いを持つ。タルトは果物を上から覆う小麦粉生地の蓋が無く、パイは小麦粉生地の蓋が有って果物はすっぽりと生地で覆われる。パイは蓋があるため下の果物が見えずおしゃれな感じは減り、そして蓋生地があるためデンプン質が増えて安価にボリュームのある品を作ることができる。ハナのパイはタルトよりも飾り気少なく安く満腹感を得ることができて、つましい牧師一家の家庭料理にふさわしい。このお菓子をこの場面で用いたシャーロットの小説家としての巧みさがわかり、シャーロットがこのお菓子の作り方を知っていたこともわかる。そして当時の読者は「グズベリー・パイ」と読んだだけで、手近な果物を用いた親しい人同士の食べ物を想起しただろう。

さて、新しい生命を得たジェインは、ムア・ハウスにおいてリヴァース姉妹から自分の家族であるかのような愛情を受けつつ家庭的な生活を送り、そして、セント・ジョンの計らいでモートン村の学校教師として赴任することとなった。

モートン村で、ジェインの食は、さらに自立性を持つこととなる。ジェインは自分一人のための小家屋を与えられ、この小家屋には自分用の台所があったのである。ジェインは、生まれて初めて、自分の食事を自分で作る可能性を得たのだった。

> そして私は遂に「自分の家」("my home")を得たのでした。それはコテジでした。2階建てで、1階は白漆喰壁の一続きの小さな部屋となっており、床は土間でした。ペンキを塗った4つの椅子と1つのテーブル、時計と戸棚があり、戸棚の中には2～3枚の平皿と深皿、そしてデルフ焼きのお茶道具ひと揃いがありました。2階には階下の台所と同じ大きさの1つの部屋がありました。(III-V)

ジェインは自分の家と自分の台所を生まれて初めて持ったのだが、しかし、実際に料理をしたことは記述されていない。作者シャーロットがモートン村でのジェインの生活に関し記述することは、学校教師としての仕事が多い。シャーロットが読者に印象付けたいことは、ジェインの料理ではない。ジェインの地位・身分の変化である。

地位・身分の変化は突然に明かされた。ある雪の晩、セント・ジョンがジェインに1通の手紙について語る。その手紙によれば、ジェインにはマデイラに住んでいて大富豪だった叔父がいたのだが、その叔父が亡くなりジェインに遺産を残し、ジェインは今、大金持ちなのだと言う。セント・ジョンから手紙に関する説明を聞き、ジェインは小説読者に語りかける。

まあ、何ということ !!　ここで私に、カードゲームの新しい札がめくられて来たのです。結構なことですよね、読者の皆様。一瞬のうちに、貧乏からお金持ちに引き上げられてしまうのですから——。大変に結構なことです。(III-VII)

大金を得たというのに、ジェインの語りかけには、何か皮肉めいたものが感じられる。そしてこの反応に続いて、セント・ジョンのジェインへの問いかけが記される。

「さあ、多分、あなたは次に、自分の値打ちが幾らかと尋ねることでしょう。」
「私が幾らですって？」(III-VII)

人間である自分が幾らと金額表示されることにジェインは驚いているが、19 世紀中葉までのイギリスでは、未婚女性が所有する財産は結婚すれば夫の所有となるのが法律だった。未婚女性の財産は結婚の際の持参金となるため、女性の財産額が夫に与える金額表示となるのである。

こうした状況下、持参金目当ての結婚は当然の社会事象だった。『ジェイン・エア』においても、ロチェスターは父と兄の策略で、ジャマイカ・タウンにいた貿易商の娘、バーサ・メイソンと持参金のために結婚させられていた。

しかし、結婚した女性が自分のお金を持つことができない状況は、"Married Women's Property Act"(「結婚女性財産法」)が、1870 年、1882 年と成立・改正されるにつれて順次変化していった。

ジェインは自分が金額表示されることに驚いたにしても、シャーロット・ブロンテは女性の財産保持方法を知っていた。伯母ブランウェルを身近にしていたからである。伯母は父から年金を付けてもらっており、ブロンテ姉妹は伯母の資産の恩恵を受けて、ブリュッセル留学し詩集出版し、そして伯母の遺産を受け取ったからである。

だが、作品のこの時点で、どうしてジェインに突然の手紙と遺産が来たのだろう。セント・ジョンが受け取り、ジェインに説明した手紙は、3事項の情報をもたらしていた。遺産が20,000ポンドであること、ジェインは係累のない孤児ではなく叔父がありその叔父は豊かな貿易商人であったこと、そしてリヴァース家の兄姉妹はジェインのいとこ達であることの3事項である。

ゲイツヘッド屋敷でジェインが愛してもらえない理由は5つの欠如にあった。1. 地位、2. 身分、3. お金、4. 美貌、5. 良い性格である。しかしジェインは、ローウッド、ソーンフィールドと経歴を重ね、次第に欠如を埋めて上昇して来ていた。そして今、手紙を得たジェインは1、2、3、をさらに高いものとした。富豪貿易商の姪という地位、リヴァース家の血筋という身分、そして莫大な遺産である。ジェインはムア・ハウスで新生を受けたため、個人的にも社会的にも、さらに上昇できたのだった。

そしてジェインは、心情が完全に合致して親しく暮らしていた、セント・ジョン、ダイアナ、メアリーが、自分のいとこ達だったことに大喜びをする。

> 私と血のつながった親戚——これは、孤独で哀れだった人間にとって、最大の輝かしい発見だった。これは、まさに富だった。心にとっての富である。血のつながった親戚は、純粋で真正な愛情を切り出すための鉱山である。私達を明るく活き活きさせて元気を生み出すために、神が与えてくれる恵みである。…… 今、私はこの喜びを得て手を打った。私の胸は高鳴って、私の血は駆け巡った。「ああうれしい。何とうれしい」と私は叫んだ。(III-VII)

ジェインにおいて、心の富は金銭の富に優先する。だからジェインは、金銭を心へ配分する。自分が受けた遺産20,000ポンドをいとこ達3人とで均分し、自分は5,000ポンドを保持すると決めてこう宣言する。「私は、自分の家と親戚を持つと決めています。」(III-VII)

このような決断に基づいてジェインが取る行動は、ムア・ハウスを我が家と決め、モートン校の教師職を辞して我が家へ移り、家の中で「活動していること、そして自分の能力を楽しむこと」(III-VIII) を計画する。行動計画は、家の徹底的な掃除、次に内装整備、その次にクリスマス料理を作ることだった。ジェインの行動計画を聞き、セント・ジョンは小さく笑い、ジェインの熱狂を鎮めようとする。「最初の興奮がもたらす活気が終わったら、家庭内で親しく暮らして家事を楽しむよりも、もう少し高いものを求めることになるでしょうね。」ところがジェインは「いえいえ、それらが最高のもの」と、セント・ジョンの言葉を真っ向、否定してしまう。セント・ジョンは、「家庭内の喜びという平凡」に落ち込まないように「肉体の絆」に縛り付けられないようにと再度の諫めをするが、ジェインは聞き入れず計画を実行する。(III-VIII)

そしてジェインは、本当に喜びに満ちて活動したのである。召使のハナは、ジェインがムア・ハウスを改造している様を見て、「模様変えをしようとひっくり返した家の中で、私が活気に満ちて動き回り、どれほど陽気であるか、どれほど巧みな手さばきで、埃を叩きブラシを掛けてきれいにし、そして料理をするかを見てうっとりとしてしまった。」(III-VIII) ジェインは家事が上手になっており、しかも楽しくてたまらない様子である。この様子は、今まで家事をする機会には恵まれず、頼まれて家事をしても上手ではなかったジェインを考えてみれば、突然の変化に見えるのだが、そうではない。ジェインの変化はシャーロットが意図的にジェインに与えたもので、ジェインが本当に希望していた方向を辿っているのである。理由は3観点あり、1は『ジェイン・エア』という作品の構造、2はブロンテ家の生活ぶり、そして3はブロンテ家背後の社会事情である。

作品構造から見た時、この作品は最終到着地を愛ある家庭と設定され、家庭へ向けて歩みを進める構造である。初めのゲイツヘッドでジェインが不幸だったのは、愛情の無い家庭で生活をしているためだった。そしてジェインは愛を求め、門の外へ旅立ったのであった。

第 2 の観点、ブロンテ家の生活ぶりから見れば、ブロンテ家の人々は自分達の家族を大切にしていた人々だった。自分の家が最高であることは、シャーロットが彼女の 2 番目の家庭教師先アパーウッド・ハウスから、友人エレン・ナシーの兄、ヘンリー・ナシー宛、1841 年 5 月 9 日付け書簡中に書いている。

> あなたがおっしゃるように、生身の人間にとって自分の家を離れるのはとても辛いことです。特にそれが良い家（“*good* home”）（強調原典）である場合には、なおのこと。お金がある家とか、きらびやかな家とかいうのではなくて、です。[38]

“*good* home” は good が斜字体にされ、ブロンテ家は良い家庭であると強調されている。シャーロットにおいて、愛ある家庭への価値観は生得のものだった。

さらに第 3 の観点、ブロンテ家の背後にあった英国 19 世紀前半という社会を考えてみよう。この時代もまた、家庭を重視する時代であった。機械産業が発展し大英帝国が拡大する中、人々の生活の場と考えられたのが家庭であった。夫と妻と子供達が、愛情の絆で結ばれて、神と道徳の導きの下、日々の勤労にいそしむ。家庭は、こうした理想の生活の場であった。特に、ヴィクトリア女王は国民に家庭を訴えかけた。そしてヴィクトリア女王一家は、愛ある家庭のシンボルを一つ打ち立てた。クリスマス・ツリーである。ドイツでは中世からモミの木が崇められていた。やがてドイツでは、クリスマスに街角や窓辺にモミの木を飾る習慣が生まれた。この習慣をイギリスで根づかせることとなったのは、ヴィクトリア女王の夫君、ドイツ生まれのアルバート公であった。1840 年、アルバート公はウィンザー城内に巨大なクリスマス・ツリーを立て、贈り物を並べて家族たずさえ、キリストの降誕を祝う様を公表した。[39] そして、クリスマスは、神の教えを再確認し、家族・近隣・縁ある人々と愛情を交換し合う機会となった。チャールズ・ディケンズが『クリスマス・ブックス』を1843から継続出版することとなったのは、1840年代における英国人のクリスマス観を背景としている。

上記のように、作品内部、ブロンテ家、そして社会的背景を考察すれば、ジェインが本質では家庭志向であったことが理解できる。ムア・ハウス改造行動は、ジェインにとって自然だったのである。そうしたジェインが、ダイアナとメアリーと共にムア・ハウスで新しい生活を始めるのは、クリスマス、すなわち家庭の時に設定されている。いとこであり家族であるダイアナとメアリーをクリスマス時に迎えるため、ジェインは今クリスマス・ケーキとミンス・パイを焼こうとしている。料理はあまりやって来なかった・料理は下手であったジェインが、当事者として作る生涯初めての料理である。(III-VIII)

しかしここで、1つの問題が生じていた。セント・ジョンからの求婚である。ジェインは従兄のセント・ジョンから求婚を受けており、しかしジェインは、彼の求婚理由が、インドへの宣教師として赴任するにあたり、宣教師に付随する妻が必要であることと知っていた。愛情ゆえの結婚ではない。セント・ジョンは、執拗・冷酷にジェインに結婚を迫る。だがジェインは、愛ゆえの結婚が欲しい。そして、ジェインが愛する人はロチェスターであった。セント・ジョンから最後の最後であるかのように結婚を迫られた時、ジェインは不思議な呼び声を聞く。「ジェイン！ジェイン！ジェイン！」(III-IX) どこからとも知れず、ジェインが天空から感じたロチェスターの呼び声だった。

ロチェスターのこの呼び声は、ジェインの気持ちが作り出したものである。呼び声を聞いたのはジェインだけある。迫られた結婚を入れるかどうかの決断の際で、ロチェスターの今を知りたいジェインの願いが、彼の呼び声を創り出し、ジェインは自分の願いを聞いたのである。実際この時、遠くにいたロチェスターがジェインに向かって呼んだことが後に判明するが、聞こえた声は2人の心の結び付きを表現しようとする作者の意図であろう。そしてジェインは不思議な呼び声に、声を大にして答えた。「今、そちらへお伺いします！ 待っていて下さい！ そう、絶対にあなたの下へ参ります！」(III-IX) ジェインはロチェスターの呼び声を「自然の仕業の最高のもの」(III-IX) と表現し、自然の仕業とはジェインとロチェスターの心の結び付きであり、そしてジェインはソーンフィールドへ戻った。

と、ジェインが見出したソーンフィールドは焼け落ちた廃墟だった。バーサは屋敷の火事で焼死しており、ロチェスターは炎上する屋敷からバーサを救い出そうとして怪我をして、両眼の視力を失い、片手を切断することとなり、日常生活にも手助けが必要な身となっていた。しかしロチェスターに今、法律上の妻は無い。結婚への障害が無くなっており、ジェインはロチェスターと結婚できるのである。そしてロチェスターは、今は奥まった場所ファーンディーンにあるマナー・ハウスに人目を避けて暮らしているという。ジェインは、ロチェスターに会うため、ファーンディーンへ向かう。

ファーンディーン

馬車を雇い、ジェインがファーンディーンに到着したのは、夜の暗さがやって来る少し前だった。ジェインは気づかれることなく、1年ぶりで再会するロチェスターを観察する。痛ましい姿であった。顔には絶望感と憂鬱が、そして目が見えないための凶暴さが表れていた。しかしジェインは、変貌したロチェスターに恐れは抱かず、むしろ希望を感じた。ジェインは召使のメアリーから、ロチェスターが持ってくるよう指示していた水と蝋燭を受け取り、メアリーに代わってそれら2つを手渡す。ロチェスターは水を飲むが、雰囲気でメアリーとの違いを感ずる。そこでジェインは明かす。「今、来たばかりです。…… 親愛なるご主人様。ジェイン・エアでございます。私はあなたを見つけ出したのです。私はあなたの所へ戻って来たのです。」(III-XI) 水は生命保持に不可欠である。蝋燭は暗闇を照らす灯りである。ジェインはロチェスターに、命の泉と希望の光を手渡したのであった。

続いてジェインは、ファーンディーンの居間を心地よい状態に片づけて、心地よい夕食を準備する。ジェインとロチェスターは夕食を共にしつつ語り合い、この時「私は彼の存在の中で完全に生きており、そして彼もまた私の中で完全に生きていました。」(III-XI) ムア・ハウスに保護されて初めて自発的に食事準備の手伝いをしたジェインが、今は愛する人のために自分一人で夕食を準備して、さらに、愛する人と共に食べたのだった。一方ロチェスターは、ファーンディーンへ来て以降夕食を食べていなかったのだが、食べることを再開した。ロチェスターは、食を回復したのである。

食事の準備と食事を取ることは、再会直後の夕食にとどまらなかった。それぞれが寝室へ引き上げる前、ジェインはロチェスターに言う。「朝食のテーブルに、少なくとも卵は出さなければ。焼いたハムは言うまでも無くですが。」(III-XI) そして翌朝、ジェインは「朝食準備に忙しく」(III-XI) 働いたのであった。

「読者よ、私は彼と結婚したのです。」(III-XII "Conclusion") ジェインによる自伝は、「結論」と銘打った最終章を、この高らかな表明で書き始める。理想の人と結ばれて、ジェインは幸福の地へ到達した。結婚式は静かなものだった。参列者は無く、式にはロチェスターとジェイン、そして牧師と書記の4名のみ。結婚当事者と宗教と法律の公認をする2名という、最低人数で式は挙行された。内面で結び付く2人が、神と法律が認める結婚をするための式だった。

そして、愛情を第一とした結婚がジェインに他の側面の変化も成すことを、ファーンディーンの召使ジョンが、妻のメアリーに語っている。

「たいそうなご婦人方の誰よりも、ご主人様に尽くすかもしれないよ。」さ

> らにジョンは続けて言った。「大変な美人の一人ではないけれど、決して不器用でないし、とても気立てが良い。そして誰が見てもわかることだが、ご主人様の目に、あの人はとてもきれいに見えるのさ。」（III-XII "Conclusion"）

ジョンの言葉は、ジェインが今、人を大切にする気持ち・美・性格の良さを持つこと表している。

ファーンディーンでの2人の生活は愛を確認することで始まり、そして結婚生活10年の要約で終わっている。ジェインの筆によれば、結婚10年を経ても「妻は夫の生命であり、夫は妻の生命である」（III-XII "Conclusion"）という、この上ない幸福が続いている。第1子が生まれる前にロチェスターは一方の目の視力を回復し、手助けなしで身の回りの事ができるようになっていた。ジェインは「この世で一番に愛する人と生活し、完全にその人のために生きていて、この上なく祝福されていると感じている」（III-XII "Conclusion"）と記している。ファーンディーンの森の奥深く、木々に包まれ湿っているマナー・ハウスが一家の生活の場なのだが、辺鄙・不健康と人が言う不利益要素は、ロチェスター夫妻にとっては、来訪者が少なく、不要不急で訪れる人は無く、訪ねて来るのは本当に必要のある人・真に親しい人のみという、利益を意味している。家庭生活に価値を置き、世間の煩いを避けたい夫妻にとって、ファーンディーン・マナーは理想の地なのである。

インドへ布教に出たセント・ジョンは、殉教を目前にした手紙をジェインに送っている。殉教は宣教師にとって、名誉ある死である。ジョンという名はキリストの第1使徒ヨハネに由来しており、使徒ヨハネのみキリストに殉死しなかったという説もあるのだが、『ジェイン・エア』においては、セント・ジョンが死によってキリストに近づくことが予告されている。『ジェイン・エア』の結語は「アーメン、主キリストよ、我に来たまえ」である。そして、ジョンという名の女性形がジェインであるから、セント・ジョンとジェインは異形を取った同一人物となりうる。作品の結語が意味するものは、セント・ジョンは天上の至福を生き、ファーンディーンのジェインは地上の至福を生きることとなる。2界の至福が併存することは『ジェイン・エア』に無限の広がりを生み、そして『嵐が丘』において、死後も宇宙に突き抜けるムアで永遠に生き続けるかの第1世代と、この世で知と洗練の今後の世界を生きようとしている第2世代の併存と相まっている。

さて、ジェインの自伝の終結部、結婚後に登場する食べ物は、ただ1つである。結婚式を終えた2人がマナー・ハウスに戻って来た時に、召使のメアリーがその日のディナーにと、偶然作っていたロースト・チキンである。偶然だったにも関わらず、結婚式に適合するかのように1対だった。

> 私達が結婚したと聞いてメアリーは驚いたのか、本当に顔を上げました。そして、本当にまじまじと、私を見つめました。彼女は火の所に座って、ローストしていた1対の鶏に肉汁を掛けていたのですが、その肉汁を掛ける柄杓は、本当に空中で3分間止まったままでした。(III-XII “Conclusion”)

メアリーのローストの仕方は、鶏を串にさして直火の前であぶる、旧式なやり方だった。奥まった場所の古い家で、ひっそりとした結婚式の後に、愛する2人がその日のディナーのメインとして食べるに打って付けの料理と料理法である。

ジェインの成長と食べること、そしてシャーロットの食

これまでの項で、ジェインが10歳の時から結婚後10年までを、時間の流れに沿って見て来た。自分を不幸と思う小さな少女から、自分はこの上なく幸福と考える、28歳の妻・主婦・母への半生記であった。ジェインの半生の要点を、分野に分け、場の移動に従ってまとめると、以下

のようになる。

【ゲイツヘッド】

年　　齢　: 10歳。
地位・身分 : 牧師を父・良家の娘を母とするが、今は孤児。リード家の居候。
お　　金　: 無。
容　　貌　: 小柄で可愛くない。
性　　格　: 悪いと言われる。
暮しぶり　: 疎まれて不幸な生活。
料　　理　: しない。
食 状 況 : 食べる資格は無いと言われ、食欲は無く、食べない。
身辺の食品 : パンと牛乳、丸パン、チーズケーキ、タルト、小さなケーキ、パン粥、ビスケット。

【ローウッド】

年　　齢　: 10歳から18歳まで。
地位・身分 : 慈善学校の生徒 → 同校の最優秀生 → 同校の教師。
お　　金　: 教師となった時点で年俸15ポンド。
容　　貌　: 依然として小柄。しかしレディの雰囲気を持つと言われる。
性　　格　: 嘘つきと言われたが、その疑惑は晴らされる。
暮しぶり　: 友人や尊敬する師を得る。次に自分が、尊敬される教師となる。
料　　理　: しない。
食 状 況 : 寄宿学校での給食を食べる境遇。給食は劣悪なものから平均的なものへ。つまり、食べ物が不十分な状況から、作品に記述するほどの問題が無い状況へ。
身辺の食品 : オートケーキ、焦げたオートミール、パンとチーズ、ジャガイモと腐ったような肉の煮込み、黒パン、コーヒー、冷肉とパン、バターを塗ったパン、紅茶にトースト、シード・ケーキ。

【ソーンフィールド】

年　齢：18歳。
地位・身分：家庭教師。
お　金：年俸30ポンド。
容　貌：ロチェスターの目には美人と映る。
性　格：尊敬され愛される性格。
暮しぶり：生徒・他の雇用人・雇用主との暖かな人間関係の下、豊かな家で生活。恋に落ちる。
料　理：しない。手伝う折があっても、料理は下手。
食状況：お屋敷における雇用人として、豊かな食生活を経験。
身辺の食品：ニーガス酒、サンドイッチ、紅茶、もてなし用の豪華な料理、ロールパン、タルト、コーヒー、ワイン。

【ムア・ハウス、モートン】

年　齢：18歳。
地位・身分：保護された人 → 学校教師 → 遺産相続人・富豪商人の姪・旧家の血縁者。
お　金：無一物・無一文から、大金持ちへ。
容　貌：普通一般とは異なった美しさ。
性　格：尊敬され愛される性格。
暮しぶり：リヴァース家と家族同様の生活 → 学校教師として自立 → ムア・ハウスの主。
料　理：手伝い程度 → 台所は有るが料理記述は無 → 率先して料理し料理を楽しむ。

食　状　況：生まれて初めて快い空腹を感じ、喜びを持って食べる。食べる喜びは継続したと推定される。

身辺の食品：ロールパン、コケモモ、施し物のパンとポリジ、牛乳にひたしたパン、お粥とバターを付けていないトースト、オヴンから出したてのパン、ビール作り、グズベリー・パイ、小さなケーキ、紅茶、クリスマス・ケーキ、ミンス・パイ、自分で焼くケーキとパン。

【ファーンディーン】

年　　齢　：18歳から28歳まで。

地位・身分：ロチェスターの妻・主婦・母。

お　　金　：大金持ち。

容　　貌　：ロチェスターにとっては美人。

性　　格　：愛し愛され尊敬される性格。

暮しぶり　：至福。

料　　理　：主婦として一家の料理を管理し調理。

食　状　況：規則正しい食生活を、家族と共に営む。

身辺の食品：水、卵とハム、ロースト・チキン。

上記のようにジェインの変化を分野分けして辿ってみると、不幸から至福へと変化したジェインの背景に、地位・身分・お金・美貌・性格の5分野における変化があったことが見えて来る。一文無しから大金持ちへ、孤児から大地主の妻へ、居候から家庭生活の中心へ、可愛くない子から美を感じさせる成人女性へ、疎まれる性向から愛し愛される性格へという変化である。

写真は、1854年時点のシャーロット・ブロンテ38歳の顔かたちである。この時代の写真であるから修整はあり得ない。シャーロットの実態が写し出されているはずである。セピア色の写真から、シャーロットは優しさと美をにおい立たせていないだろうか？ 若いシャーロットは美しくないと言われていた。自分で美へのコンプレックスを持っていた。そして弟ブランウェルが描いた肖像画で2人の妹達と並んだ18歳頃を見てみると、彼女がコンプレックスを持ったことは理解できる。しかし、年を重ね成功を得て当時の一流の人物達と交わり、さらにニコルズ師と愛情を持ち合った結果のシャーロットは、落ち着き・思慮・優しさを持った美を醸し出している。『ジェイン・エア』は自伝と副題されており、作品のジェインは美を得て行ったのだが、モデルとなったシャーロット自身も美を増大させたと言えよう。

ジェインの食生活の変化もまた、豊かさと心の膨らみを増大させる変化である。食べない状態から食べることを楽しむ状況へ変化し、料理をしない人から料理を司る人へ変化を見せている。食生活の変化は地位・身分、金銭的豊かさと連動しているため、身辺食品も豊かさへの変化を見せている。幼い頃に登場する食品は、デンプン系が多い。年齢が増して行くとタンパク質系の食品が登場して来る。ワインやもてなし料理といった贅沢品も現れる。最後のファーンディーンでは、卵・ハム・チキンが、日常の食品として描かれている。

シャーロットの写真（1854年撮影）

19世紀のイギリスでは、ごく貧しい者にとってはパンと水があれば、最低限の生命維持だった。次にお金がある段階になると、コーヒーや紅茶とチーズやベーコンが加わった。『ジェイン・エア』において、「赤い部屋」からジェインを出した後、2 人の召使は「夕食はチーズ・トーストがいいわ。」「私もそれがいい。そしてローストした玉ねぎが一緒。」(I-III) と言っている。バーサ・メイソンの看護人は「召使のディナーに降りて来る？」と聞かれ「いいえ、割り当ての黒ビール 1 パイントとほんの少しのプディングをお盆に乗せて上へ持って行くわ。」「肉は？」「一口だけ、そしてチーズの欠片、それで全部。」(II-I) と言っている。お屋敷であっても、召使階級はデンプン主体でタンパク質はチーズが多い。一方、ビールは水扱いだったことが現れている。豊かさのさらに次の段階では、肉や魚という高価なタンパク質食品が加わった。[40] ジェイン半生の記録は、食生活における高級化の記録でもある。

「読者よ、私は彼と結婚したのです。」(III-XII "Conclusion") 作品の最終章で、ジェインは誇らしく自分の結婚を読者に告げている。1 人称で書かれた自伝物語において、不幸から脱出する過程をジェインと共に歩んで来た読者は、ジェインと自分を一体化させ、ジェインの誇りと喜びを共にする。読者の共感が確保できるのは、最初の不幸に対する諸原因が分類されて明示されており、ジェインの成長に伴って次第に原因が解消されて行き、そして最終時点で全ての不幸原因が解消されているからである。ジェインの食生活はジェイン全体の変化と共に変化して、作品テーマを主張するための重要な道具となっている。半生を語る自伝『ジェイン・エア』は、ジェインの食の歴史なのである。

ジェインの半生と食の歴史は、エイブラハム・マズローの述べる「欲求の 5 段階」と合致する。マズローは人間が必要と感ずる事項が階層を成すとし、最下層は "physiological needs": ホメオスタシスを維持し食欲を充足させる欲求である。つまり食べ物を求める行為となる。第 2 の層は "safety needs": 生命維持に必要な物を安定して得ることにより安全を得たいとする欲求である。衣服・家を得ること、病・暴力・犯罪・社会変動・戦争などから逃れようとする行動となる。第 3 層は "love needs":

愛情交流を求める気持ちである。第 4 層は “esteem needs”: 自己と他者を尊敬する欲求であり、この欲求はまず強靭さを求め、次に達成、次に能力、次に自信、そして最後に自立と自由を求めると言う。そして全ての下位欲求が満たされた時、第 5 層の “need for self-actualization” が表れる。自己自身の夢を満たすこと、潜在していた自己を実現することである。[41]

ジェインがゲイツヘッドで生活していた時期、ジェインは居候とされ、与えられている家・服・食べ物は本来ジェインが得るべきものではないと、従弟のジョンから言われる。ジェインはまた、暴力も受けていた。食も安全も無い階層である。そしてジェインは、食や安全への希望を持ってローウッド校へ旅立ったが、ここもまた食も安全も無い環境だった。しかし、チフス発生以降、学校の生活環境は改善され食や安全は得られる状況となった。第 2 層にある状態である。さらにローウッド校においてジェインは、敬愛するテンプル先生と、つかの間ではあったが心通わせ助け合うことができるヘレン・バーンズという友を得た。ローウッド校は “love needs” を満たす第 3 の階層に到達した。さらにローウッド校でジェインは、最上級生徒となりさらに教師となったのだった。達成・尊敬・自信を持つ第 4 の階層へ上っている。ここでジェインは、さらに自立と自由を求め、家庭教師となって学校を離れた。家庭教師としてのジェインは地位と給料を得て自立しているが、モートン村にて遺産を相続したと知り、ジェインは完全に自立した女性となり、自分の思いを追求できる身となった。ジェインは第 5 層 “self-actualization” へ進む。愛し合うロチェスターと世間から隔たった場所で家庭生活を営む、夢の生活の実現である。ジェインが愛と家庭を求めて旅をしたこと、ブロンテ家が家族で結び付いた生活に価値を置いてきたことを考えれば、作品『ジェイン・エア』は欲求の本質を背景に、ジェインおよびシャーロットの本来自己の実現を描き出している。

シャーロット・ブロンテの生涯を踏まえて『ジェイン・エア』を考察し、シャーロットの食に関する要点をまとめると 4 点となる。第 1 点目は、彼女の食経験の幅が広かったことである。幼少期に家族と共に料理をして家族と共に喜びを持って食べた経験。質も量も愛情もすべて不足していた寄宿学校の経験。次に、食事にも生活全体にも配慮があった寄宿学校の経験。家庭教師も2家庭を経験した。その上、ブリュッセル留学をしたため、海外の食文化も経験した。小説家として名声を得た後は、文人や貴族とも親交を得て、豪華な食事も美意識に富む食事も経験した。地理的にも、質や目的や贅沢さにおいても幅が広い。

第2点目は、作品における自己体験の利用方が多岐にわたっていることである。シャーロットは自分の経験を作品中で、時には具体的に時には背景として時には表象として用い、作品が文芸として効果を持つよう使い分けている。

第3点目は、食べ物を意見表明の道具としていることである。『ジェイン・エア』において、テンプル先生のシード・ケーキは愛情供与の重要性を訴えている。同じ『ジェイン・エア』で、ムアにおけるコケモモは、自然が危険をはらみつつも人の命をつなぐ事を読者に伝えている。あるいはまた、『シャーリー』における「日曜学校の祝宴」の祝祭のふるまいの飲食物と、『ヴィレット』における「祝祭」の軽食や食事を比較すれば、シャーロットが英国とベルキーの食べ物のどちらを高く評価していたかがわかる。

そして第4の点が最も重要である。シャーロットは有名作家となり、大きな収入を得る身となった。しかし、彼女にとって最も心安らぐ食事は、ハワースの牧師館で姉妹・召使と共に質素な料理を家族のために作り、家族で食べる食事だった。『ジェイン・エア』の結末が世間から離れた地で、家庭内で家族のみでひっそり暮らすこととなっているが、この結末は、家族と共に食事をし、家族がまとまって生活することへの価値観の反映である。

生命は食あって維持されて、食活動は生涯を織りなす糸となり、糸の流れは生涯を反映する。シャーロットにおける食は、作者と作品をきれいに映し出している。

註

＊本章におけるシャーロット・ブロンテの生涯に関する記述は、Winifred Gérin による伝記 *Charlotte Brontë: The Evolution of Genius* を大きな典拠としています。

＊本章第2節は、拙著『食生活史「ジェイン・エア」』東京 : 開文社出版、1997年を基盤としています。

1. Juliet Barker. *The Brontës*. London: Phoenix Giant, 1994. p.79.
2. See. Thorsten Kolling. “Memory development through the second year.” *Infant Behavior and Development* 33(2), 2010. pp.159–167. https://www.sciencedirect.com
3. Rebecca Fraser. *Charlotte Brontë*. London: Methuen, 1990. (orig. 1988.) pp.28f.
4. T.J. Wise and J.A. Symington, eds. *The Brontës: Their Lives and Correspondence in Four Volumes*. Oxford: The Shakespeare Head Press, 1932. Vol. I p.8.
5. 参照 . ジークムント・フロイト (井村・小此木他訳)「悲哀とメランコリー」『フロイト著作集 6　自我論 / 不安本能論』人文書院、1970.
6. Barker. p.129.
7. Ibid. p.128.
8. Loc. cit.
9. Winifred Gérin. *Charlotte Brontë: The Evolution of Genius*. Oxford: Oxford University Press, 1967. p.8.
10. J. C. Drummond. “§3 Food in School”. *The Englishman's Food*. London: Jonathan Cape, 1958. pp.340f.
11. Dorothy Gardiner. *English Girlhood at School: A Study of Women's Education through Twelve Centuries*. London: Oxford University Press, 1929. p.304.
12. Ibid. p.351.
13. Ibid. p.440.
14. Wise and Symington. Vol. I pp.89f.
15. Elizabeth Gaskell. *The Life of Charlotte Brontë*. Harmondsworth: Penguin Books, 1975. (orig. 1857.) p.87.
16. See. Edward Chitham. “14 Charlotte's Irish Accent.” *The Brontës' Irish Background*. Houndmills: Macmillan, 1986.
17. Wise and Symington. Vol. I p.93.

18. Ibid. Vol. I p.122.
19. Ibid. Vol. I p.155.
20. Ibid. Vol. I pp.157f.
21. Ibid. Vol. I p.173.
22. Ibid. Vol. I p.236.
23. See. Sue Lonoff, ed. *The Belgian Essays.* New Haven: Yale University Press, 1996.
24. Wise and Symington. Vol. II pp.9–14, pp.17–19, pp.21–24, pp.67–71.
25. Ibid. Vol. II pp.67–71.
26. Ibid. Vol. II p.53.
27. Charlotte Brontë. "Biographical Notice of Ellis and Acton Bell." Emily Brontë. *Wuthering Heights*. Oxford: Oxford World's Classics, 2009. pp.302f.
28. Miriam Allott, ed. *The Brontës: The Critical Heritage*. London: Routledge, 2010. (orig. 1974.) pp.67–78.
29. Wise and Symington. Vol. II p.149.
30. Gérin. p.364.
31. Ibid. pp.364f.
32. Ibid. p.367.
33. Wise and Symington. "Chapters from Some Memories by Anne Thackeray Ritchie." Vol. III pp.48f.
34. Ibid. Vol. III p.251.
35. Ibid. Vol. III pp.252f.
36. Henry Colburn, ed. *A New System of Practical Domestic Economy; Founded on Modern Discoveries and the Private Communications of Persons of Experience*. London: Henry Colburn and Co., 1823. p.61.
37. Mrs. Isabella Beeton. *The Book of Household Management*. London: Ward, Lock & Co., 1873. (orig. 1861.) p.843.
38. Wise and Symington. Vol. I p.232.
39. 谷田博幸『ヴィクトリア朝百貨事典』東京：河出書房新社、2001. p.46.
40. J. H. Walsh. *A Manual of Domestic Economy; Suited to Families Spending from £150 to £1500 A Year*. London: George Routledge and Sons, 1877. p.677 には年収150ポンドの家庭予算として「肉屋から購入する肉とベーコンに£30」、魚は出費ゼロ、「パンに£12」「牛乳・バター・チーズに£10」を推奨し、食費は切り詰めている。しかし「召使賃金£10」としている。1877年出版の書籍であるが、年収が£150程度だったブロンテ家の牧師館での食事に関し、ブロンテ関係書において「魚」の購入が言及されていないこと、そしてブロンテ師が召使を雇っていた背景が表れている。

41. See. A. H. Maslow. “A Theory of Human Motivation.” *Psychological Review* 50 (4), 1943. pp.370-396. https://psychoclassics.yorku.ca

Porridge

ブロンテ姉妹は朝食に “porridge” を食べていた。『ジェイン・エア』ローウッド校の朝食も “porridge” であった。“porridge” は、寒冷でやせた土地でも育つカラス麦を挽いた “oatmeal” を、とろ火で煮た「お粥」である。

Mrs. Beeton による *The Book of Household Management* は “Oatmeal Porridge” 項で作り方を記載している。材料は、水 1/4 パイントに対しオートミール 1 オンス。そして、調理手順として 3 方法を挙げている。① 鍋に湯が沸いたらオートミールを入れて混ぜ、その後とろ火で 20 分ほど加熱する方法。② オートミールに冷水を注ぎなめらかになるまで混ぜ、それからとろ火で炊く方法。③ 前の晩にオートミールに熱湯を注ぎ一晩寝かせ、翌朝とろ火で炊く方法。①が一般的だが、②と③は “lump”（固まり）ができにくいとミセス・ビートンは書いている。

『嵐が丘』第 1 巻第 13 章、ヒースクリフと結婚したイザベラが、夜、嵐が丘屋敷に到着した時、ジョウゼフは “supper” のための “porridge” を作っていた。燃える火に大鍋が掛けられ揺れていて湯が沸騰すると、ジョウゼフはオートミールを手でつかんで鍋に入れようとする。この様を見たイザベラは、「私がポリジを作るわ！」と叫び、そして自分で作り始め、ヘラで速く混ぜながらオートミールをどんどん手づかみで鍋に入れて行く。イザベラの作り方にジョウゼフは憤り、「固まりばかりの粥になって食べられるものじゃなく、わしらは今晩、粥なしになるだろう」とヘアトンに言っている。ジョウゼフ・イザベラそれぞれで、“lumps” が無くなめらかな “porridge” を作ろうとしていたのである。

エミリー・ブロンテは、『嵐が丘』中で料理の詳細を書くことはしていない。調理の具体的な様子を記述し、調理方法に対するこだわりを表現しているこの場面は貴重である。そしてこの場面は、エミリーが実は料理をよく知っていたことを示している。

塩味、牛乳をかける、砂糖や蜜を混ぜるなど、食べ方は好み。

第7章
エミリー・ブロンテと『嵐が丘』

第1節　エミリー・ブロンテの生涯 (Emily Brontë, 1818–1848)

シャーロットによる見解

エミリーの生活ぶりや性格を端的にまとめているのが、姉シャーロットが『嵐が丘』第2版に付した「『嵐が丘』新版に対する編集者の序文」である。シャーロットはエミリーの生活ぶりを「エミリーは自分の周りの小作人達について、実際的な知識をほとんど持っていなかった。尼僧は、土地の人々が尼僧院の門の前を時折通るにも関わらず、土地の人々を知らない。エミリーが持つ地域住民に関する実際知識は尼僧以下だった。妹は生まれた時から社交的でなかったが、環境が性格に影響し、閉じ籠る傾向を作って行った。教会へ行くとか散歩をする以外、彼女はめったに家の敷居を超えて外へ行くことをしなかった。…… ところが彼女は、自分の周りの人々を知っていた。彼らのやり方、彼らの言葉、彼らの家族歴を知っていた。妹は興味を持って彼らの話を聞くことができたし、彼らのことを詳細に絵に描いたかのように正確に語ることができた。しかし、彼らとは（強調原典）滅多に一言さえも言葉を交わさなかった。」[1] 周囲と交わろうとせず、体験的な知識を持たず、ところが地元の人々を知っていたのがエミリーと、矛盾するかの事柄をシャーロットは書いている。

さらにシャーロットは、「私はこのことを知っています。創造する才能を持った作家は、時折、自分では完全に制御できない何物かを持っていて、その何物かが、時折、自分勝手に奇妙な意思を起こして動き出すのです」[2]と続けている。

エミリーは世間と交わらず、しかし世間を知っており、独特の才能を持っていて、その才能を自由に活動させた人。矛盾を含むシャーロットの見解が的を射たものであったか、食に視点を注ぎつつ、エミリーの生涯・作品を具体的に検証してみよう。

誕生から教育期まで

エミリー・ジェイン・ブロンテは、1818年7月30日、ブラッドフォード近くのソーントン村で生まれた。エミリーが誕生した時、牧師補である父の任地がこの村だった。エミリーはブロンテ夫妻にとって5番目の子だったが、1820年1月17日、第6子アンが生まれ、エミリーは全6子中の5番目となった。そして、エミリーが2歳に近い1820年4月、ブロンテ一家は父の新任地ハワースへ移住した。ハワースへ移って約2年後の1821年9月15日、母マリアが亡くなった。エミリーはまだ3歳の幼さだった。しかし、母の死去に伴いハワースに留まってくれた伯母ブランウェルが、母親代わりを務め、主婦の役割を果たし、女児には家庭内教育を行ってくれた。エミリーの場合、母が死去した時、年齢が低く、実母との接触をはっきり記憶していたり、実母の存在意義を認識できる年齢ではなかった。実母を恋しく思う気持ちは生じなかったと推定される。エミリーは、父と伯母のもと、きょうだい達とムアを歩き、きょうだい達で生活を楽しんだ。

1824年7月、パトリック・ブロンテ師は、上の娘2人、マリアとエリザベスを、ランカシャー州、カウアン・ブリッジ村にある「聖職者の娘達のための学校」へ入学させた。そして同年8月にシャーロットを、さらに11月にエミリーを入学させた。エミリーの入学時記録には「大変きれいに英語を読み、針仕事は少しする」[3]と記載されている。伯母による教育の成果とエミリー自身の能力を示す記録である。

エミリーがカウアン・ブリッジ校で学んだのは、わずか5ケ月であった。学校運営方法が衛生や健康を考慮しない節約一義の厳格なものであったため、学校でチフスが発生した。学校全体が病気に冒される中、ブロンテ家のマリアとエリザベスが病気となり、家へ帰った。父パトリックは上2人の病に驚き、シャーロットとエミリーを家へ連れ帰った。長女マリアは1825年5月6日、次女エリザベスは6月15日、亡くなった。死因はチフスではなく、結核であった。

残された4人の子供達は学校へ行くことはせず、父と伯母の教育のもと、ハワースの牧師館で暮らしていた。そして1826年、父がお土産に買って来た木の人形をきっかけに、連作劇を作る遊びが始まった。「若者たちの劇」「われらの仲間の劇」「島人たちの劇」が作られ、それらの劇は、「グラスタウン物語」に収束し、その後、シャーロットとブランウェルによる連作物語「アングリア」、そしてエミリーとアンによる連作物語「ゴンダル」へと進展して行った。きょうだい達の年齢が概略、最年長で10歳、最年少は6歳という頃であるから、きょうだい達が早熟で文学への才能を持っていたことが推察される。

ブロンテ師は限られた収入の中、個人教授を雇うこともした。きょうだい達は、牧師館にて音楽と絵の個人指導を受けた。そしてブロンテきょうだいは全て、絵画に優れていた。エミリーは小スケッチを含め、約25の絵を残した。エミリーは、動物好きであったから、1838年にはペットの犬、キーパーを水彩で描いた。そして1843頃には、同じくペット犬であるフロッシーを描いた。[4]

家での学びも創作もあったが、学校教育も必要だった。そしてこの時代、中流階級の女性が職を得るためには教育が不可欠だった。

1831年1月、ブロンテ師はシャーロットを、ミス・ウラーが経営するロウ・ヘッド校へ入学させた。ハワースから20マイルほど離れたマーフィールドにあるロウ・ヘッド屋敷を利用した寄宿校であった。1832年6月、シャーロットは学校を終えて家へ戻り、自分が学んだことをエミリーとアンに再教授した。

そしてシャーロットは、1835年7月、ミス・ウラーから請われ、助教師としてロウ・ヘッド校へ戻ることとなった。この時、シャーロットへ給料を払う代わりに妹一人をロウ・ヘッド校で生徒として受け入れる事がミス・ウラーから提案されて、ブロンテ師は2番目の女児、すなわちエミリーをロウ・ヘッド校へ送った。だが、社会を嫌いハワースの自然を愛するエミリーに、ハワースを離れた生活はあり得なかった。エミリーは激しいホームシックに罹り健康を失い、わずか3ケ月後の10月にハワースへ戻った。そしてエミリーに代わってアンが入学した。

シャーロットはロウ・ヘッド校で、エレン・ナシーやメアリー・テイラーという、生涯にわたる友人を作った。そして、エレンが1833年7月19日、初めてハワースの牧師館を訪問した時、エミリーの様子は以下のようなものだった。

> エミリー・ブロンテはこの時までに、しなやかで優美な姿を得ていました。一家の中で、父を除いて、一番背が高い人でした。髪の毛は、生来、シャーロットと同じくらい美しく、でも、シャーロットと同じように、髪に不釣り合いなきつい巻きとちぢれを付けられていて、そしてシャーロットと同じように顔色が良くはありませんでした。エミリーはとてもきれいな目をしていていました。でも彼女は、あまり人を見ることはしませんでした。あまりにも内気だったからです。目の色は暗い灰色と言えたかもしれませんが、でも別の時には暗い青で、頻繁に色を変える目でした。エミリーはほとんど話をしませんでした。[5]

美しい姿と髪、そして色を変えるという不思議な目。家族とは緊密でも、内気なために家族外の人から退いてしまう。幼少時からの性質や生活、すなわち、他人とは打ち解けないで家族とハワースが自分の居場所であるという状態が、15歳を目前にしたエミリーに受け継がれている。

牧師館で過ごしている1834年、エミリーとアンは「日誌」を開始した。誕生日などの折をとらえ、家族内の出来事などを気ままに書き記した記録である。日誌の最後の年は1845年であるが、4年に1編となっていた模様で、4編しか現存していない。エミリーの日誌は10歳代から20歳を超えた頃まで、つまり思春期から成人後にわたっている。エミリーの手による小説および詩以外の1次資料は、エレンに宛てた手紙3通[6]と「日誌」しかないため、「日誌」はエミリーの飾らない言葉と普段の生活を知るには貴重な資料である。最初の日誌は、1834年11月24日、エミリーとアンの共同名で書かれている。

> …… 今12時を過ぎているけれど、アンも私も、身なりを整えていないし、ベッドも整えてないし、勉強もしていない。それなのに外へ出て行って遊びたい。私たちはディナーに、茹でた牛肉、カブ、ジャガイモ、そしてリンゴのプディングを食べることになっている。台所はとても乱雑な状態で、アンと私はロ長調の音楽の練習もしていない。私がタビーの目の前にペンを置いたので、タビーは「おやまあ、ポテトをピールする代わりに、インクをポタピタ垂らしているのですね」と言った。私は「はい、はい、はい、すぐにジャガイモの皮むきをしますよ」と言って立ち上がり、ナイフを取って皮むきを始めて終えてしまった。…… そしてアンと私は、もしすべての事がうまく行ったら、1874年に、私たちはどんな風にしているか、私たちは何になっているか、そしてどこに居るかを想像した。私は54歳で、アンは55歳になろうとしていて、ブランウェルは58歳になろうとしていて、そしてシャーロットは57歳になっている。その時、私たちみんなが元気だろうと思っている。[7]

署名は「エミリーとアン」と両名併記形式が取られており、両者が共同で書いた体裁であるが、記載者がエミリーであることは明らかである。アンは「アン」と記され、エミリーは「私」という1人称で書かれているからである。

そして、この日誌から読み取れる16歳のエミリーは、どのような少女だろう？ 服装も部屋も整えず、勉強もしないで外で遊びたがっている。食事は楽しみにしている様子だが、食事作りの手伝いは催促されてやっと行い、粗雑にさっさと終えた様子が感じられる。そしてここで、前の記述とは何の脈絡もなく、次の記述は突然に、40年後の自分達の姿の想像となっている。40年後のきょうだい達の年齢は、「ブロンテ博物館」に所蔵されているエミリー手書き日誌では、自分を含めて間違っている。そして皆が元気と勝手に決めている。日誌のエミリーは、明るく、屈託がなく、無邪気で、細部に意を払わず、将来に対して楽観的である。ディナーのメニューも記載されているが、与えられるディナーを素直に受け入れ、さらに食べることへの期待が感じられる。エミリーの日誌は、シャーロットが『嵐が丘』第2版序文で描いた、世の中から隔絶された孤高のエミリーとは異なった、明るい性格を表している。

では、エミリーの直筆からさらに彼女を知るため、第2の日誌も検討してみよう。第2の日誌は、1837年6月26日、アンとエミリーが別々に書いている。19歳になろうとしているエミリーはアンに宛てたという形式を取り、

> 私は、今から4年後の今日、私たちみんながこの居間で快適に過ごしていると思っている。いえ、そうかもしれないことを願っている。アンは、私たちすべてがどこかへ行ってしまっていて、そして快適だと推定している。アンも私も、そうかもしれないことを本当に望んでいる。
>
> 伯母　　：「エミリー、来てちょうだい。もう4時を過ぎているわ。」
>
> エミリー：「はい、伯母さん。」そしてアンは部屋を出て行く。
>
> アン　　：「ねえ、夜、書くつもり？」
>
> エミリー：「そうね、どう思う？」
>
> (私たちはまず外へ出てみて、その気になるかどうか確かめることにした。

もしかすると、室内に居るままになるかもしれない——）[8]

第2の日誌も、楽観的で屈託がない。内容は矛盾し文章に脈絡が無く、気持ちの記述が突然に劇形式に変わっている。アン以外に読まれることは想定していない日誌であるが、会話や行動がどのように流れたか、両人以外は推測しなければならない。そしてまたエミリーは、4年後の生活について深く考えた様子もなく、快適だろうと決めている。日常生活をきちんとやる気はなく、伯母に催促されても、何か仕事をするより物語を書く方に気を取られている。前の日記から3年半経ちほぼ19歳となっているのだが、自分が一人前の女性となって自分の身を振らなければならないという意識は無い。さらに、本書190頁に示したイラスト入りのエミリー手書き日誌を見るとわかるが、英語の正書法には意が払われておらず、ヨークシャー方言が混在している。エミリーは英語記述においても屈託がない。

第3の日誌を検討しよう。1841年7月30日付け、すなわち23歳の誕生日に記載された日誌である。

> 今、私たち自身の学校を建てようという計画が動いている。まだ何も決定されていないけれど、でも私は、計画が進み、学校が繁栄し、私たちの一番高い期待に応えてくれることを願って信じている。4年後の今日、私たちがまだ今の状態で生活を続けているか、それとも私たちの心の満足を打ち立てているか、どちらだろうと思いを巡らせている。でも、時が示してくれるだろう。[9]

この誕生日の記録では、姉妹の将来計画が記載されているが、自分が計画を実行する一員という意識は感じられない。ブロンテ家の年上の姉2人が亡くなってシャーロットが長女となって以降、シャーロットが姉妹のリーダーであったから、人任せはエミリーに取って自然だったと推定できる。しかしエミリーの場合、単なる人任せではなく、引用の末尾「時が示してくれる」という一節から、人は人知を超えた何物かの支配下にあるという、壮大な人間観も感じられる。

エミリーが「人知を超えた何物か」という宇宙に通じる思想を持っていたことは、もっと早い段階で、シャーロットの親友エレン・ナシーが 1833 年 7 月ハワースを初めて訪問した折に観察されている。ほぼ 15 歳であったエミリーに関するエレンの回想は、きょうだい達で荒野を歩き回った時について記述している。

> かつての日々、エミリー、アン、ブランウェルは小川を渡り、時々、他の 2 人のために踏み石を置いたものでした。こうした地点にはいつでも、いつまでも残る喜びがありました。すべてのコケ、すべての花、すべての色合いや形が、心に刻まれ喜びとなっていました。特にエミリーは、こうした美の片隅に歓喜に満ちた喜びを持ち、歓喜と喜びの間、彼女の内気は無くなっていました。こんな昔のある日、私はアンとエミリーと一緒に荒野を超えて「流れの集まる所」ときょうだい達が呼んでいて、エミリーとアンにとってなじみの場所へ行きました。…… エミリーは平たい石に半ば身を傾け水の中へ手を入れ、まるで小さな子供のようにオタマジャクシと遊びました。手で追ってオタマジャクシたちを泳ぎ回らせて、そして人間世界で生きる、弱い者たちと強い者たち・勇敢な人たちと臆病な人たちに関する教えを説き始めたのです。[10]

小さな子供のように遊ぶ。遊びながら自分が小動物の支配者になり、小動物が自分の手の下でどのように反応するか実験し、実験結果を人間社会の現実と結び付ける。人は人を超えた自然の下で生きながら、人社会の中で生きている。後の『嵐が丘』における、宇宙性と現実性の併存を暗示するかのエピソードである。

第 4 の日誌は、1845 年 7 月 30 日、エミリー 25 歳の誕生日の日付となっている。この年の6月にアンはロビンソン家の家庭教師を辞め、そして7月にはブランウェルがロビンソン家から解雇されていた。恥辱的な背景を持つ2つの離職直後にもかかわらず、日誌の話題は、アンと共に行った初めての長旅についてである。

アンと私は、生まれて初めて私達だけで長い旅行に出ました。7月30日の月曜日、私達は家を出ました。ヨークで一泊し、キースリーに火曜日の夕方戻り、そこでまた一泊しました。そしてキースリーから歩いて、水曜日の朝、家に帰りました。途中お天気が崩れたのですが、ブラッドフォードでの数時間を除いて、2人とも大変に楽しかったです。[11]

「ブラッドフォードでの数時間」とは、伝記作者ジェリンによれば、父の古い友人を訪問するという社交義務を意味しているが、社交は「楽しい」から除外されている。そして、兄・妹が職を失ったことは記述していない。エミリーにとって辞職や解雇は問題でなかったのか、あるいは意図的にこの話題を避けたとも考えられる。どちらにしても、社交は嫌いで世俗の職業は視野に置かない。最後の日誌から窺えるエミリーは、社会からの束縛を嫌う人である。

シャーロットは『嵐が丘』第2版序文で、エミリーは世間と交わらずに世間を知っていたと書いた。デイヴィッド・セシルは『ヴィクトリア朝初期の作家達』の中で、エミリー・ブロンテを「霊的直観者」(“mystic”)と表現し、エミリーはヴィジョンという透視力を持っていて「人間の目には通常隠されている超自然の現実を見るために、彼女の目が透視力の中で開かれるかのようだった」[12]と記述している。『嵐が丘』を生んだ作家の少女期からの超越的な精神性は、日誌やエピソードや姉の言葉に表れており、そして後世の研究者もエミリーの精神性に超自然を認めている。

教師職へ

超自然で内向的な性格にもかかわらず、収入の必要からエミリーは、1838年9月、ハリファックスにあるロー・ヒル校の教師となった。かつてエミリーは牧師館で家庭内教育とシャーロットからの教育を受けていたし、ロウ・ヘッド校でも教育の経験があった。しかし、教師生活は長続きしなかった。1839年3月頃、5ケ月ほどで辞職する。ロー・ヒル校勤務はシャーロットが心配するほど過酷だった。1837年10月2日付けエレン宛のシャーロットの手紙によれば「朝6時から夜11時までの重労働で、途中わずか30分の運動時間があるだけ。これは奴隷仕事だわ。」[13] 加えて、エミリーが良い教師とは言えなかった面もある。生徒に親切で無いわけではなかったが、自分の詩を作る方に気を取られていることが多かった。さらにエミリーは、生徒の一人の記憶によれば、「私にとって、家で飼われている犬の方が生徒達よりも親愛」[14] と言ったという。エミリーのこの言葉、そしてまたこの生徒記憶を、あまり深刻にとらえる必要はないと伝記作者エドワード・チタムは判断しているが、エミリーが生徒を愛し学校教師として熱心だったわけではないことは確かである。しかしエミリー辞任の最大の理由は、エミリーが牧師館を離れた生活で、再び健康を害したことだった。

しかしロー・ヒル時代、エミリーは優れた詩を書き残した。家から離れて暮らす精神不安を、詩作によって解消しようという心理が働いていた。そしてまた、ハリファックス地域は、美しい自然に恵まれながら繁栄している文化地域で商業地域だった。自然と文化と産業の共存、そして自然から文化と近代産業への移行は、エミリーに多方面の知識と詩へのインスピレーションを与え、そして後の作品形成にも影響した。例えば、この地域の屋敷、シブデン・ホールとハイ・サンダーランド・ホールは、『嵐が丘』における2つの屋敷のモデルとなっているし、第1世代から第2世代への移行は、ハリファックスに見られるような田園社会から産業社会への移行を映している。

エミリーは1839年3月頃、ロー・ヒル校を去って牧師館に戻った。アンは、1839年4月にインガム家の家庭教師となって牧師館を離れた。5月には、シャーロットがシジウィック家の家庭教師として牧師館を離れた。エミリーは牧師館に留まり、家事手伝いと自己学習の日々を送った。ブランウェルが職を点々とし乱れた生活を送る姿を見つつの日々だった。

そして1841年、3姉妹で自分達の寄宿学校を開設しようという計画が生まれた。自由があって健康に支障をきたさない労働状況で働くことができて、しかもハワースの牧師館が学校であることは、この上ない条件だった。学校設立計画がシャーロットをリーダーとして検討され始め、この計画の進展状況を記載したのが、前述の、エミリーによる1841年7月30日付け「日誌」である。

ブリュッセル留学

しかし、自分達の学校を設立し、生徒を集め、運営して行くために、教師としての資質を高めること、そして何よりも教師としての資格証明が必要だった。フランス語・ドイツ語を教えることができることは大きなメリットだったから、シャーロットはベルギー、その首都ブリュッセルを留学先として選択した。シャーロットはハワースを離れることを嫌うエミリーを説得した。

シャーロットとエミリーの2人は、1842年2月、エジェ塾に入学した。エジェ塾において、エミリーは教師であるコンスタン・エジェに特異な印象を与えた。入学後の数週間でエジェ氏は、「シャーロットとエミリーが共に、普通ではない性格と大きな才能の持ち主である」ことを見て取った。[15]「エミリーは、理論的思考をする頭を持っていて、その論理的頭脳は男性においてさえ稀なほどで、ましてや女性においてはさらに少数の人しか持っていない。しかし彼女が頑固であることが、この才能に損傷を与えている。頑固さのため、自分の望みや自分の正義感に反する一切の説得を理解することができない。彼女は男性であるべきだった。例えば、偉大な航海士である。」[16]

このようなエミリーが、ブリュッセルでの人付き合いでうまく行くはずはなかった。以前からの独特な性格があり、さらに今は異国で生活していた。姉シャーロットとは親交を持ったが、他の生徒達と交わることは拒んだ。エミリーは、エジェ塾で音楽を教えていたが、生徒達はエミリーによるレッスンを嫌った。エミリーが休憩時間にレッスンをしたからである。[17] エミリーの感覚ではエジェ塾は自分の勉学の場であり、教えることは自分の貴重な勉学時間を奪われることだった。休憩時間に指導をすれば自分が受ける授業に欠落をきたすことは無い、という論理だった。

エミリーは、人と交わらず自分の学びに熱意を注ぎ、エジェ塾の環境にも異国の文化にもなじもうとせず1842年を過ごしていた。が、10月29日、伯母ブランウェルが亡くなり、シャーロットもエミリーも11月、急遽ハワースへ戻った。そして12月、伯母が3姉妹それぞれに、約350ポンドの遺産を残していたことが判明した。この遺産はエミリーにとって自分のお金があることであり、職業を持つことが必須では無いことを意味した。

エミリーはもはや、エジェ塾へ戻り人付き合いの困難に耐えつつ学習し、教師としての質の証明を得る必要は無くなった。エミリーはブリュッセルへ戻らなかった。1843年1月、シャーロットのみがエジェ塾へ戻り学業を続け、そしてフランス語教員免許状を得て、1844年1月1日、ブリュッセルを離れた。

ここで、エミリーがこれまでハワースを離れて暮らしていた時の食生活について考えてみる。短期間とは言え、彼女はロウ・ヘッド校で寄宿生活をした。ロー・ヒル校でも寄宿校の食事を経験した。さらに外国であるブリュッセルの寄宿校も経験した。自宅の食事と学校の食事、温かな学校の食事と過酷な勤務体制の食事、そしてイギリスの田舎とブリュッセルという外国の都会の食事。違いを持った食事を経験したと言える。しかし、エミリーは、自宅を離れた食事に関し自分自身の記録を残していない。エミリー直筆の残存資料が少ないこともあるが、エミリーは食事を記述対象とする気持ちを持っていなかったためと思われる。エミリー自身の生活記録が4つの日誌と3通の手紙であるため作品を参照してみると、『嵐が丘』においても、エミリーの経験を直接に感じさせるような具体的記述は無い。

作品における具体的記述の有無は、同じくブリュッセル留学をしたシャーロットを見ると違いが良くわかる。シャーロットは具体的にブリュッセル経験を利用している。ブリュッセルを舞台に『ヴィレット』を書き、I-XIV「祝祭」において「私は、コックが出してくれた食べ物を食べるように、まるで命令であるかのように言われた。とてもうれしかったことに、出された食べ物はコーヒーとスナックだけだった。私は、ワインとお菓子が出されるのではと恐れていたが、私はこれらが嫌いだった。私は、クリーム入りの小さなパイが欲しいと思っていて、そしてコックがどうやって推察したかわからないが、彼はどこかへ行って私のためにパイを1つ持って来てくれた。」シャーロットは、食品名を挙げて嫌い・欲しいと述べている。そしてシャーロットは、ルーシーの好みを借りてブリュッセルの食事とイギリスの食事への評価を下している。しかし、エミリーが自分の食経験の具体を『嵐が丘』に書いていないこと、それはエミリーにとって、詳細事実は問題ではなく、食嗜好も問題ではなく、エミリーの思考が抽象的だったためだろう。

ハワースへ戻って

ところが、ハワースを離れて生活できないエミリーはブリュッセルからハワースに戻り、牧師館で家事を担当したのだった。1843年に牧師館に居たエミリーの生活は、淡々と我が道を行くものだった。それは、家事を行い、独学を続けて詩を書き続ける事だった。召使のマーサが居たが、まだ15歳ほどで家事を任せることはできなかった。家族同様の長年の召使タビーは、足を痛めていた。そして、アンもブランウェルもロビンソン家で家庭教師をしていた。

実はエミリーの家事は、「日誌」に見られたように幼少から行われ、断続期をはさみつつ、継続されていたのである。タビーが怪我の療養で牧師館を離れていた時期に、シャーロットが1839年12月21日付けでエレンに宛てた手紙によれば「あなたも推察できるでしょうが、エミリーと私は家にいても十分に忙しいです。私はアイロンがけと掃除を担当しています。エミリーはパン焼きと台所仕事の担当です。私達は奇妙な『動物』で、家族の中に新しい召使を入れるより、自分達だけで何とか工夫してしのぐ方が好きなのです。」[18] 多くの他人と生活を共にすることが好きでないことは、ブロンテ姉妹すべてに言えることだったとわかるが、エミリーのパン作りの腕はハワースで有名だった。エミリーの伝記作者ジェリンは、エリザベス・ギャスケルの言葉を借りて「エミリーが素晴らしいパンを焼くという評判は、すぐに村に広まった。エミリーのパンは、『エミリーに学門がある』という名声より、はるかに大きな尊敬を得た。教会の仕事で台所へ入ることとなった教区の書記や、品物を届けるためにやって来た商人は、エミリーがパン生地をこねる鉢の前に立って、生地をこねている姿を見たものだった。やって来た人達は彼女の静けさに畏れを抱いたが、彼女の姿を見た何人かの人々は、料理台の隅に本が立て掛けてあり、小さな紙片と鉛筆が手元に置いてあることに気が付いた。」[19] パン生地を作りながら、ドイツ語を勉強していたのである。このパン生地作りのやり方は、エミリーの生活において、料理と勉学は同一次元だったことを示している。

人間付き合いは得意でなかったエミリーだが、ハワースに居れば、社会との軋轢を起こすこと無く自分の生活を送ることができた。エミリーがエレンに宛てた手紙が推察の手掛かりとなる。3通残っているエミリーの手紙の1通目は、1843年5月22日付けで、この書簡にはエミリーの個性が表われている。

親愛なるエレン。あなたは私に「郵便料金着払い」で手紙を送って下さいと親切に言ってくれました。この親切にもしも私がお礼を言わなかったとしたならば、常識的な礼節を欠いていることになるでしょう。

ですから、あなたの指示通りに着払いでこの手紙を書きました。でも、もし「次の火曜日」というのが明日を意味しているなら、手紙がテイラー氏と一緒に行くには遅すぎると心配しています。

シャーロットは手紙の中に、一言だって、ブリュッセルから家に戻って来ることを書きません。もしもあなたが半年間ブリュッセルへ行っていたら、あなたが帰る時、シャーロットを一緒に連れ戻すことができるかもしれません。そうでもしてくれないと、シャーロットは、船旅をする勇気がないという理由だけで、メトシェラの歳になるまで、ブリュッセルでのんびり暮らし続けているでしょう。

私たちは皆、元気です。家庭教師先にいるアンもこの前の手紙によれば、元気だそうです。1週間か2週間で休暇になって家に居ると思うので、アンにその気があれば、あなたに適切な手紙を書かせます。でも、適切な手紙を書くというのは、私が決してやったことのない大事業です……。愛をこめて、E. J. ブロンテ。[20]

相手の親切にお礼を言うべき、という常識は持っているが、「ありがとう」という常識的なお礼表現は使わず、持って回った表現を用いている。シャーロットがブリュッセル留学を続けていることには、あきれた様子が感じられる。実際にはブロンテ一家は全ての人が問題を抱えていたのだが、皆元気ですと、ありきたりの表現でまとめてしまう。それでいながら、自分が適切な手紙を書くことは極めて難しいと、自分の特異性を認めている。エミリーのこの手紙は、常識を知っていて常識通りと常識外れを同時に行うエミリーを、1通の中に凝縮している。

他の2通、1845年7月11日付け、そして1846年2月25日付けの手紙は、エレンの家に滞在しているシャーロットの帰宅が遅くなっても構いません、という内容にすぎなく、エレンへの親しさは表れているが、事務的な手紙である。事務的というのは、エミリーが持つ、本心を見せない側面である。

作家への道

1844年、エミリーは自分の詩を2冊のノートに転記し始めた。そして1845年秋、シャーロットは2冊のうちの1冊を偶然見つけて読んで、エミリーの詩が優れていることを知った。そして出版を企画した。エミリーは、隠していたノートをシャーロットが勝手に読んだことに激怒したが、アンが自分の詩も含めて出版することに意欲を持ち、シャーロットとアンの2人はエミリーを説得することに成功した。シャーロットは自分の詩を19、エミリーの詩を21、アンの詩を21厳選し、全体61編で出版原稿を編集した。そしてシャーロットは、諸費用約36ポンドを支払うことを条件に、1846年1月、エイロット・アンド・ジョーンズ社から出版引き受けを得た。出版にあたり、女性の作品であることが明白であると売れ行きが悪くなるのが当時の事情であったから、詩集タイトル中の作者名として、男女不明の『カラ、エリス、アクトン・ベル詩集』が選ばれた。詩集出版日は、1846年5月22日と推定されている。1,000部印刷され、シャーロットは有名人、雑誌社、知人に献本を送った。しかし、書評に出ても称讃は得られず、そして1847年6月16日までに2冊しか売れなかったと言われている。残部はスミス・エルダー社が引き取った。[20] 3姉妹の初出版は失敗に終わったのである。

しかし3姉妹は、詩集出版交渉がまとまりつつある時期に、次の出版の準備をしていた。次は小説であった。シャーロットは『教授』を、エミリーは『嵐が丘』を、アンは『アグネス・グレイ』を仕上げた。『嵐が丘』の構想には伝承やエミリーの詩作品が多様に利用され、[22] 出版を意図して書き始めたのは、出版用詩集の編集をしていたと同時期で、1845年10月頃と推定されている。[23]

1846年夏、シャーロットは小説の出版社探しを開始した。シャーロットは長女として、ブロンテ姉妹の生活面、そして出版交渉においてもリーダーであった。3原稿を出版社に送り拒否されて原稿が送り返され、別の出版社に原稿を送り拒否されて送り返されという過程が繰り返された。1847年7月、出版を引き受けたのは、トーマス・ニュービーであった。ただし『教授』は拒否し、『嵐が丘』と『アグネス・グレイ』の2作を合わせて3巻本として出版する形態だった。ニュービー社による『嵐が丘』と『アグネス・グレイ』の出版準備は開始された。が、この時期、出版を断られたシャーロットは、1846年から書いていた『ジェイン・エア』を仕上げ、1847年8月24日、原稿をスミス・エルダー社に送り、引き受けられた。『ジェイン・エア』は1847年10月16日に出版され、大ヒットとなり、『ジェイン・エア』の大ヒットは、それまで出版業務において遅々としていたニュービーの商売心を掻き立てた。同じベルという姓を持つ作家の2作品は、売れるに違いない。ニュービーは出版を急ぎ、『嵐が丘』と『アグネス・グレイ』の3巻本は『ジェイン・エア』から2ケ月後、1847年12月14日に出版された。

『嵐が丘』は好感を持って書評されはしなかった。エミリーの机の中には5つの書評が残っていたとされる。[24] その中で、例えば『アシニーアム誌』は「不快な物語である」と評した。ほとんどの書評は、『嵐が丘』は文芸作品としては優れているが、読んで気持ちの良い作品ではないとした。シャーロットが第2版序文で、『嵐が丘』は「ヨークシャーのウェスト・ライディング地方の物事が身近ではなく不慣れな人々全てにとっては、粗野で奇妙な物語」と理由付けしたが、出版間もない頃、批評家達は作品に違和間を覚えたのであった。『嵐が丘』の価値を世間に認めさせたのは、シドニー・ドウベルによる『パレイディアム誌』、1850年9月における評論である。

> 『嵐が丘』には過去のそして現在のどの小説家も誇りにすると思われる章句がある。…… 大胆な単純さ、対面を取り繕う態度を見せない強烈な信念、ごく普通にありそうな事柄とごく稀な独創性の組み合わせ、ありそうな事柄を巧みに描いて最高の効果を出し超自然の域に達している点 …… [25]

書評や評論、そしてシャーロットの言葉を総合すれば、『嵐が丘』は才能を感じさせるが、普通常識とは異なった内容のため快さは与えない。しかし、超自然を表す特異な作品となるだろう。

当のエミリーは書評の切り抜きを保存していたのだから、書評を気にしていたはずである。しかし世間で何と言われようと意にした様子は見せず、兄ブランウェルが酒やアヘンに落ちて行っても現実は現実と受け止め狼狽せず、自分自身の価値観に基づく生活を牧師館で送っていた。

死への道

しかし、エミリーは結核に冒されていた。次第に、呼吸困難や胸の痛みに苦しんで、歩くこともおぼつかなくなって行った。それでも彼女は、家事を行う・ペットに餌をやるなど、毎日の決まり事をこなしていた。家族は医師に診てもらうことを勧めたが、エミリーは断固として断った。しかし、エレン等の回想によれば、1848 年 12 月 19 日の朝、「エミリーは着替えをし、めまいとふらつく足取りで階段を下りて来て、居間の小さいテーブルで縫い物をしようとした。途切れ途切れの息とやつれて変わり果てた顔は終わりを明示していた。…… 朝から昼へ時が進むにつれ、身体はさらに悪くなった。もう話すことはできなくなっていた。そして、喘ぎつつ、しゃがれた声でささやいて言ったことは『もしもあなた達が医師を呼ぶなら、今なら診てもらうわ !』…… 姉妹はエミリーに、居間のソファからベッドへ移るよう懇願したが彼女は拒否し、ソファに片手を付いて立ち上がろうとして、ここで息絶えた。」[26] 壮絶な死である。

C. デイ・ルイスは『注目すべき美徳像』の中でエミリーの詩について論じ、「エミリー・ブロンテの作品における自由のイメージは説得力があり情熱的であるが、詩的真実の正統性を得ることは稀であろう。…… エミリーは自分の詩に対する責任を、彼女の胸の内に有る神に対してしか感じていなかったからである。…… しかし、このような留意事項があるにしても、彼女の詩は依然として莫大な力を持っている。」[27]

C. デイ・ルイスは、詩に関し「胸の内の神」と言い「莫大な力」と言った。我々はエミリーの生き方においても、同じことが言えるだろう。エミリー・ブロンテの生涯は、わずか 30 年だった。病気がちな体と繊細過ぎる心を持って生きた虚弱な 30 年だった。しかし同時に強靭な 30 年だった。自由を求め、自分の信念を持ち、社会一般に従うよりは自分の価値観に従って自分の情熱を追及した。身体的にも精神的にも弱かったが、身体的にも精神的にも強かった。一見の矛盾・内奥の真実・具象と抽象の併存、それがエミリーだった。そしてキャサリン・フランクも、こうしたエミリーの特徴を飢えという言葉で比喩的にとらえた上で『束縛の無い魂』を書いたに違いない。

第 2 節『嵐が丘』: 食生活調査

調査の必要性

『嵐が丘』は 1847 年 12 月 14 日に発売され、匿名の書評が同年 12 月 25 日付け『アシニーアム誌』に掲載された。同時出版であった『アグネス・グレイ』と共にという形になっているが、書評はまず『嵐が丘』を論じている。

> 大きな力と賢さがあり、イングランドの辺鄙な小地域の生活ぶりを忠実に描いている。しかし『嵐が丘』は不快な物語である。ベル達は痛ましく例

> 外的な主題を好む様子である――暴虐が行う間違った行為や圧迫――「女の妄想」が成す特異な事柄といった主題である。[28]

『嵐が丘』に関する早い書評、それだけに読んだ時すぐ感ずる素直な感想を表していると推定される書評を読むと、我々は一つの不思議を感じてしまう。その不思議とは、『嵐が丘』が生活ぶりを忠実に描いているとしながら、例外的で妄想的な主題を扱っているとしている点である。どうやったら、忠実に例外や妄想を描くことができるのだろう？

そこで、本節では「食べ物」の観点からこの不思議の解明を試みる。生身の人間は食べなければ生きて行けない。小説中の人物達も、食べて生きて小説を展開するはずである。生命の拠り所である食べ物を作品中で探った時、現実と妄想の接点を得るだろう。

食生活調査

我々はまず、作品における食物・食事状況を知らなければならない。作中人物や作品背景に関し、状況調査が必要である。作品の要を知るためには要を調査対象とするのが当然である。作中人物に関しては主要な 8 人、すなわち第 1 世代のヒースクリフ、キャサリン、エドガーの 3 人、そして第 2 世代のヘアトン、キャシー、リントン・ヒースクリフ、さらに 2 人の語り手ロックウッドとネリーが必要である。そしてまた、これら主要人物の住む地域における食物関連の記述も、作品背景として状況調査が必要である。

調査結果は以下の表となっている。8 人物と背景を調べ、2 巻に分かれた合計 34 章のどの巻・章に誰が何を食べ何を食べなかったか、どのような食べ物背景が描かれているかをまとめてある。それぞれの人物が食べた物には○、食べなかった物には×、食べた可能性が高い物は△、食べたかどうか判別できない物には？ が付してある。背景欄には、人物達に関連して記載されていたり、風景として描かれている食物や食に関連する事項を記載した。

このような表は、食べたか食べなかった判別するに、危険な要素も含んでいる。例えば、「ディナー・タイムの前に家に戻っていた」とある場合、「ディナー・タイム」は単に時間を表しているのか、それとも家に戻って実際に食べたのか、コンテクストに従って判別しなければならない。もう一つの危険要素は、比喩としての食べ物である。しかし、こちらは比喩と明らかだから、表から除外してある。

	ヒースクリフ	キャサリン	エドガー	ロックウッド	ネリー	ヘアトン	キャシー	リントン・ヒースクリフ	背 景
I-I	○ ワイン			○ ワイン					食器類、オートケーキ、ビーフ、マトン、ハム
I-II	○ 食事			○ ディナー ○ 食事 ○ ブランデー		○ 食事 ○ 茶 ○ パン	○ 食事		グズベリーの茂み、鳩小屋、たっぷりの夕食、死んだ兎、羊、犬に粥、搾乳
I-III				× 朝食 × コーヒー					麦の袋、煙草、ジラが火おこし
I-IV	× 飢え	×夕食		○ 夕食 ○ 粥	?りんご ?梨				じゃがいも 干草用秤
I-V									
I-VI	× 夕食	×ディナー ×夕食 ?ニーガス ?ケーキ							デルフ焼の棚にピューター食器、飼育雉
I-VII	× ケーキとチーズ × 断食 ×クリスマスの正餐 ×たくさんのいいもの	○夕食 ×クリスマスの正餐	○クリスマスの正餐	× 粥	○クリスマス・ケーキ作り				クリスマスの正餐（タルト、果物、ガチョウ、りんごソース） 聖歌隊への軽食

	ヒースクリフ	キャサリン	エドガー	ロックウッド	ネリー	ヘアトン	キャシー	リントン・ヒースクリフ	背景
I-VIII						○ 砂糖と牛乳			朝食運びの娘，ディナーの1時間後
I-IX		×夕食 ？乳しようと粥			○ 夕食作り				赤ニシンを切ったナイフ、ブランデー、麦畑
I-X	×ティー	×ティー	×ティー	○ 雷鳥1対 ○ 薬					りんごの籠、ブランデー
I-XI		×水 ×朝食 ×ディナー ×ティー ×拒食				△ オレンジ			鳩に餌
I-XII		× 3日断食 × 粥 ○ 水 ○ 茶 ○ トースト							野鳥、牛乳運びの少年
I-XIII						○ オート粥 ○ 牛乳			輝きを失ったピューター、麦・麦芽・穀物の袋、粥作り
I-XIV									
II-I		？ オレンジ							
II-II									墓を覆うコケモモ

	ヒースクリフ	キャサリン	エドガー	ロックウッド	ネリー	ヘアトン	キャシー	リントン・ヒースクリフ	背 景
II-III	× 1週間共に食事せず ×ディナー								お茶、ジン、ブランデー、蒸留酒、水、ディナーナイフ
II-IV							○朝食からティーまで ○たっぷりの食糧 ○いいものどっさり ×ティー		
II-V							○ティー	○ ティー	
II-VI	○ 朝食					○ 朝食		× 牛乳粥 ○ 煮立てた牛乳かお茶	グズベリーの茂み
II-VII							×デイナー ？ティー	○ 甘いもの ○ いいもの ○ 牛乳 ○ トーストと水 ○ 粥	ムアの獲物、雷鳥の巣・卵、蜂蜜巣箱、牛乳運び、搾乳女、小麦買付け粉屋
II-VIII					○ ティー		○ ディナーからティーまで ○ティー		収穫遅、畑の幾つか取り払われず、土手にハシバミ、塀にブラックベリー・ローズヒップ

	ヒースクリフ	キャサリン	エドガー	ロックウッド	ネリー	ヘアトン	キャシー	リントン・ヒースクリフ	背景
II-IX			○ディナー時		○ディナー時	○ディナー	○ディナー時 ×食事 ○ティーの後	○ワイン入り水 ×水	エール、煙草、オートケーキ、狩猟
II-X	○猟					○雉	○暖めたワインと生姜パン ○ティーの後		ブンブンいう蜜蜂、ジラが搾乳
II-XI									
II-XII					○コケモモ		○コケモモ		牛飼少年
II-XIII	×お茶				×お茶 ○1日分食糧(4日5晩)		×「ここでは飲食しません」	×涙入りのお茶 ○お茶	牛をリーズへ
II-XIV							○水	○棒キャンディ	
II-XV									
II-XVI	○朝食 ○朝食					○朝食 ○朝食	×朝食 ○ワイン ×朝食 ×1日2回食 ×ディナー		
II-XVII	○愉快とはいえない食事			○愉快とはいえない食事		○愉快とはいえない食事	○野菜を料理 ?ジョウゼフと食事		

	ヒースクリフ	キャサリン	エドガー	ロックウッド	ネリー	ヘアトン	キャシー	リントン・ヒースクリフ	背景
II-XVIII				？夕食 ○熟成エール1パイント		○ 自分の食物 ○ 煙草 ○ 猟			ギマトンから収穫オート麦、ムアの羊、煙草、家によくある果樹、家畜を市へ
II-XIX	○ 私たちの食事 ○ 朝食 × ディナーを少し ×飲食をほとんど忘れ				○私たちの食事 ○ 朝食 ○ ディナー	○ 私たちの食事 ○ 朝食 ○ 粥の中に桜草 ○ ディナー	○ 私たちの食事 ○ 朝食 ○ 粥の中に桜草 ○ パン皮1かけ ○ ディナー		スグリとグズベリー除去
II-XX	× 食事で会うこと避 ○ 24時間で1回のみ食 ×「空腹じゃないよ」 ×山盛の皿 ×空腹で元気 ×夕食 ×パン ×コーヒー				○ 朝食 ○ 私たちの食事 △ 朝食準備	○ 朝食 ○ 私たちの食事 ○ 朝食	○ 朝食 ○ 私たちの食事 ○ 朝食		2本の矮小リンゴ樹、羊を連れた少年

人物達と背景の特徴

さて、表を見ると、作中人物の食状況は、それぞれの人物の性格や生活を表象していることがよくわかる。

まずヒースクリフを検討してみよう。拾われて来た出生の知れない汚い子であった。ところが、屋敷のお嬢様と一心同体であるかの恋をした。嵐が丘屋敷の主の交代後は、労働者の地位に落とされた。家出をし、金持ちとなって屋敷に戻り、復讐を誓った。屋敷を乗っ取り、偽りの結婚をし「悪魔なの？」と言われたこともあった。が、永遠の恋人は忘れることができず、キャサリンの死後も、キャサリンを追い続けた。現世を超えた世界で彼女と一体化できると感じた時、彼は食を断ってキャサリンの世界へと旅立った。しかし、ヒースクリフもキャサリンも死んでいるはずなのに、亡霊となってムアを一緒に歩いているらしい。ハロルド・ブルームは、編書『ヒースクリフ』の「イントロダクション」において「キャサリンとヒースクリフが死後に遂に成し遂げた２人だけの孤独状態は、野生でありかつ復活で、社会や規範の視野とは大変に異なった自由状態である」[29] と述べている。ヒースクリフは、最初に作品に登場した時から死の後まで、謎・野生・自由の人物なのである。

こうしたヒースクリフを、食調査表中のヒースクリフ欄で見てみよう。食べなかったという×印が多い人物である。×印は特に I-VII と II-XX に頻出している。I-VII は、彼が青年の頃、グレインジからエドガーとイザベラがやって来て、クリスマス・パーティーが開かれた時のことを描いている。この時ヒースクリフは、ヒンドリーが当主となり、ヒンドリーによって召使であるかの生活を強いられていた。クリスマスだったがヒースクリフは、一家の一員としてパーティーに加わることもできず、かつ本来の召使でもないため、召使達のパーティーに加わることもできなかった。さらにその上、恋するキャサリンは地位高く富有るエドガーへ心引かれていた。こうした状況で、ヒースクリフは立場上、祝祭の食事に加わることは不可能で、心理上、祝いの食を口にする気持ちは持てなかっただろう。そしてII-XXは、ヒースクリフが徐々に食欲を失い、死んでいった状況をネリーが語る章であるから、×印が並ぶはずである。

×印が並ぶヒースクリフにおいて、○印が付く具体的食品はただ一つしかない。I-Iにおいて、初めてやって来たロックウッドをもてなして、一緒に飲んだワインだけである。

こうなると、彼は「食べない人」となる。ところが彼の身体は、ネリーによれば「背の高いたくましい、立派な体格」(I-X)だという。さらに彼自身が「俺みたいに頑丈な体質と節度ある生活と危険の無い仕事をしていれば、頭に黒い毛がほとんど無くなるまで地上に留まらなければならないよ」(II-XIX)と、頑強さを宣言し長生きを予告している。肉体を構成し労働エネルギーを供給する食べ物を実際に食べる姿が描かれず、身体が大きく頑強とは矛盾である。食生活調査表、ヒースクリフの欄には「食事」とか「朝食」といった食事名が点在するため、ヒースクリフは日常の食事は食べていたのだろうと推察することも可能だが、しかし、ヒースクリフ全体をまとめると「食べなかったにもかかわらず、強い身体を持ち行動的だった、不思議な人」となる。

次にキャサリンについて考えてみよう。彼女の食については、記述が少ない。そして、○印も散見されるが×印の目立つ人である。規則的な食生活は営んでいなかったと推定されるし、食べることが好きな人だったとも思われない。実際、I-XIにあるように、意図的に食べることを拒否し、部屋に閉じ籠ることさえする人だった。ところが、自分勝手に閉じ籠っておきながら、3日目に飢えと寒さに耐えかねてネリーを呼び「水とお粥を頂戴」と頼み、お茶とトーストが与えられると「ガツガツ食べて飲みました」(I-XII)とあるように、彼女の食は気まぐれである。「気まぐれ」という点では、I-VIIクリスマスの正餐ではリントン家が招待され御馳走が並んでいたにも関わらず、ヒースクリフとヒンドリーが軋轢を見せると精神動揺を起こし、正餐は食べることはできなくなる。キャサリンの食生活をまとめると、気まぐれで、激しい気性が食を左右していると言える。

第1世代の主要人物として最後に検討するのはエドガーである。この人物が食べたという記述はゼロと言っていい。彼は嵐が丘屋敷で、クリスマス正餐のテーブルに就いた。客であるから、礼儀上、何か食べたかもしれないが、しかし前記のキャサリン同様、ヒースクリフとヒンドリーの対立で気まずい正餐で会ったため、食べたであろうがたくさんに食べたかは怪しい。エドガーは良家の息子であり、旧家の主人であり、結核を患い、書斎で本を読んでいる人だった。このような健康と生活ぶりでは、高カロリーは必要とせず食の細い人だっただろう。エドガーが食べない人として描かれているのは、理にかなっている。

食生活の検討は、第2世代に移る。第2世代においてはヘアトン・アーンショーが、第1世代のヒースクリフと立場的には対をなす。ヘアトンは実によく食べている。生まれてすぐに母を失い、ネリーから砂糖や牛乳で育てられたと書かれているが、読者の前に初めて姿を現すのは第I巻第II章である。この時彼は、肉体労働者の外見を持った少年となっている。彼の食情況はお茶の時間に大鉢からお茶を飲み、洗わない手でパンを食べる。I-XIIIで搾乳場から牛乳が1ガロン入りの水差しで運ばれて来ると、マグに注ぐことなく水差しに口を付けて牛乳を飲んでいる。少年なのだが、煙草も吸うし猟もする。こうした粗野な振舞いや肉体労働に、作者エミリーは知性や洗練を欠いた彼の性格を提示させている。しかし、たくましい身体を維持し、激しい農場労働を営むために、いつでもどのような物でも快く食べなければならなかったらしく、ヘアトンの欄には×印は一つも無い。II-XVIIIで、怪我をして何日か暖炉の前で過ごさなければならなかった時でさえ、食事を取ったという○印が付き、着実に食べていたことがわかる。こうした彼の食状況は彼の行動と相まって、どのような姿を読者の眼前に浮かび上がらせるだろう。がっしりとした肩、厚い胸、筋肉隆々とした腕、そして強い脚腰である。ヘアトンの食は読者に対し、強靭な肉体と磨かれてはいない知性へのイメージ的裏付けを与えている。

そして、このヘアトンと結婚することとなる女性、キャシーの食生活を見てみよう。グレインジのお嬢様、近隣の女王様として育てられ大切に世話された彼女の食生活は、規則正しかったと推定される。キャシーの生活ぶりを描くため、エミリーは、朝食からディナーまでとか、ディナーからティーまでといったように、食事名をもってキャシーの生活時間を表現しているからである。食事が時計の機能を果たし、逆に言えば、時計に従って彼女の食事は取られていた。そして、キャシーが具体的に食べた食品を見てみると、いいもの、暖めたワイン、生姜パンなど、嗜好品や贅沢品となっており、彼女の好みと彼女の家の富を物語る。しかし、キャシーもまた、母親のキャサリン同様、○印と×印が混在し、食べむらがあったこともわかる。ところが母親のキャサリンと異なる点がある。キャシーが食べなかったのは、結婚を強いられて嵐が丘屋敷に閉じ込められた時と、リントン・ヒースクリフの臨終を看取った時で、外的要因が彼女の食を奪った場合である。母親キャサリンは自分の気まぐれという自己要因で食を拒否したが、娘キャシーは他者からの要因で食べられず、母・娘では原因が反対である。母には自己中心的な性格と行動が付与されており、娘には愛他的で献身的で健気な姿が付与されている。

第2世代の最後にリントン・ヒースクリフを検討する。彼は生まれた時から「病気がちの気むずかしい子」(II-III) であった。「顔色は青白く、ひ弱そうで女の子のような感じのする少年」(II-V) で、結核だった。このような成育歴は、あまり食べなかったことを想像させる。実際、作品中の彼の飲食場面を読んでみると、牛乳で煮たお粥は食べられず (II-VI)、涙の落ちたお茶は飲めないと言っている。(II-XIII) ところが調査表の彼の欄を見てみると、意外に多くの○印が並んでいる。甘い物、いいもの、牛乳、粥、ワインを入れた水、棒キャンディなど、甘いもの・口当たりの良いものなら食べるのである。彼の食べる物は、甘い物が好きな幼児のようであり、離乳食期の乳児のようでもある。彼の食は身体機能が未発達な状況を示し、彼の性格が、好き嫌いが激しく我儘なこと・気分に左右されて感情的なこと、つまり理性で自分をコントロールできない幼稚さを持つことを示している。

『嵐が丘』という小説は、第1世代と第2世代の物語に分けることができる小説だが、2つの世代を通観している人物達がいる。召使のネリーと、都会からやって来てスラッシュクロス屋敷を借りて田舎住まいをすることとなったロックウッドの2人である。ネリーの場合は第1世代のさらに上、老アーンショウ夫妻の代からの経験を持ち、さらに第2世代の結婚後を展望し、3つの世代を経験した上でその後の時の展開も暗示している。ロックウッドの場合は、小説の始まりで「1801年」と語って1847年にいた初版読者を19世紀の始まりへ置き、小説最後でヒースクリフとキャサリンの亡霊を見たと泣いている少年に出会い、第1世代が時を超えて生きているかの経験を、過去を踏まえて読者に提供している。ネリーとロックウッドは、過去と現在を読者に告げて、さらに永遠と無限の広がりの中で物を語っている。登場人物であり語り手である2人の食を検討すると、彼らの性格を知り、作中人物を知り、作品背景を知り、時の広がりを知ることができるだろう。

まず、主たる語り手、ネリーを検討してみよう。彼女は実によく食べる人である。調査表を見ると、食べなかったと推定される場面が一つあるのみである。それは、ヒースクリフによってキャシーと共に嵐が丘屋敷に閉じ込められようとした場面で、その際ネリーは、ヒースクリフへの恐怖や逃げようとする気持ちから、ヒースクリフが入れたお茶を飲まなかったと推定される。あとはほぼ全て食べた状況となっている。さらに、嵐が丘屋敷に4日5晩、閉じ込められていた間でさえ、1日1回、ヘアトンが運んで来た食べ物をきちんと食べていたらしい。ネリーが屋敷から逃げることに成功して、グレインジの召使ジラに会った時、ジラは「そんなにやつれていないね。閉じ込められていたけれど、そんなにひどい状況じゃなかったんだね」と言っている。(II-XIV) ネリーは間食も好きらしく、キャシーが野原でコケモモを摘んで食べると、すぐに一緒になって食べている。たくさんに頻繁に食べるから、彼女が太っていることが想像される。実際、ネリーが言っている。「私は太っていますから、すぐに息が切れてしまうのです。」(II-XIII) そして、彼女の食べぶりと肥満は、彼女が家政婦であることと整合性を持っている。家政婦は食事の采配を振るう人。家族に優しく食べ物を与え、世話をして、話し相手になってくれる人。食を媒介にして見えて来るネリーは、アーンショウ家とリントン家、2 つの家の歴史を見つめて愛し、2 つの家の合体を見届け、合体後の愛ある永遠を読者に感じさせる語り手となっている。

次は、ロックウッドを検討してみよう。彼は「私の家はここではありませんし、私は忙しい世界の人間で」(II-XI) と自らを語り、自分がこの地域の部外者であることを表明している。そして、食生活調査表の彼の欄を見ると、本当に部外者の食生活をしている。ディナーの時間は都会風にして欲しいと言う。彼がしばしば口にするものはワイン、ブランデー、熟成したエールというアルコール嗜好飲料である。しかもそれらのアルコールをどのような時に飲んだのか見てみると、他人の家を訪問した際、訪問先からもてなしとして出された時となっている。つまり社交である。部外者が部内へ受容されるためには、社交が大切である。だから彼は、I-III において風邪をひき食欲が無い時に、朝食は取らずコーヒーも飲まない。自分が一人の時は、自分の体調に合わせて飲食しないのだが、II-XVII にあるように、グレインジを借りることを止める事を告げるため、家主ヒースクリフを嵐が丘屋敷に再訪した際、キャシーが料理したディナーを勧められ「愉快とは言えない食事」と思いながらも食べている。社交上必要ならば、部外者は無理をしてでも部内者の意向に沿わなければならない。他方、部内者も部外者へ平素の礼節を尽くして、土地の名産である雷鳥を一対、彼に贈り物として届けることもしている。ロックウッドは一人では食べないで他人と一緒なら食べる人、贈り物を受ける人。全体まとめれば、ロックウッドの食は彼が外からやって来た人であることを示している。こうした彼は、地元の人々とは違った生活態度・価値観・視野を読者に提示する。『嵐が丘』は、ロックウッドによって地元一辺倒ではない多様と他様を付与されて、作品世界が広がっている。

最後に調査表最後の「背景欄」、すなわち嵐が丘地域の種々の食模様を検討してみよう。この欄は、この地域や関連人物における料理、食品、食材料、食関連活動、そして食器を記した欄である。この欄を見ると、嵐が丘地域は食物供給に脆弱性をはらみながら、食物が豊かであることが見えてくる。家の周りにはグズベリーやスグリが自然に生えている。周辺のムアには、コケモモが実を付けて、ハシバミが実を結び、雷鳥のような猟の獲物も手に入る。家の中にはピューターの食器が棚に並び、オートケーキやビーフやマトンやハムのストックがある。さらに地下室へ行けば自家製ビールが寝かされている。嵐が丘屋敷は農家であるから、小麦を作り、ジャガイモを作り、牛を飼って乳を搾っている。作品には、ギマトンやリーズの町も言及されており、町が持つ商業機能を想起させ、この地域だけでは手に入らない食品も、町へ行けば購入可能であること、あるいは輸送されて来ることを示唆している。孤立しているこの地域は、実は開けた地域なのである。嵐が丘地域は、狭くて広い。そしてこれは、エミリーがロー・ヒル校にいた時ハリファックスの町を見て、自然・文化・産業の共存と広がりを見たことが作品に忍び込んでいるためと考えられる。

しかし『嵐が丘』には、食品調達の困難性も記述されている。ギマトン周辺は小麦の収穫が遅いという。冬になれば牛乳は不足し、羊は雪から守られなければならないという。北国では冬は食料生産が困難となり、食料が不足しがちとなる。嵐が丘地域の食料供給は、豊かさと欠乏の併存である。

表には3つの「煙草」がある。これらはジョウゼフ、空き屋となったグレインジの留守番をしていた「年取った女性」、そして英語を正しく読むことのできなかった頃のヘアトンが吸っていたパイプ煙草である。パイプ煙草は、肉体労働と知の欠如の指標と考えられるが、ヒースクリフは煙草を吸っていない。素生が知れず、ムアを好み、農場仕事をしても、煙草を指標とする限り、ヒースクリフが完全に肉体労働の世界とは言えない。

考察

「現実」と「妄想」という矛盾の解決を、食べ物を鍵に解明を図り、食生活調査表を作成して検討した。すると明らかになったものは、一見の矛盾が実は、理にかなった当然ということである。それぞれの人物の食生活と性格・行動は整合性を持っている。作品の語り手や食品背景は、広範な世界と永遠を暗示している。人物達と背景が具体性と表象性と混在させているために、小説読者は矛盾・混沌を感ずるかもしれない。しかし、具体と表象は読者の心の中に、無限の膨らみを生む。食べ物を探ると、エミリーが持つ空想力と知性が見え隠れし、『嵐が丘』に「嵐」と「凪」[30] が共存することが理解できる。これは個であり孤であったエミリーが、全と汎を見ることができたためだろう。

註

＊本章におけるエミリー・ブロンテの生涯に関する記述は、Winifred Gérin による伝記 *Emily Brontë: A Biography* を大きな典拠としています。

＊本章「第2節『嵐が丘』: 食生活調査」は、拙稿「『嵐が丘』食生活調査」中岡洋・内田能嗣共編著『ブロンテ姉妹の時空』東京 : 北星堂書店、1997年を基盤としています。

1. Charlotte Brontë. "Editor's Preface to the New Edition of *Wuthering Heights.*" Emily Brontë. *Wuthering Heights*. Oxford: Oxford World's Classics, 2009. p.308.

2. Loc. cit.
3. Winifred Gérin. *Emily Brontë: A Biography*. Oxford: Oxford University Press, 1978. pp.7f.
4. See. Christine Alexander and Jane Sellars, eds. *The Art of the Brontës*. Cambridge: Cambridge University Press, 1995.
5. Gérin. p.35.
6. T. J. Wise and John Symington, eds. The *Btontës: Their Lives, Friendships & Correspondence in Four Volumes*. Oxford: The Shakespeare Head Press, 1932. Vol. I p.298, Vol. II p.41, Vol. II p.78.
7. Gérin. p.39.
8. Ibid. p.65.
9. Ibid. p.114.
10. Ibid. p.35.
11. Ibid. p.171.
12. David Cecil. *Early Victorian Novelists*. London: Constable, 1934. p.151.
13. Wise and Symington. Vol. I p.162.
14. Edward Chitham. *A Life of Emily Brontë*. Oxford: Basil Blackwell, 1987. p.114.
15. Elizabeth Gaskell. *The Life of Charlotte Brontë*. Harmondsworth: Penguin, 1975. (orig. 1857.) p.230.
16. Wise and Symington. Vol. II p.273.
17. Gérin. p.130.
18. Wise and Symington. Vol. I p.194.
19. Gérin. p.63.
20. Wise and Symington. Vol. I p.298.
21. Christine Alexander and Margaret Smith, eds. *The Oxford Companion to the Brontës*. Oxford: Oxford University Press, 2003. p.371.
22. See. Mary Visick. *The Genesis of Wuthering Heights*. Oxford: Oxford University Press, 1965.
23. Hilda Marsden and Ian Jack, eds. *Wuthering Heights*. Oxford: Clarendon Press, 1976. p.xvi.
24. Wise and Symington. Vol. II p.280.
25. Miriam Allott, ed. *The Brontës: The Critical Heritage*. London: Routledge, 2010. (orig. 1974.) pp.279f.
26. Wise and Symington. Vol. II p.285.
27. C. Day Lewis. *Notable Images of Virtue*. Toronto: The Ryerson Press, 1954. p.24.

28. Miriam Allott. p.218.
29. Harold Bloom, ed. *Heathcliff: Major Literary Characters*. New York: Chelsea House Publishers, 1993. p.1.
30. Cecil. p.152.

下掲は、エミリー・ブロンテが 1837 年 6 月 26 日付けで書いた「日誌」である。牧師館の客間でアンと共に書き物をするイラストの周りに、日誌の本文が記載されている。文字が小さく滲みがあって読みにくいが、大文字・小文字の区別は不明瞭で、句読点使用法は正統ではなく、字句挿入も気ままである。日誌の執筆・読者環境は自分とアンのみであることを考慮しても、エミリーが文章記載の規範に則り整えて書く意識が薄かったことは確かである。

Alexander and Sellars. *The Art of the Btontës*. LIV

第8章
アン・ブロンテと『アグネス・グレイ』

第1節　アン・ブロンテの生涯 (Anne Brontë, 1820–1849)

誕生から教育まで

アン・ブロンテは1820年1月17日、ソーントンの牧師館で6児の中の第6子として生まれた。彼女が生後3ケ月の頃、1820年4月20日、ブロンテ一家は父パトリックの新任地、ハワースへ移住した。そして1821年9月15日、母のマリアが亡くなった。アンは1歳8ケ月だった。2歳にもならないうちに、アンは母の無い子となった。

父は再婚の努力を繰り返したが成功せず、妻・母・主婦となってくれる第2の女性を得ることはできなかった。そして、マリアの看病のためにペンザンスからハワースへ来ていた、マリアの姉エリザベス・ブランウェルが牧師館に定住することとなった。エリザベスは、シャーロット出産の折に手伝いに来ていた経験があり、そして看病のための滞在があって牧師館の生活は知っていた。

このような経緯の中、一番幼いアンは“Aunt Branwell”「伯母ブランウェル」のお気に入りであった。母が亡くなった時アンは2歳に満たず、母の記憶を持っていない。アンは自然に代理母としての伯母に、本当の母であるかのような親密感を抱いた。そしてまたアンは身体が弱く伯母の世話を必要とし、世話はさらに2人の愛情を育んだ。その上アンは、成長につれ美貌も増していった。シャーロットの友人エレン・ナシーが、1833年夏、牧師館を訪ねた際の13歳のアンは「髪は明るい茶色で大変美しく、優雅な巻毛を作って肩に掛かっていました。紫色を帯びた青い目をしていて、眉毛は細く描いたようで、顔色は透き通っていてほとんど透明でした。」[1] アンは伯母のお気に入りとして 6 児の中でも一段と愛されて育った。幼少よりの大きな愛は、エレンによって「親愛な優しいアン」[2] と表現される穏やかな性格を生んだ。

アンは伯母と父から、読み書きといった基本的な教育と女子としてのたしなみ教育を受け、ピアノと絵にすぐれていた。文芸創作はきょうだい達の楽しみであったから、アンの場合、エミリーと共に「ゴンダル物語」を連作した。そして 1835 年 10 月、15 歳のアンは、シャーロットがロウ・ヘッド校の教師として働く給料の見返りにロウ・ヘッド校の生徒となった。ロウ・ヘッド校でアンは、将来、教師になることを目指し、教養科目の中から算数・地理・歴史・音楽・歌・絵・英語・フランス語・ドイツ語・ラテン語を誠実に学んだ。アンは語学には特に熱心で、そして珍しいことにラテン語を学んだ。入学 1 年後の 1836 年 12 月、アンは「品行方正賞」を受け、賛美歌作者として有名なアイザック・ワッツ（1674–1748）著『心の改良』を記念品として授与された。[3]記念品が、自主的思考を推奨する賛美歌作者の書籍だったことは、我々が当時の賞品の一例を知る参考となり、それと共にミス・ウラーの教育理念を知る手立てとなる。

ロウ・ヘッド校の食事は、たっぷりとしたものだった。[4] そして、アンは 4 人の姉達と異なり「聖職者の娘達のための学校」を経験してはいない。ほぼ 16 歳となるまでのアンの食生活は、欠乏や冷酷さが無い、温和な食生活の連続であった。

しかし 1837 年、デューズベリ・ムアに移転していたウラー校に在学中のアンは呼吸困難や発熱を起こし、シャーロットはアンの健康を懸念した。アンの病の根底には、デューズベリ・ムアの気候の悪さやウラー校における精神不安があったと推定されている。シャーロットは、校長のミス・ウラーがアンの健康状態に対し十分な配慮をしないとして、ミス・ウラーと意見を対立させた。健康を回復できないアンは、1837年12月にロウ・ヘッドを去ってハワースへ戻った。

アンの健康問題で、ミス・ウラーと意見対立をしたシャーロットは、この不健康な地で教師を続ける気持ちを失い、シャーロットもまた1838年5月、ハワースへ戻った。3姉妹がそろっての牧師館生活が、再び始まった。

職業生活期

アンの健康は牧師館で家族と過ごす生活によって回復し、そしてアンは自立を願い、1839年4月、マーフィールドの地にあるブレイク・ホールに住む実業家、インガム家の家庭教師に採用された。初めての職業生活を開始したのである。そしてこのインガム家が、『アグネス・グレイ』におけるブルームフィールド家のモデルである。アンがインガム家で教えたのは、全5児居た内、年長の2人である。アンが2人の指導において、そしてまたブレイク・ホールでの生活においてどのように苦労したかは、『アグネス・グレイ』で推察できる。しかし、望むような指導が得られないと考えたインガム夫人の判断により、アンは解雇され、1839年12月、ブレイク・ホールから牧師館へ戻った。アンの初めての職業生活は、9ケ月で終わったが、わずか9ケ月であったにしても、アンは地方地主の家で暮らし地方地主の家の食事を経験した。

アンがブレイク・ホールから戻る前の1839年8月に、ハワースの牧師館にはパトリックの牧師補としてウィリアム・ウェイトマンが着任していた。陽気なウェイトマンは、今までなかった娯楽の要素を牧師館生活に与えた。彼は全ての人に魅力的に振舞ったし、教区民には親切で寛大だったし、そして姉妹達全員にバレンタイン・カードを送るという遊び心を示した。アンはウェイトマンに心引かれ、そしてまたウェイトマンもアンに心引かれていた様子が、シャーロットによって観察されている。[5] そしてウェイトマン牧師補は、『アグネス・グレイ』におけるウェストン牧師補のモデルとなっている。

1841 年、アンは次の家庭教師先を見つけることができた。ヨークの近くにあるソープ・グリーン・ホールに住む、エドワード・ロビンソン牧師の一家であった。夫人の父は結婚時、6,000 ポンドの年金をロビンソン夫人に付けていた。生徒は 4 人で、長女リディア、次女エリザベス、3 女メアリーには女性としてのたしなみ教育を行った。男児エドモンドには、ラテン語のみ教えた可能性がある。ロビンソン家は、『アグネス・グレイ』におけるマリー家のモデルとなっている。しかしアンは、社会的地位も高く豊かであったロビンソン家でも、前のインガム家同様、尊敬を持った扱いを受けなかった。

いや、イギリス 19 世紀において、住み込みの女性家庭教師は「中流女性が対面を汚さず就くことのできる数少ない職業」の一つにすぎず、雇用主家族から大切にされることは前提ではなかった。[6] 女性家庭教師職はこの時代、子ども達の朝の着替えから夜寝るまでの世話をしつつ教育に従事する、雑多で長時間の重労働だった。家庭教師を雇うだけの経済的ゆとりのある家庭では、子供達は既に甘やかされていたし、雇用家庭に家庭教師を尊敬する気持ちが無いのが普通だった。

名目賃金はメイド・クラスから比べれば高かった。中産階級が富かになって行った 19 世紀、結婚して豊かな家の主婦となり、初めて家の管理をすることとなった女性達のため、数多くの家政読本が出版された。金銭管理、子の養育、看護看病、家屋の整備、召使管理、家としての社交、日々の食事の手配などを教える書である。しかし、そのような書籍の一つ *A New System of Practical Domestic Economy*（1823）[7] には「家庭教師」に関する記載はない。1820 年代には、家庭教師が明示できなかったことが推定される。

イギリスの家政書としては、Mrs. Isabella Beeton 著、*The Book of Household Management* が有名である。[8] 雑誌連載の後、連載記事を編集して書籍の形で 1861 年に出版され、大人気となった。この書は、料理に比重を置きつつ、家政一般を指南している。そして、召使に関しては、男性を何人、女性を何人雇ったらよいかを教え、それぞれの召使の職務を、豊富なイラストと共に詳細に記述している。ところが、ビートン夫人が記述する召使達の中にも住み込みの女性家庭教師は記載されていない。記載が無いことは、1861年になっても、家庭教師は、いわば、規定しがたく不透明な影の存在だったことである。この不透明性のため、中流女性が教師として働くこととなった時、雑多な職務を要求され、雇用家庭内で不確定な地位に置かれ、心身の疲労を生んだことは推測に難くない。

しかし、アンが1841年ロビンソン家の家庭教師になった時の年俸は『アグネス・グレイ』を用いれば50ポンドだったし、アグネスは新聞広告で家庭教師先を検討していたから、1840年代には「住み込み女性家庭教師」が普及していたこと、および家庭教師の俸給が他の家庭内女性労働者よりも高かったことが推定される。

ブロンテ3姉妹は家庭教師・学校教師として苦労したため、1841年、姉妹たちが教師となる「ブロンテ姉妹学校」の設立・運営が企画された。自分達のこの学校のため、シャーロットとエミリーはブリュッセルへ留学した。しかしアンは、ロビンソン家の家庭教師職から離れることができなかったため、留学はせず、そのまま家庭教師を続けた。

アンは仕事を継続し、ロビンソン家の3人の女子生徒とは親しさのある人間関係を築くことができた。長女リディアは15歳、次女エリザベスは14歳、3女メアリーは12歳で、比較的年齢が高かった。そして、1843年1月、アンの推薦により、兄ブランウェルがロビンソン家の男児エドモンドの家庭教師として雇用され、同じ家に兄と妹が住むこととなった。

アンの今回の家庭教師の仕事には、楽しい面もあった。それはロビンソン一家が海浜保養地スカーバラで夏を過ごす際、一家に同行できたことである。一家と共に海に面したグランド・ホテルに滞在し、アンはスカーバラの海浜風景や海の空気に心洗われるかのような思いを抱いた。

そしてスカーバラは『アグネス・グレイ』終結部近く、アグネスと母が学校を開設した地のモデルとなり、その浜辺はアグネスが結婚を望んでいたウェストン牧師補と再会を果たす場となっている。

スカーバラは、アンに一流ホテルの食事を体験させ、そしてリゾート地の食文化をアンに教えることとなった。ロビンソン家はスカーバラのグランド・ホテルに滞在したのだが、アンが滞在した建物は残っていない。しかしスカーバラ市の中心を占め、1863 年、ヴィクトリア朝様式で再建され、現在でも繁栄している。「英国海岸にある英国史七驚異」の一つとして『デイリー・メイル紙』で特集され、南湾と港を見下すロケーションを誇っている。アンの手による現存資料は少ないため、アンが 19 世紀にこのホテルでどのような食事をしたかをアンの直筆から知ることはできない。そのため、現在のグランド・ホテルのホームページを参照してみると、同ホテルのメイン・レストランは「息を飲むような海岸風景を眺めつつ、3 コースからなる朝食・夕食ビュフェをゆったりと楽しむことができる」とある。[9]

しかしアンは、1845 年 6 月、ロビンソン家を辞職する。ブランウェルとロビンソン夫人の関係に傷付いたことが大きい。アン辞職の翌月、ブランウェルはロビンソン家を解雇されてハワースへ戻った。

スカーバラ海辺風景

作家への道

1845年6月、3姉妹は再び牧師館で一緒に生活することとなった。自分達の学校開設は実現していなかった。そしてこの年の秋、シャーロットは偶然、エミリーが隠し持っていた詩のノートを見つけて読み、優れた詩であり出版できると感じた。エミリーは、隠しておいた詩を無断で読んだシャーロットに激昂した。しかしその時アンは「シャーロットをいつでも感心させていた完全な落ち着きを持って立ち上がり、自分の詩を書きためてあるちいさなノートを取って来て、シャーロットに手渡した。アンがこの時シャーロットに言った言葉は『エミリーの詩が好きなのだから、私の詩を見てみたいかもしれないわ』。」[10] 激しく怒るエミリーに対し、アンの言葉は "you might like to look at mine" と控え目である。言葉は控えめだが実際の行動において、アンは自分のノートを自主的に持って来ており出版に対し積極的である。アンは、控えめでおとなしく、しかし強くて行動力がある。

3姉妹の詩はシャーロットによってまとめられ、シャーロットによって出版社探しが行われ、1846年5月22日頃、エイロット・アンド・ジョーンズ社から『カラ、エリス、アクトン・ベル詩集』の書名で出版された。アンの詩は21編含まれていた。詩集は2冊しか売れず、献本したが好評を呼ばず、3姉妹の初出版は失敗に終わった。

しかし3姉妹は、詩集出版準備と並行して小説執筆にも従事していた。シャーロットは『教授』、エミリーは『嵐が丘』、そしてアンは『アグネス・グレイ』を書いていた。各自の小説が完成すると、シャーロットは3編の小説の出版社を探し、『嵐が丘』と『アグネス・グレイ』に対しては、ニュービー社から出版受諾を取り付けることができた。2つの作品は3巻本として1847年12月14日に出版された。『嵐が丘』が第1巻と第2巻を占め、『アグネス・グレイ』は第3巻に置かれていた。『教授』を引き受けてくれる出版社は無かった。

しかし、シャーロットは1846年の夏『ジェイン・エア』を書いていた。ニュービー社から『嵐が丘』『アグネス・グレイ』が出版される前に『ジェイン・エア』は1847年10月にスミス・エルダー社から出版され、大ヒットとなっていた。そしてニュービーは、アンの次の小説『ワイルドフェル・ホールの住人』が、大ヒット作家カラ・ベルの作品であるかのように偽った。3姉妹のペン・ネーム使用とニュービーの策略は混乱を引き起こし、姉妹には自分達の正体を説明する必要が生じた。1848年7月、シャーロットとアンはロンドンのコーンヒルに社屋を構えていたスミス・エルダー社を訪れ、自分達が3姉妹であること、そして実名を告げた。大ヒット作家シャーロット・ブロンテを迎えたジョージ・スミスは、2人をもてなした。アンとシャーロットはスミスの手配でオペラを観たり、王立美術院展覧会や国立美術館を見たりして、3人にとっては芸術世界への展望を広げる機会となった。アンの希望により、サー・クリストファー・レンの設計に従って再建された教会、聖スティーヴン教会で説教を聞くこともできた。そして『ワイルドフェル・ホールの住人』は、1848年6月、ニュービー社から出版された。

死、そして食生活

しかしこの時すでに、アンの体は蝕まれていた。1849年1月、アンはエミリーとは異なり医師の診察を希望し、そして肺結核であると診断された。エミリーとさらに異なったことは、アンは治療を拒むことなく積極的に受け入れた。この時代、結核治療として一般的に用いられた方法は転地だった。1849年5月、アンは、シャーロットとエレン・ナシーの介護を受けつつ汽車に乗り、好みの地スカーバラの空気の中へ転地した。しかし回復は得られなかった。1日に2回か3回、往診にやって来ていたスカーバラの医師は、アンの心が死を望むことに定まっており、そしてアンの精神がしっかり落ち着いていることに驚いた。そして死の日、1849年5月28日、死が近いことを感じて泣いていたシャーロットに対し、死を前にしたアンの方がはっきりと言った。「勇気を出して、シャーロット。勇気を出して！」[11] こうした臨終の様子は、敬虔で穏やかで、しかし強靭なアンの生涯を凝縮しているかのようである。アンの遺体は、スカーバラのセント・メアリー教会墓地に埋葬された。21世紀の現在も、アンの墓はスカーバラにある。

アンの一生を振り返ってみれば、2歳にならないうちに母を失い、母の記憶は無い。しかし母親代わりとなってくれた伯母に愛され、美貌を持ち、末子としての庇護を受け、穏やかな性格を形成して行った。しかし一方、姉2人の死を経験し、自分の家族が生計を営む苦労を見て成長し、自立への意思と強さを秘めた性格もまた形成して行った。学校教育はシャーロットに比べれば短く、そしてブリュッセルで学ぶという留学経験は持たなかった。だが、作家への希望は強く、精神的に耐える力も強く、家庭教師として働いた期間は2つの家を合計すると述べ5年で、3姉妹の中で最も長い。アンが残した小説は2編。詩が約60編。シャーロットほど多くの小説作品を残しはしなかった。家庭教師年数が長かったため自由時間が取れなかったことと、わずか29歳という短命のため、多くの作品を残すことは難しかった。

アンの食生活がどのようなものであったか、記述は少ない。アンの日常生活全般に関する一次資料が極めて少ないことが最大原因である。手紙は何百通か書いたと推定されているが、現存は5通のみ[12] である。「日誌」も、エミリーが主たる記述者で、アンは補佐的立場である。一次資料が少ないため、アンの伝記作者であるウィニフレッド・ジェリンもエドワード・チタムも、あるいはブロンテ家全体を扱った伝記の作者ジュリエット・バーカーも、アンに特定して彼女の食べ物まで記述することはしていない。アンの日常食を知るために、我々は、シャーロットから、エミリーから、あるいはブロンテ家に関与した人々から、アンの小説作品から推察することとなる。そして、推察されるアンの食生活は、他のきょうだい達に比べれば波乱が少なかったアンの生活の中にあって、食もまた穏やかなものであったと言える。

アンの生涯を振り返れば「親愛な優しいアン」と言われ、親しみを抱かせおとなしく控え目なアンだった。しかし、仕事に耐え、出版に対する積極性を持ち、死と屈強に闘う強靭なアンであった。自伝的な性質が強い『アグネス・グレイ』の第1章では、甘やかされた下の娘と思われていたアグネスが自分の意志に基づいて家庭教師として働くこととなり、そして家を離れることを目前にペットの鳩たちに餌をやっていた。弱いと思われているが実は強い意志を持ち、弱さと強さの共存上で他を育む優しさを持つアンの反映である。こうしたアンを踏まえ、『アグネス・グレイ』の食状況を、次節で検討してみよう。

第2節　『アグネス・グレイ』における食模様

本節の進め方

『アグネス・グレイ』の第1章「牧師館」は「全ての真実の物語は教えを含んでいる …… 私は（私の物語が）ある人達に対しては役に立ち、そしてまた他の人達に対しては楽しみの源となるかもしれないと、時々考えている」という書き出しで始められている。アンは、『アグネス・グレイ』が、真実に基づいたリアリズム小説であること、教訓を含んでいること、楽しみとなるよう意図したことを冒頭で明言している。アンが「真実の物語」としていることは、この小説における食模様を探るには便利である。具体的に料理・食品・食事の様子が描かれることだろう。本節では、小説の進行に沿いつつ、真実・教訓・楽しみを念頭に、小説内の食の状況や、食の意味を検討する。

庇護から自立へ

小説の始まりにおける主人公アグネスの生活は、十分に快適であった。父は地方牧師。母は裕福な地方地主の家の出身。しかし母は、両親の反対を押し切って身分は下である牧師と結婚した。地位・身分・お金より、愛情を優先させた結婚だった。グレイ夫妻は6児を得たが4児を失い、そして今は長女メアリーと次女アグネスと共に、教区牧師の一家として僧禄と資産をもとに、教区民から信頼されて暮らしている。2人の娘の教育は父と母によって行われている。しかし生活が快適であったにも関わらず、父は友人の勧めに従い自分の世襲財産を売り払い、得た代金すべてを友人に言われたままに貿易に投資してしまった。ところが貿易品を乗せた船が難破し、父は全財産を失った。一家は一挙に、わずかな牧師俸禄で生活しなければならない生活へ転じた。グレイ家は、切り詰めた生活をすることとなる。

グレイ家がどのように生活を切り詰めたか、見てみよう。まず、小型の馬車と馬車を引いていたポニーを売った。馬車置き場は、賃料を得るため貸しに出された。召使は一人を残して解雇された。服は繕いを重ねて着た。そして「私達の食べ物は、いつも質素だったのですが、父の好きな料理を除いて、今はかつてないほど単純にされました。」(1) 食事は以前から質素だったこと、収入が減った後は単純に、すなわち品数が減らされたり料理の手間がかからないようにされたことがわかる。しかし父の好みは維持されたのだから、収入のいかんにかかわらず、父が尊敬されていたことがわかる。

しかし売却や切り詰めにも限度があり、グレイ一家は牧師の禄に加えて収入を得る必要があった。そこで次女アグネスは、それまで子供扱いされて来た自分だが、一人前の家庭教師として働くことができると両親に申し出た。既に18歳だからと、両親を説得することに成功し、そしてブルームフィールド夫人から雇用返事の手紙を得た。ブルームフィールド氏は豊かな退職貿易商人だった。

アグネスは、9月半ばの早朝、雇った馬車に乗り、寒さの中で数時間の馬車旅をして、午後1時近くに馬車を降り、ようやくにウェルウッド屋敷に到着した。馬車旅は寒かったが、屋敷内も寒かった。アグネスを迎えたブルームフィールド夫人は、外の寒さ、そして家の寒さと同じように「立ち居振る舞いが、やや冷たい人だった。…… 背が高く痩せていて威厳ある態度の女性で、黒い髪をし、冷たい灰色の目で、顔色はとても悪かった。」(II) 出発から到着までの全行程で、アグネスは寒さの中に置かれ、そして到着後は冷たい夫人と対面している。

家庭教師生活の始まり

到着したアグネスは、出迎えたブルームフィールド夫人によって、家族にとっての昼食、しかしアグネスにとってのディナーのため、食堂へ案内される。アグネスの前に置かれたものは「幾切れかのビーフステーキと半分冷たくなったジャガイモ」(II) であった。アグネスは、そのディナーを食べることに苦労する。「ビーフステーキが固く、寒さで手がかじかんでいて、ナイフで固い肉を切ることが難しかった」からである。「私はジャガイモだけ食べて、肉は置いておきたかった。でも、私に与えられたビーフステーキの一切れは大きかったので、残すのは失礼と思い、寒さで動かない手を使ってナイフで一口大に切ることに苦戦した。」肉に苦労するアグネスに対し、ブルームフィールド夫人の態度は冷たい。「『寒いと思いますよ』と彼女は、冷たく、相変わらずの重々しさで言った。寒さのせいと言われても私は安堵を得ることはできなかった。」(II)

ブルームフィールド家最初の食事描写は、具体的である。昼食とディナーの違いが断り書きされて、雇用主と被雇用者の地位の違いと食事パターンの違いが明示されている。どのような食品が出されたか、どのような品質だったか、どのように料理されていたか、どのような状態で出されたかが書いてある。小説読者は、まるで動画で見るかのように、この食事場面の状況を知ることができる。しかし具体的でいながら、この食事場面は暗に示すものも持っている。料理も人も冷たいこの食事、この家での生活は冷たいだろう、この家で優しさは得られないだろう。読者は自然に、アグネスのこれからの生活を予測してしまう。アンはリアリズムが強いと言われるが、表象性も持っている。

次の第 III 章「さらに幾つかの教え」において、アンは前章での暗示をさらに幾つかの具体例を用いて詳述する。午後 1 時の食事場面がある。この食事は一家が同時に同一テーブルで取ったのだが、子供達とアグネスにとってはディナー、しかしブルームフィールド夫妻にとっては昼食となっていて、子供達と夫妻では食事目的が異なっている。そしてアグネスは夫妻と同一テーブルに就いて、初めてブルームフィールド氏を見ることとなった。アグネスはまず、「ブルームフィールド氏の食卓での振る舞いは、彼に対する私の尊敬をあまり高めはしなかった」と述べてから、食事の状況を詳述する。この日、テーブルの上に置かれていた物は「マトンの足のロースト」で、ブルームフィールド氏はローストを切り分けた後、自分用の一切れを「さまざまな方向にひっくり返し、異なった視点から眺めて、そしてこの肉は食べるに適していないと表明し、そして冷たいビーフを持って来るよう命じた。」(III) ブルームフィールド夫人は、マトンの何がいけないのかと夫に尋ねる。返事は「完全に火の入れ過ぎだ。ローストの良さが全て失われてしまっている。わからないのかね、おいしい赤い肉汁が全部乾いて飛んでいる。」(III) ブルームフィールド氏の命令に従い、マトンの代わりにビーフが彼の前に置かれ、今度は、彼はビーフの切り分けを始める。が、またもや「最強の悲しみを込めた不満を表した。」不満の理由は、台所働きの召使達が、前日のロースト・ビーフからテーブルへ運ぶ適量を切り取った時の切り取り方だった。ブルームフィールド氏は、今後、台所働きには上等な料理に手を触れさせないようにと夫人に命ずる。

この食事場面もこと細かに記述され、読者に実際状況が伝わって来る。しかし我々が気を付けなければならないことは、アグネスがこの場面描写を「ブルームフィールド氏への尊敬をあまり高めはしなかった」という前書きで始めていることである。アグネスはこの場面を用いて、ブルームフィールド氏に対する低い評価を読者に伝えたかった。そして食事状況を用いて、理由付けをしたのである。2つの理由が読み取れる。1は彼が食べ物を粗末に扱ったこと、2は夫人や召使達を尊敬していないことである。彼の振る舞いはアグネスの実家の生き方と異なっていた。グレイ一家は、質素な食事・衣服は繕って着るなど、物は大切にして生活していた。父は財産を失っても家族から大切にされ、母・姉・アグネスは互いを尊重し協力して生計維持に努めていた。作者アンは詳述を用いて自分の価値観を表現している。この場面もまた、リアリズムを言われるアンに表象性があることを示している。

そして食事メニューの観点からは、地方に暮らす豊かな家族が昼の食事にマトンの足のローストを食べること、あるいは前日のロースト・ビーフが翌日はコールド・ミートとして利用されていたことがわかる。

アグネスが家庭教師として働くにあたり、困難を増している2人の人物が居た。1人目は、ブルームフィールド氏の母だった。彼女はブルームフィールド氏にアグネスが家庭教師としての仕事を十分に果たしていないとブルームフィールド氏に告げ、アグネスは頻繁にブルームフィールド氏から教室での指導状況を視察されることとなった。逆境にめげず、アグネスが男児トムに対し罰として夜食を与えないことにしていたにも関わらず、夜食なしではかわいそうと、アグネスの指導を無視して母がトムに夜食を与える。アグネスにとって祖母は、指導計画を乱す根源人物であった。しかし夜食を与えないことが指導の一環としてアグネスにとって当然だったことは、我々が19世紀の教育事情を知るに有益である。

2人目は、ロブソン伯父であった。彼は屋敷に時折訪れるだけの人物だったが、子供達が動物を手荒に扱うことを奨励するかの行動を取った。動物を大切にしないことは、ペットを大切にする家に育ったアグネスに取って耐えがたいことだった。アグネスの価値観はまた、ペットを大切にしたブロンテ家の価値観でもある。さらに、アグネスがロブソン伯父を嫌った理由は、飲酒である。彼は「酒びたりとはっきり言えるわけではなかったが、常に大量のワインを飲んでおり、そして時々、大変においしそうに水割りブランデーを飲んでいた。」(V) ブランウェルの飲酒がブロンテ家にとって大きな問題だったこともあり、作者アンは飲酒には否定的である。

非難の対象とした酒の種類は、『ワイルドフェル・ホールの住人』第III巻第4章を読むと良くわかる。息子アーサーが酒を嫌いになるようにと、ヘレン・ハンティンドンがどの酒に吐酒石を入れたかが、忌避される酒を明示しているからである。まずワイン、次に水割りブランデー、そして水割りジンである。ビールは問題とはならない。ブロンテ家では、本書第3章で記載したように伯母ブランウェルが牧師館でビールを手作りしていた。そしてまたビールは、イギリスでは水分補給源だった。酒におぼれないようにと考える時、酩酊を起こしうるワイン・ブランデー・ジンが批難の対象となる。

アグネスは夢を持って家庭教師を始め、努力を重ねた。しかし、経験と力量の不足があり、雇用先の状況があり、アグネスは5月末、ブルームフィールド夫人から解雇を言い渡される。そしてアグネスは父、母、姉が暮らす牧師館へ戻る。

第2の家庭教師先

実家では、父の健康がすぐれないことと経済的困窮が続いていた。アグネスは次の家庭教師先を探す必要があった。母は新聞広告を出した。アグネスに家庭教師の経験があることをもとにして、そして指導資格を持つ科目として、音楽、歌、絵画、フランス語、ラテン語、ドイツ語を記載した。母は、これだけの科目を教えることができる家庭教師は多くはないと、アグネスを励ます。我々は、当時の住み込み女性家庭教師の指導科目を知ることができるが、科目の中にラテン語がある。ラテン語・ギリシャ語という古典語は男子の学習科目とされていたが、現実にはブロンテ姉妹も古典語を学習していたし、あるいはまたジョージ・エリオットは古典語に優れていた。[13]

アグネスの母が出した新聞広告に答え、2件の採用連絡が来た。グレイ家は、2件のうち年俸50ポンドという要求を入れてくれたマリー家を選んだ。そしてアグネスは1月末、マリー家の住むホートン屋敷へ出発する。

牧師館から70マイル離れた田舎に住むマリー家は、地方地主の家で豊かであった。生徒は女性2人と男児2人。年上の女子生徒はロザリーで16歳。絶対に可愛らしかったが、彼女の性格は軽率で褒められるものでは無かった。下の女子生徒はマチルダで13歳半だった。彼女は全く勉強する気がなく、動物と遊んでいる方を好んでいた。男子生徒にはラテン語だけ教えればよかった。こうしたマリー家の状況には、アンにとって第2の家庭教師先、ロビンソン家の状況が利用されている。

ホートン屋敷に到着すると、マチルダがアグネスに「お茶かコーヒーでも要りますか」(VII) と尋ねる。アグネスは「お茶を一杯」と答え、そして一杯のお茶と小さくて薄いバタ付きパンが載ったお盆が、召使によって教室へ運ばれて来た。アグネスは召使から「若い女性方と紳士方は、8時半に朝食ですよ」と告げられる。

この家でアグネスは、自分の全ての食事を生徒達と教室で取ることとなっていたのだが、生徒達が実際に食事を取る時間は、生徒の勝手気ままで変動された。生徒達は自分の都合で食事のベルを鳴らしたり、定時とされた時間に料理がテーブルに出されていても長い間、食べないままで放置したりした。急に食事を要求された場合は十分に火が通っていない料理が出されたり、食べられないで放置された場合はジャガイモが冷たくなっていたりグレイビー・ソースに脂の塊ができていたりした。実家では食事時間は決まっていることが当然だったため、アグネスは困惑する。教科指導における生徒達の気まぐれにもアグネスは苦労する。生徒達は定時に学習しないのである。しかしアグネスは数日を過ごすうち、誠実な人であると、生徒達から好感を持たれることとなった。

『アグネス・グレイ』第VII章に描かれるホートン屋敷に到着して間もない頃は、食事に関する詳述があり、詳述の背景にあるアンの価値観表明がある。しかし、第VIII章から第XXI章までの長い期間、アンは屋敷での食事状況を書くことはしていない。アンの筆は、ホートン屋敷における生徒達の生活、ホートン村の村民達とアグネスの交流、そしてアグネスの恋愛へ傾いているからである。アグネスは牧師補のエドワード・ウェストン師と心引かれ合っていた。『アグネス・グレイ』はガヴァネス小説であるが、アグネスの成長物語でもあり恋愛小説でもあって、第VIII章からの小説中盤は、アグネスが経験を通して成長する様子と恋愛の発展を描いている。

『アグネス・グレイ』において、再び食事に関する詳述が現れるのは最後から4番目の章になってからである。第XXII章「訪問」である。年上で美貌の生徒だったロザリー・マリーは、夢がかないサー・トーマスと結婚した。しかしこの結婚は、愛情からの結婚ではなく、地位や富ある人を夫としたいというロザリーの野望による結婚だった。結果は不幸な結婚生活だった。夫との意思疎通はなく、期待していた華やかな社交も無く、ロザリーは失望して慰めを求め、かつての家庭教師アグネスをアシュビー・パークへ呼んだのだった。

アグネスが行ってみると、ロザリーはレディ・アシュビーとなって壮大な地所に住んでいるが、みじめな様子だった。ロザリーはアグネスが数日間を過ごす屋敷での生活の仕方を説明した後「さあ、お茶を少し持ってこさせるわ。もう少しでディナーの時間になるの。あなたのディナー時間は午後1時だったと覚えているわ。だから、今あたりでお茶を一杯飲んで、私達が昼食を取る時にあなたはディナーを食べるといいと思うの。そして、あなたは自分のティーをこの小さな居間で取ってもいいわよ。そうするとあなたは、レディ・アシュビーとサー・トーマスのディナーの時、一緒にティーを取る必要がなくなるから。もしも一緒

だったら、気づまりでしょ。」(XXII)

ロザリーがアグネスに対して行った食事設定は、19世紀中葉イギリスにおける階級差を3点で示している。1点目は食事時間である。高い階級は、午後1時程度に「昼食」を取る。しかし、下がった階級はこの時間に取る食事が「ディナー」で、一日の一番重い食事となる。2点目は食事名である。アグネスの「ティー」は、ディナーの後の食事で「夕食」に相当する。高階級の人々にとって、昼食後の「ティー」は夜遅いディナーの前の「軽食」となる。3点目は、食事を共にするのは誰かという問題である。異なった階級が一緒に食事をすることは「気づまり」(awkward) と表現されており、同一階級がテーブルを同じくする方が快適である。さて、「ティーを」居間で一人で食べてもいいと提案されたアグネスだったが、「自分のすべての食事を」この居間で取る方がいいですと答え、階級差を侵そうとはしなかった。

第XXII章は、食にまつわる情報をさらに含んでいる。ロザリーの父は痛風になったが、選び抜かれたワインやたっぷりとしたディナーや夜食を止めようとはしない。そして掛かり付けの内科医に、そんなに勝手気ままに暮らしていたらどんな薬も病気を治すことはできないと言われたと、ロザリーはアグネスに語る。19世紀でも、食べる物と病気の関係がこの程度は知られていたのである。

そして、ロザリーは嘆く。たとえ家庭内のディナーでも服装を整えて行かないと、義母との摩擦は終わることがないだろう。

ロザリーはさらに嘆く。「家一杯の召使達の管理、指示しなければならないディナー、もてなしのパーティー、その他全ての責任を持つことを考えるだけで、私、こんなに若いし経験が無いので、怖くなってしまったわ。」(XXII) 階級が高く豊かな家の主婦の勤めがわかるが、主婦となって自分がどれほど家政を知らないかを知って、同じ状況にある女性達にやり方を教えるため、夫の雑誌に家政記事を書き始めたのが、ミセス・ビートンだった。

アシュビー・パーク到着の翌日を描く第 XXIII 章「荘園」は、朝食状況描写で始まる。アグネスは、自分の朝食のため 8 時少し前に階下へ降りて来る。ところが朝食は運ばれて来なかった。1 時間以上朝食を待ち、一人で食べ終え、さらに 1 時間半以上待ってようやくに、レディ・アシュビーがやって来る。彼女は今、自分の朝食を終えた所で、そしてこれから一緒に早朝の散歩をして欲しいと言う。作者アンの時刻表示は正確で細かい。8 時の「少し」前。「1 時間以上」待つ。「さらに 1 時間半以上」待つ。アグネスが食事時間に遅れないように、しかし早すぎないように配慮していること、レディ・アシュビーが結婚前と同様に食事時間は守らなかったことが伝わって来る。これらは、時間に正確なアン・ブロンテの価値表明のためである。

ブロンテ家の生活が時間に正確で規則的であったことは、シャーロットがエレン・ナシーに宛てた 1832 年 7 月 21 日付け書簡に表れている。シャーロットはロウ・ヘッド校を卒業し牧師館生活を再開したのだが、

> ……あなたは、私が学校を離れてからどんな風に毎日の生活を送っているか教えて下さいと手紙をくれました。私の毎日を記述することはすぐに終わってしまいます。1 日を書けば全ての日を書くことになるからです。午前は 9 時から 12 時半まで妹達を教えて、そして絵を描きます。それからディナーまで散歩。ディナーの後はティーまで縫物をして、ティーの後は気が向くままに読書か書き物か手芸か絵。喜ばしいけれど少し単調な私の生活が、こんな風に一つの道筋で過ぎています。[14]

朝食後の散歩で、『アグネス・グレイ』における重要人物が現れる。アグネスとロザリーが広大な庭を歩いていると、馬に乗った一人の紳士が近くへ寄ってきて、じっと 2 人を見る。背が高く、痩せていて、消耗している様子だった。ロザリーは「あの男を嫌悪しているの」と言うのだが、馬に乗ったその男は、ロザリーの夫、サー・トーマスだった。彼

は、ロザリーにはロンドンでの自由な楽しみの時間を与えてくれないにも関わらず、自分は好きなように暮らしている。そして「賭け帳を持ち賭博テーブルで遊び、劇場女や自分のレディと称する女やあの夫人と遊び、そしてワインの瓶や水割りブランデーをグラス何杯も、というのもあるわ。」(XXIII) ロザリーが嫌悪の具体例として出しているものは、賭け事・女性関係・飲酒である。作者アン・ブロンテにおいて、飲酒はただの飲酒ではない。道徳・倫理・人格を表す指標である。アンは「真実の物語」と言って小説を開始したが、この小説が単純なリアリズムではなく、象徴性も用いた教えの物語であることがこの場面からも読み取れる。

アシュビー・パーク訪問を終え、第XXIV章でアグネスは母と経営する学校へ戻る。小説は最終の第XXV章「結論」となる。アグネスは朝食前に海辺を散歩し、思いを寄せてきたウェストン牧師補と再会していた。興奮のためアグネスは朝食を食べることができず、コーヒーをもう一杯飲んだだけとなった。ウェストン師は今、牧師の俸給を持つ身となっていた。ウェストン師がアグネスの母を訪問することが繰り返され、母は彼を良い人物と認め、アグネスへの求婚がなされて結婚となる。エドワード・ウェストンは、誰にも負けない「教区牧師、夫、父」として暮らし、アグネスは1男2女の養育と教育に当たる。つつましやかな収入でも十分足りる質素な生活をし、子供達の将来に備えて貯蓄をし、かつ困っている人々を助けている。アンの理想とする生活が示されている。愛ある家族、つましく勤勉な暮らしぶり、そして助け合いである。

『アグネス・グレイ』:食が語るもの

『アグネス・グレイ』における食描写は、少なく狭い。理由はまず、料理経験の乏しさである。『アグネス・グレイ』はアンの家庭教師先での経験が基であるため、描写は教師生活に倒き、自然と食描写は少なく狭くなる。そしてアンは、姉2人に比べて料理経験に乏しかった。アンは3姉妹の中で一番長く家庭教師として他家に住み、家庭教師が料理をすることはなかった。幼い頃も成長後に家に居た時も、アンは最年少で他に料理をする人がおり、牧師館での料理に大きく参画する必要はなかった。次の理由は、作品が「全ての真実の物語は教えを含んでいる」で開始され、アンの作品意図が、教えにあったためである。アンの食描写は、教訓の手段だった。アンは、ビーフステーキの固さで思いやりの無さを批判し、食事時間の不定期性で不規則な生活を非難し、飲酒に人格指標を与え、自分が正しいと考える方向へ読者を導こうとしている。食は教訓を示す道具であるから、教訓につながらない食は記述されないこととなる。

アンの食描写が教訓であったり道徳教育であったり人格指標であることは、論文集書籍『アン・ブロンテ文学作品への新アプローチ』の中の1編、マリリン・シェリダン・ガードナーによる「『私の生命の糧』：ウェルウッド・ハウスにおけるアグネス・グレイ」において詳述されている。ガードナーはこの論文を「『アグネス・グレイ』全編を通し、アン・ブロンテは食品への言及を、アグネスが身を置くこととなった家々で、その家の住人達の行動が示す教養レベルの指標として用いている」という1文で始めている。[15] ガードナーは、ウェルウッド・ハウスに住むブルームフィールド家の人々が、食品や食事に対しどのような行動を取るかを丁寧に辿り、それらの行動に対しアンが、“decent” あるいは “civilized” と評価している事を指摘している。そして論文の結末は「ウェルウッド・ハウスにおいて、アグネスの身体は食べ物を与えられたが、心の食べ物は与えられなかった。ブルームフィールド家から解雇されて牧師館に戻り、アグネスは、親切さ、つまり心の糧へ戻ったことを歓迎した」となっている。[16]

メアリー・サマーズは『アン・ブロンテ：親を教育』の「イントロダクション」において、「アンの願いは自分が望むように改革された教育を用いて、新しい理想的な社会を出現させることだった。その理想的な社会では、女性は単なる家庭内帰属品ではない。独立して考える能力があり、知的平等を持って男性と共に生き、平和と調和の内に家族を育む存在である。」[17] と述べている。アンは新しい社会を目指す教育者だった。

そして、『権力の神話』におけるテリー・イーグルトンは、アンの道徳に関して明解に説を述べている。

> アン・ブロンテの小説は、世の中には道徳が混交していると捉えている。しかしアンの小説は、道徳が問題多いとは少しも言っていない。『アグネス・グレイ』と『ワイルドフェル・ホールの住人』は、すっきりとした考えの上で機能している。すなわち、愛・誠実・福音的真実が社会的成功よりも好ましく、十分に長く苦労すれば、これらの好ましいものを得ることができるという考えである。[18]

教育的で道徳的なアンは、食事を描く時も教育的で道徳的である。しかし同時にまた、アンは食に対し表象性を、つまり文芸として膨らんで読者の想像を喚起し娯楽を生み出す要素を持たせている。『アグネス・グレイ』における食描写は、優しく強く自立心を持ち、愛や勤勉や学びや道徳を重視するアンを表現し、アンが推奨する生き方を読者に教えている。

註

＊本章におけるアン・ブロンテの生涯に関する記述は、Winifred Gérin による伝記 *Anne Brontë: A Biography* を大きな典拠としています。

1. T. J. Wise and J.A. Symington, eds. *The Brontës: Their Lives and Correspondence in Four Volumes*. Oxford: The Shakespeare Head Press, 1932. Vol. I p.112.
2. Winifred Gérin. *Anne Brontë: A Biography*. London: Allen Lane, 1976. p.67.
3. Ibid. p.86.
4. Winifred Gérin. *Charlotte Brontë: The Evolution of Genius*. Oxford: Oxford University Press, 1967. p.60.

5. 参照 .1842 年 1 月 20 日付けエレン・ナシー宛てシャーロットの手紙。Wise and Symington. Vol. I p.250.
6. 参照 . 川本静子『ガヴァネス（女家庭教師）: ヴィクトリア朝の〈余った女〉たち』東京 : 中公新書、1994.
7. See. Henry Colburn, ed. *A New System of Practical Domestic Economy; Founded on Modern Discoveries and the Private Communications of Persons of Experience*. London: Henry Colburn and Co., 1823.
8. See. Mrs. Isabella Beeton. *The Book of Household Management*. London: Ward, Lock & Co., 1861.
9. https://www.britaniahotels.com/the-grand-hotel-scarborough
10. Gérin. *Anne Brontë*. p.216.
11. Ibid. p.320.
12. Edward Chitham. *A Life of Anne Brontë.* Oxford: Blackwell Publishers, 1991. p.5.
13. Gordon Haight による *George Eliot: A Biography*、p.25 には 20 歳頃の Mary Ann が独学で Aesop を学んでいたこと、p.35 には牧師の指導の下でラテン語学習を続けていたこと、そして p.53 には 23 歳頃の Mary Ann がラテン語・ギリシャ語・ヘブライ語を含む *Das Leben Jesu* の翻訳に従事していたことが記載されている。
14. Wise and Symington. Vol. I p.103.
15. Marilyn Sheridan Gardner. “Chapter 4 ‘The food of my life’: Agnes Grey at Well Wood House.” Julie Nash and Barbara A. Suess, eds. *New Approaches to the Literary Art of Anne Brontë*. Aldershot: Ashgate Publishing, 2001. p.45.
16. Ibid. p.60.
17. Mary Summers. *Anne Brontë: Educating Parents*. Beverley: Highgate Publications, 2003. p.vii.
18. Terry Eagleton. *Myths of Power: A Marxist Study of the Brontës*. London: Macmillan, 1975. p.123.

写真には、「自尊心を持った肉屋達が十分な品揃えを店先に並べ、『強くなりたかったら、たくさんの肉を食べなさい』というヴィクトリア朝の信心に応えようとしている」という説明が付されている。（Jennifer Davies. *The Victorian Kitchen*. p.104）　確かに、“beefeater” はイギリス人を意味する場合もある。そして、写真を検討すると、肉は吊るされ、内臓は抜かれ棒を刺すことによって内部に空気が通るようにされている。冷蔵庫の普及していない時代、肉の保存方法の一つが乾燥だったからである。しかし、空気に触れ続けた肉は脂肪の酸化を起こし、乾燥のみで十分な保存性は得られない。『ジェイン・エア』ローウッド校のディナーの肉から “rancid fat” の湯気が上がり、“rusty meat” のコマ切れが使われていたとわかっても不思議ではない。

結論

ブロンテ姉妹の食生活

ブロンテ姉妹の生活や作品は、食関連事項において疑問を呈していながら、疑問解明に対する努力は十分になされないままで来た。そして本書は、食にまつわる疑問解明のために検討と考察を行った。検討と考察の対象は、ブロンテ家の人々、姉妹の生活と深くかかわった人々、時代の様相、3姉妹の生涯、そして3人の初出版となった3つの小説である。

検討と考察を終え、結論として言うことができるのは、下記の4点である。

1点目は、3姉妹の食が、家庭重視だったことである。自分の家で手作りした料理を、自分の家で、家族と共に食べること、これが姉妹の理想だった。家族への愛情あふれる父を中心にブロンテ家の生活が営まれ、一家が辺鄙な小村暮らしを続けたことと相まって、きょうだい達は自分の家族内で閉塞的に生活し活動し成長した。こうした成育歴から、成長後も家族の絆は強く家庭は大切で、その反面、家族・家庭を離れては生活に困難をきたす性質も生まれていった。

家庭重視の食生活の結果、姉妹が残した書簡や日誌には、家族一緒の食事を楽しむ記述と懐かしむ記述が散見する。それと共に、自分達家族の食生活が世間一般から逸脱しているのではないか、質素すぎるのではないかという懸念の記述も散見する。そしてまた、3姉妹が家庭を出て広く交際することとなった時、皆が内気となり、しばしば食欲を失い、頭痛に見舞われ、そして体調を崩した。内気なことは友人達からも指摘され、外との軋轢から来る食と心と体の変調は常に3姉妹と共にあった。

家庭第一を作品で見てみれば、『ジェイン・エア』終末部では、世間から隔たった場所に家族で暮らす生活が至福とされている。『嵐が丘』においては、死んだ後も亡霊となって愛する人と共に居るかのような第1世代と、愛で結ばれた結婚をすることとなる第2世代が同時に描かれて結末となる。愛による合一、愛ある結婚とその先にある家庭が結末である。『アグネス・グレイ』では、家庭内で女性としての仕事を果たすアグネスと、学校経営という自分の仕事を持ちつつ、自分一人の家庭を維持する母の誇りが描かれて作品は閉じられている。

姉妹の家庭重視の背景には、ヴィクトリア女王の政策があった。女王は夫婦携えて政治に臨み、子達を示し、自らの家庭を模範に、家庭が生活と仕事の基盤であることを国民に教えていた。

2点目は、姉妹の食経験の幅が広かったことである。姉妹は3人とも、自分の家の素朴な家庭料理を食べて成長したが、寄宿学校の食事を経験した。寄宿学校は、質の悪い学校も良い学校も経験し、生徒としてあるいは教師として、複数の学校を経験した。シャーロットとエミリーの場合は、外国の食事も経験した。そしてまた3人とも、ロンドンという大都会の食事を見たし経験した。シャーロットとアンの場合は家庭教師となったから、豊かな家庭の食事を経験し、アンにおいてはリゾート地の豪華なホテルの食事も経験した。シャーロットは、有名作家となって以降、名士達との晩餐会もあり、有名人や時の作家や編集者の自宅への招待もあった。このように、姉妹の食経験の中には、飢えや病を招く食事も贅沢な食事もあって格差があったが、食の欠乏と飽満の併存・貧富格差の拡大は姉妹の時代の特徴でもあった。

3点目は、姉妹が自分達の経験と社会背景を、巧みに作品に活かしていることである。「自伝」を銘打つ『ジェイン・エア』は言うまでもない。「すべての真実の物語は教えを含んでいる」で始まる『アグネス・グレイ』は、リアリスティックに経験を織り込んでシンボリックに読者に教えている。抽象性が強い『嵐が丘』でさえ、農家の食事と由緒ある家の食事、田舎の食事とロンドンの食事、あるいはまた食器描写や食事のマナーに、エミリーの経験と歴史や社会に関する知識が抽象的に反映されて、作品が永遠性を帯びることに貢献している。

そしてまた、姉妹に食経験の利用を可能としたものは、姉妹が各地を移動できた事、各種の情報を得ることができた事という、社会背景がある。イギリスにおける18世紀末から19世紀を通しての、道路網の整備、鉄道の発達、郵便制度の確立という、社会的インフラ整備である。そしてまた、イギリスが世界へ発展し、イギリスの食事情が世界規模となっていたことも、3姉妹の作品成立の背景となっている。

4点目は、上記3点の総合となるが、姉妹の食生活と作品は時代を写す鏡となっている。工業・商業・交通・貿易・通信の発達、学術の進展と教育の普及、大英帝国の発展、中産階級の拡大と富裕化、貧富の差、そして家庭重視の時代精神。イギリス社会のこうした変化と現実が、姉妹の実際の食事にも作品にも表れている。

食を探ることが文学研究において重要な意味を持つことは、認識されて来なかったかもしれない。しかしブロンテ3姉妹における検討と考察は、食という視点が作家・作品・社会を解明するに有益であることを示している。

Eliza Acton (1799-1859) は 1845 年 *Modern Cookery for Private Families* を出版した。題名が表すように、個人家庭向けの料理レシピ集である。アクトンは 1855 年版を出版する際「序文」を付し、その中で「実用的な家庭料理の作り方を知ることは、食品の無駄を無くし病気を予防することに重要である」と述べている。書籍の目的が「実用的」「食品ロスが無い」「健康的」だったことがわかるが、「第 18 章　ペイストリー」では、下に示すようなイラストを載せている。実用を謳った書であるが、ペイストリーやパイとそれらの型を見ると、フランス語が多い事、これらを作るには料理技術が必要だった事、料理が美しい事に気づく。19 世紀中頃のイギリスでは、個人家庭においてでさえ、フランス料理を美しく作りたいという需要があったことが推察できる。

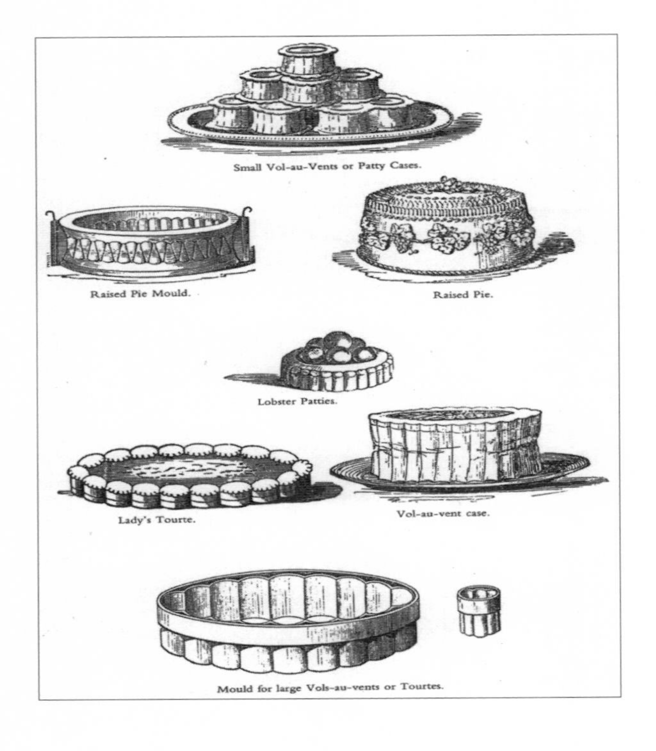

主要参考文献

I. Books in English

I-1. Primary Sources

Brontë, Anne. *Agnes Grey*. Oxford: Oxford World's Classics, 1998. (orig.1847.)

____. *The Tenant of Wildfell Hall*. Oxford: Clarendon Press, 1992. (orig. 1848.)

____. *The Complete Poems of Anne Brontë*. Clement Shorter, ed. New York: George H. Doran Company, 1976.

Brontë, Charlotte. *Jane Eyre*. Oxford: Oxford World's Classics, 2000. (orig.1847.)

____ . *Shirley*. Oxford: Clarendon Press, 1979. (orig.1849.)

____ . *Villette*. Oxford: Clarendon Press, 1984. (orig.1853.)

____ . *The Professor*. Oxford: Clarendon Press, 1987. (orig.1857.)

____. *The Poems of Charlotte Brontë*. Tom Winnifrith, ed. Oxford: The Shakespeare Head Press, 1984.

____. *The Letters of Charlotte Brontë, Volume One 1829-1847*. Margaret Smith, ed. Oxford: Oxford Clarendon Press, 1995.

Brontë, Emily. *Wuthering Heights*. Oxford: Oxford World's Classics, 2009. (orig.1847.)

____. *Wuthering Heights*. Hilda Marsden and Ian Jack, eds. Oxford: Clarendon Press, 1976. (orig.1847.)

____. *The Complete Poems of Emily Jane Brontë*. C.W. Hatfield, ed. New York: Columbia University Press, 1941.

____. *Gondal's Queen: A Novel in Verse by Emily Jane Brontë*. Fannie E. Ratchford, ed. Austen: University of Texas Press, 1955.

Brontë, Patrick Branwell. *The Poems of Patrick Branwell Brontë*. Tom Winnifrith, ed. New York: New York University Press, 1983.

I-2. Secondary Sources

Acton, Eliza. *Modern Cookery for Private Families*. Lewes: Southover Press, 1993. (orig. 1845.)

Alexander, Christine. *The Early Writings of Charlotte Brontë*. Oxford: Basil Blackwell, 1983.

Alexander, Christine and Jane Sellars, eds. *The Art of the Brontës*. Cambridge: Cambridge University Press, 1995.

Alexander, Christine and Margaret Smith, eds. *The Oxford Companion to the Brontës*. Oxford: Oxford University Press, 2003.

Allott, Miriam, ed. *The Brontës: The Critical Heritage*. London: Routledge, 2010. (orig. 1974.)

Anstruther, Ian. *Coventry Patmore's Angel: A Study of Coventry Patmore, His Wife Emily and* The Angel in the House. London: Haggerston Press, 1992.

Austen, Jane. *Pride and Prejudice*. R. W. Chapman, ed. London: Oxford University Press, 1973. (orig. 1813.)

____. *Mansfield Park*. R. W. Chapman, ed. London: Oxford University Press, 1973. (orig. 1814.)

____. *Sense and Sensibility*. R. W. Chapman, ed. London: Oxford University Press, 1974. (orig. 1811.)

____. *Emma*. R. W. Chapman ed. London: Oxford University Press, 1974. (orig. 1816.)

____. *Northanger Abbey*. R. W. Chapman, ed. London: Oxford University Press, 1975. (orig. 1818.)

____. *Persuasion*. R. W. Chapman, ed. London: Oxford University Press, 1975. (orig. 1818.)

Barker, Juliet. *The Brontës*. London: Phoenix Giants, 1994.

Beer, Patricia. *Reader I Married Him*. London: Macmillan, 1974.

Beeton, Mrs. Isabella. *The Book of Household Management*. London: Ward, Lock & Co., 1873. (orig. 1861.)

Berriedale-Johnson, Michelle. *The Victorian Cookbook*. London: Ward Lock, 1989.

Black, Maggie. *A Taste of History: 10,000 Years of Food in Britain*. London: British Museum Press, 1993.

Bloom, Harold, ed. *Heathcliff*. New York: Chelsea House Publishers, 1993.

Bock, Carol. *Charlotte Brontë and the Storyteller's Audience*. Iowa City: University of Iowa Press, 1992.

Boyd, Lizzie, ed. *British Cookery: A Complete Guide to Culinary Practice in the British Isles*. London: Croom Helm, 1977.

Bradley, Tom. *The Old Coaching Days in Yorkshire*. Otley: Smith Settle, 1988.

Briggs, Asa. *Victorian People*. Chicago: The University of Chicago Press, 1955.

____. *Victorian Cities*. New York: Harper & Row, 1963.

Buckley, Jerome Hamilton. *The Victorian Temper: A Study in Literary Culture*. New York: Vintage Books, 1964. (orig. 1951.)

Burnett, John. *Plenty & Want: A Social History of Food in England from 1815 to the Present Day*. London: Routledge, 1989.

Butterfield, Mary, ed. *Brother in the Shadow*. Bradford: Bradford Libraries and Information Service, 1988.

Calder, Jenni. *Women and Marriage in Victorian Fiction*. London: Thames and Hudson, 1976.

Cannon, John. *The Road to Haworth: The Story of the Brontës' Irish Ancestry*. London: Weidenfeld and Nicolson, 1980.

Cassell, John, George William Petter and Thomas Dixon Galpin, eds. *Cassell's Household Guide: A Complete Encyclopedia of Domestic and Social History*. London: Cassell, Petter, and Galpin, 1869.

Cecil, David. *Early Victorian Novelists*. London: Constable, 1934.

Chitham, Edward. *The Brontës' Irish Background*. Houndmills: Macmillan, 1986.

____. *A Life of Emily Brontë*. Oxford: Basil Blackwell, 1987.

____. *A Life of Anne Brontë*. Oxford: Blackwell Publishers, 1991.

____. *A Brontë Family Chronology*. Houndmills: Palgrave Macmillan, 2003.

Chitham, Edward and Tom Winnifrith. *Brontë Facts and Brontë Problems*.

London: Macmillan, 1983.

Clarke, Isabel C. *Haworth Parsonage: A Picture of the Brontë Family*. London: Hutchinson & Co., 1927.

Colburn, Henry, ed. *A New System of Practical Domestic Economy; Founded on Modern Discoveries and the Private Communications of Persons of Experience*. London: Henry Colburn and Co., 1823.

Collins, Robert G., ed. *The Hand of the Arch-Sinner*. Oxford: Clarendon Press, 1993.

Cowen, Ruth. *Relish: The Extraordinary Life of Alexis Soyer*. London: Weidenfeld & Nicolson, 2006.

David, Elizabeth. *English Bread and Yeast Cookery*. London: Penguin Books, 1979.

Davies, Jennifer. *The Victorian Kitchen*. London: BBC Books, 1989.

Dickens, Charles. *Oliver Twist*. Harmondsworth: Penguin Classics, 2003. (orig.1838.)

____. *A Christmas Carol*. London: The King Penguin Books, 1946. (orig. 1843.)

Dinsdale, Ann. *At Home with the Brontës: The History of Haworth Parsonage and Its Occupants*. Stroud: Amberley Publishing, 2013.

Disraeli, Benjamin. *Sybil: or The Two Nations*. Oxford: Oxford World's Classics, 2017. (orig. 1845.)

Drummond, J. C. and Anne Wilbraham. *The Englishman's Food*. London: Jonathan Cape, 1958.

Eagleton, Terry. *Myths of Power: A Marxist Study of the Brontës*. London: Macmillan, 1975.

Ewbank, Inga-Stina. *Their Proper Sphere*. London: Edward Arnold, 1966.

Frank, Katherine. *A Chainless Soul: A Life of Emily Brontë*. Boston: Houghton Mifflin, 1990.

Fraser, Rebecca. *Charlotte Brontë*. London: Methuen, 1990. (orig. 1988.)

Gardiner, Dorothy. *English Girlhood at School: A Study of Women's Education through Twelve Centuries*. London: Oxford University Press, 1929.

Gardiner, Juliet. *The World Within: The Brontës at Haworth*. London: Collins and Brown, 1992.

Gaskell, Elizabeth. *Mary Barton*. Harmondsworth: Penguin Books, 1975. (orig. 1848.)

____. *Cranford*. New York: Dover Publications, 2003. (orig. 1853.)

____. *North and South*. London: Dent, 1968. (orig. 1855.)

____. *The Life of Charlotte Brontë*. Alan Shelston, ed. Harmondsworth: Penguin Books, 1975. (orig. 1857.)

Gérin, Winifred. *Charlotte Brontë: The Evolution of Genius*. Oxford: Oxford University Press, 1967.

____. *Anne Brontë: A Biography*. London: Allen Lane, 1976.

____. *Emily Brontë: A Biography*. Oxford: Oxford University Press, 1978.

Gilbert, Sandra M. and Susan Gubar. *The Madwoman in the Attic*. New Haven: Yale University Press, 1979.

Glasse, Hannah. *The Art of Cookery Made Plain and Easy*. Totnes: Prospect Books, 1995. (orig. 1747.)

Gordon, Lyndall. *Charlotte Brontë: A Passionate Life*. New York: Norton, 1994.

Goss, Edmund. *Coventry Patmore*. New York: Greenwood Press, 1969. (orig. 1905.)

Hackwood, Frederick W. *Good Cheer: The Romance of Food and Feasting*. London: T. Fisher Unwin, 1911.

Hagan, Sandra and Juliet Wells, eds. *The Btontës in the World of the Arts*. Aldershot: Ashgate Publishing, 2008.

Haight, Gordon. *George Eliot: A Biography*. Harmondsworth: Penguin Literary Biographies, 1968.

Hartley, Dorothy. *Food in England*. London: Little, Brown, 1996. (orig. 1954.)

Homans, Margaret. *Royal Presentations: Queen Victoria and British Culture, 1837–1876*. Chicago: The University of Chicago Press, 1998.

Hopkins, Annette B. *The Father of the Brontës*. New York: Greenwood Press,

1968.

Houghton, Walter E. *The Victorian Frame of Mind, 1830–1870*. New Haven: Yale University Press, 1957.

Hughes, Thomas. *Tom Brown's Schooldays*. Harmondsworth: Penguin Popular Classics, 1994. (orig.1857.)

Jacobus, Mary, ed. *Women Writing and Writing about Women*. London: Croom Helm, 1979.

Kellet, Jocelyn. *Haworth Parsonage: The Home of the Brontës*. Haworth: The Brontë Society, 1977.

Kuchich, John. *Repression in Victorian Fiction*. Berkley: University of California Press, 1987.

Law, Alice. *Patrick Branwell Brontë*. London: A. M. Philpot, 1923.

Lemon, Charles, ed. *Early Visitors to Haworth: From Ellen Nussey to Virginia Woolf.* Haworth: The Brontë Society, 1996.

____, ed. *Classics of Brontë Scholarship.* Haworth: The Brontë Society, 1999.

Lerner, Lawrence, ed. *The Victorians*. London: Methuen, 1978.

Lewis, C. Day. *Notable Images of Virtue*. Toronto: The Ryerson Press, 1954.

Lock, John and Canon W. T. Dixon. *A Man of Sorrow: The Life, Letters and Times of the Rev. Patrick Brontë 1777–1861*. London: Ian Hodgkins, 1979.

Lonoff, Sue, ed. *The Belgian Essays.* New Haven: Yale University Press, 1996.

Lucas, John. *Literature & Politics in the Nineteenth Century*. London: Methuen, 1971.

Lummis, Trevor and Jan Marsh. *The Woman's Domain: Women and the English Country House*. London: Viking, 1990.

Mason, Michael. *The Making of Victorian Sexuality*. Oxford: Oxford University Press, 1994.

Maynard, John. *Charlotte Brontë and Sexuality*. Cambridge: Cambridge University Press, 1984.

Mennell, Stephen. *All Manners of Food*. Oxford: Basil Blackwell, 1985.

Meyhew, Henry. *London Labour and the London Poor*. London: Penguin

Classics, 2007. (orig. 1851.)

Mill, John Stuart. *The Subjection of Women*. Cambridge: The MIT Press, 1970. (orig. 1869.)

Miller, Hillis. *Fiction and Repetition*. Cambridge: Harvard University Press, 1982.

Minogue, Ethel. *Modern and Traditional Irish Cooking*. London: The Apple Press, 1988.

Morris, Helen. *Portrait of a Chef: The Life of Alexis Soyer*. Oxford: Oxford University Press, 1980.

Museum of London, ed. *London Eat Out: 500 Years of Capital Dining*. London: Philip Wilson, 1999.

Nash, Julie and Barbara A. Suess, eds. *New Approaches to the Literary Art of Anne Brontë*. Aldershot: Ashgate Publishing, 2001.

Neff, Wanda F. *Victorian Working Women: An Historical and Literary Study of Women in British Industries and Professions 1832–1850*. London: Frank Cass, 1966.

Peters, Margot. *Charlotte Brontë: Style in the Novel*. Madison: The University of Wisconsin Press, 1973.

Poulson, Joan. *Food in Yorkshire*. Otley: Smith Settle, 1988.

Raffald, Elizabeth. *The Experienced English Housekeeper*. London: T. Wilson and R. Spence, 1803.

Ray, Elizabeth. *Alexis Soyer: Cook Extraordinary*. London: Southover Press, 1991.

Rhys, Jean. *Wide Sargasso Sea*. New York: W. W. Norton, 1982. (orig. 1966.)

Rigney, Barbara Hill. *Madness and Sexual Politics in the Feminist Novel*. Madison: The University of Wisconsin Press, 1978.

Roberts, David. *Paternalism in Early Victorian England*. London: Croom Helm, 1979.

Scott, Sir Walter. *Waverley*. London: Dent, 1973. (orig. 1814.)

Seymour, John. *Forgotten Household Crafts: A Portrait of the Way We Once*

Lived. New York: Alfred A. Knopf, 1987.

Shorter, Clement K. *Charlotte Brontë and Her Circle*. London: Hodder and Stoughton, 1896.

Shrosbree, Colin. *Public Schools and Private Education*. Manchester: Manchester University Press, 1988.

Smith, Delia. *Delia Smith's Completely Cookery Course*. London: BBC Books, 1992.

Smith, Eliza. *The Complete Housewife: or, Accomplished Gentle Woman's Companion*. London: J. Buckland et al., 1766.

Steed, Michael. *A Brontë Diary: A Chronological History of the Brontë Family from 1775 to 1915*. Clapham: The Dalesman Publishing, 1990.

Stone, Lawrence. *The Family, Sex and Marriage in England 1500–1800*. New York: Harper Torchbooks, 1979.

Stone, Reynolds, ed. *Wood Engravings of Thomas Bewick*. London: Rupert Hart-Davis, 1953.

Summers, Mary. *Anne Brontë: Educating Parents*. Beverley: Highgate Publications, 2003.

Tannahill, Reay. *Food in History*. New York: Stein and Day, 1973.

Tennyson, Alfred. *Tennyson: Poems and Plays*. T. Herbert Warren, ed. London: Oxford University Press, 1975.

Thackeray, William Makepeace. *Vanity Fair*. London: Penguin Books, 2003. (orig.1848.)

The Brontë Society, ed. *Brontë Parsonage Museum*. Haworth: The Incorporated Brontë Society, 1989.

The Incorporated Brontë Society, ed. *Brontë Parsonage Museum*. Kendal: Titus Wilson & Son, n.d.

Thormählen, Marianne. *The Brontës and Religion*. Cambridge: Cambridge University Press, 1999.

____. *The Brontës and Education*. Cambridge: Cambridge University Press, 2007.

____. *ed. The Brontës in Context*. Cambridge: Cambridge University Press, 2014.

Tillotson, Kathleen. *Novels of the Eighteen-Forties*. Oxford: Oxford University Press, 1954.

Trela, D. J., ed. *Margaret Oliphant: Critical Essays on a Gentle Subversive*. London: Associated University Press, 1995.

Uglow, Jenny. *Elizabeth Gaskell: A Habit of Stories*. London: Faber and Faber, 1993.

Ukers, W. H. *All About Tea*. New York: The Tea and Coffee Trade Journal Co., 1935.

Van de Laar, E. Th. M. *The Inner Structure of* Wuthering Heights. The Hague: Mouton, 1969.

Visick, Mary. *The Genesis of Wuthering Heights*. Oxford: Oxford University Press, 1965.

Visser, Margaret. *The Rituals of Dinner*. London: Penguin Books, 1992.

Walsh, J. H. *A Manual of Domestic Economy; Suited to Families Spending from £150 to £1500 A Year*. London: George Routledge and Sons, 1877.

Watt, Ian. *The Victorian Novel: Modern Essays in Criticism*. Oxford: Oxford University Press, 1970.

Wilks, Brian. *The Brontës*. London: The Hamlyn Publishing, 1975.

Williams, Judith. *Perception and Expression in the Novels of Charlotte Brontë*. London: UMI Research Press, 1988.

Wilson, C. Anne. *Food and Drink in Britain: From the Stone Age to the 19th Century*. Chicago: Academy Chicago Publishers, 1991.

Wilson, C. Anne, ed. *Traditional Food East and West of the Pennines*. Edinburgh: Edinburgh University Press, 1991.

Winnifrith, Tom. *The Brontës and Their Background: Romanc and Reality*. Macmillan, 1973.

____. *A New Life of Charlotte Brontë*. Houndmills: Macmillan, 1988.

Winnifrith, Tom and Edward Chitham. *Charlotte and Emily Brontë*. London:

Macmillan, 1989.

Wise, T. J. and John Symington, eds. *The Btontës: Their Lives, Friendships & Correspondence in Four Volumes*. Oxford: The Shakespeare Head Press, 1932.

Woodhan-Smith, Cecil. *The Great Hunger: Ireland 1845–1849*. London: Penguin Books, 1991. (orig.1962.)

II. Books in Japanese

荒木安正『紅茶の世界』東京：柴田書店、1994.

アリエス、フィリップ（杉山光信・杉山美恵子訳）『子供の誕生　アンシャン・レジーム期の子供と家族生活』東京：みすず書房、1980.（orig. 1960.）

エンゲルス、フリードリヒ（浜林正夫訳）『イギリスにおける労働者階級の状態（上）（下）』東京：新日本出版社、2000.（orig. 1845.）

川本静子『ガヴァネス（女家庭教師）：ヴィクトリア朝の〈余った女〉たち』東京：中公新書、1994.

小林章夫・齊藤貴子『風刺画で読む十八世紀イギリス　ホガースとその時代』東京：朝日選書、2011.

高橋裕子・高橋達史『ヴィクトリア朝万華鏡』東京：新潮社、1993.

谷田博幸『ヴィクトリア朝百貨事典』東京：河出書房新書、2001.

長谷川なるみ『胃腸病の食養法と献立』東京：第一出版、昭和 35 年.

バニヤン、ジョン（竹友藻風訳）『天路歴程（第一部）（第二部）』東京：岩波文庫、昭和 26 年.（orig. 1678, 1684.）

ブラック、マギー．ディアドル・ル・フェイ（中尾真理訳）『ジェイン・オースティン料理読本』東京：晶文社、1998.

フロイト、ジークムント（井村・小此木他訳）『フロイト著作集 6　自我論／不安本能論』人文書院、1970.

ブロンテ、パトリック（中岡洋編訳）『パトリック・ブロンテ著作全集』

東京：彩流社、2013.
ホグシャー、ジム（岩本正恵訳）『アヘン』東京：青弓社、1995.
松村昌家『水晶宮物語：ロンドン万国博覧会 1851』東京：リブロポート、1986.
道重一郎「現代イギリス農業の形成と展開――イギリス農業の復活の軌跡とその課題――」『共済総合研究』第 53 号、東京：JA 共済研究所、2008.
レヴィ＝ストロース、クロード（渡辺公三他訳）『食卓作法の起源』みすず書房、2007.

III. Internet Sources

Grand Hotel Scarborough. https://www.britaniahotels.com/the-grand-hotel-scarborough

Kolling, Thorsten. "Memory development through the second year." *Infant Behavior and Development* 33 (2), 2010. https://www.sciencedirect.com

Maslow, A.H. "A Theory of Human Motivation." *Psychological Review* 50 (4), 1943. https://psychoclassics.yorku.ca

The History of Education Society. http://www.historyofeducation.org.uk/

The Victorian Web. http://www.victorian.web.org

Penzance Tourist Information Office. https://www.purelypenzance.co.uk

国立がん研究センター. https://ganjoho.jp

『世界の歴史まっぷ』. http://sekainorekishi.com

あとがき

長年にわたり、小説を中心にブロンテ3姉妹の研究をして来ました。そしてまた、イギリスの食文化についても研究をして来ました。本書は2つの研究分野を総合し、ブロンテ3姉妹の食生活を明らかにし、3姉妹の代表作とも言うべき3作品にどのように食生活が活かされ、何を物語っているかを考察しました。そして本書は、食の観点から文学を考察すると、作家・作品・時代の深層が提示されることを述べています。料理は文化であり、食文化は文学研究における重要な視点となります。

本書は、学術性を踏まえながら、わかり易いことを心がけました。些細な事象を検証することが本書の目的ではなく、ブロンテ家に関し一応の定説とされているものに則ってブロンテ姉妹の全貌と深層を示し、私の見解を述べることが目的でした。わかり易さのため、固有名日本語表記の後に英語綴りを入れませんでした。日本語文章に頻繁に英語が介入して日本語文章が読みづらくなることを避けるためです。章末の註では章ごとに著者・書籍名・出版情報を入れ、出典を知るために以前の章へ戻る必要を無くしました。作品からの引用は、引用の後に章番号のみを入れ、ページ番号は入れませんでした。章がわかれば、どの版を使って作品を読んでいても引用個所へ行くことができます。

本書は、ブロンテ姉妹の食生活を明らかにするにあたり、姉妹達の生涯や関連人物達の生涯も重く扱っています。フランスの法律家、ジャン・アンテルム・ブリア＝サヴァラン（1755–1826）は美食家としても有名で、彼が『美味礼讃』中に残した言葉「君が何を食べるか言ってみたまえ。僕は君がどのような人か言うことができる」は、広く共感を得て語り継がれています。「食は人なり」であり、食べ物は人を表します。同時にまた、人は食べ物によって作られ、生涯を見ればその人が食べる物を推察することも可能です。

本書は、食そのものからは離れた2つの問題を提起しています。1点目は、ブロンテ家の言葉の問題です。ブロンテ家の人々は、ギリシャ語・ラテン語・フランス語・ドイツ語・英語・アイルランド語・ウェールズ語・コーンウォール語など、幾つの言語を用いることができたのでしょう。そしてまた、主としてヨークシャーで生活していた一家の人々がロンドンへ行った折、どのような英語を用いたのでしょう。さらにまた、ヨークシャー、ランカシャー、シュロップシャーなどの地域による方言・訛り、さらに階級による言語特性をどのように使いこなしていたでしょう。もちろん、言語・方言・訛りをどう定義するかという問題があり、時代によって言語・方言・訛りは変化し、標準とされる英語も変化するという複雑さがあります。しかし、文学作品は言葉によって書かれ、人間は言葉によって思考し意思疎通や感情交換をするのが普通です。ですから言葉は、ブロンテ家の人々や作品を考察する際、忘れてはならない問題です。

本書で提起した2点目の問題は、伯母ブランウェルです。ブロンテ家に多大な貢献をしたにもかかわらず、彼女に対する研究は不十分です。そしてまた、女性史を考えると、伯母は時代の先を行く生き方をし、さらに、次の世代を先へ進める働きをしました。伯母ブランウェルを世に出す努力が必要です。

本書の出版は、多くの先生方の教えがあって初めて可能となったものです。深く感謝しております。開文社出版株式会社、安居洋一前社長、丸小雅臣社長には大変にお世話になりました。出版を快くお引き受け下さり、大きな技術援助を頂戴しました。篤く御礼申し上げます。

2020年9月

宇田　和子

I 人名索引

マ

ヤ、ラ、ワ

II 事項索引

ア

カ

サ

タ

著者紹介

宇田　和子（うだ　かずこ）

埼玉大学名誉教授
1974 年 3 月 : お茶の水女子大学文教育学部卒業
1977 年 3 月 : 東京大学大学院人文科学研究科修士課程修了（文学修士）
1980 年 3 月 : 同上研究科博士課程単位取得満期退学
1995 年 3 月 : 日本菓子専門学校通信教育部卒業（製菓衛生師）

主要著書

2004 年『私のネパール菓子』開文社出版
2010 年『ブロンテと芸術』大阪教育図書
2014 年『シドニーのそれぞれ楽しいご飯たち』開文社出版 など

ブロンテ姉妹の食生活 : 生涯、作品、社会をもとに

（検印廃止）

2020年9月16日 初版発行

著　　者	宇　田　和　子
発 行 者	丸　小　雅　臣
組 版 所	アトリエ大角
カバー・デザイン	文　　優　　社
印刷・製本	創栄図書印刷

〒 162-0065　東京都新宿区住吉町 8-9
発行所　**開文社出版株式会社**
TEL 03-3358-6288　FAX 03-3358-6287
www.kaibunsha.co.jp

ISBN978-4-87571-883-3　C3098